陈克的创事记

秦誓 著

中国友谊出版公司

图书在版编目（CIP）数据

陈克的创事记 / 秦誓著. -- 北京 : 中国友谊出版公司, 2014.12

ISBN 978-7-5057-3439-5

Ⅰ. ①陈… Ⅱ. ①秦… Ⅲ. ①长篇小说－中国－当代 Ⅳ. ①I247.5

中国版本图书馆CIP数据核字(2014)第245131号

书名　陈克的创事记
著者　秦誓
出版　中国友谊出版公司
发行　中国友谊出版公司
经销　新华书店
印刷　环球印刷（北京）有限公司
规格　710×1000毫米　16开
　　　14.25印张　220千字
版次　2015年3月第1版
印次　2015年3月第1次印刷
书号　ISBN 978-7-5057-3439-5
定价　29.80元
地址　北京市朝阳区西坝河南里17号楼
邮编　100028
电话　（010）64668676

目录

第一章 观念

第二章 时间

第三章 技术

第四章 名气

第五章 位置

第六章 平台

第七章 资源

第八章 创业

角色介绍

陈　克——两手空空，白手起家，用不足三年奋斗，成为坐拥千万资产的广告公司老板。
枕边书是《不败的基因》，以打造不败的企业、不败的人生为志向。

柳依依——陈克女友，相貌中上，能力中等，不善于处理工作，却非常善于处理爱情。
不是男人的榜样，却是女人的榜样。

陈春华——陈克之父，作为一名教师，不乏智商，但缺少智慧；不乏知识，但缺少能力。
每个人年轻人似乎都有一个这样的父亲，虽不出色，但永远给你温暖。

陈秋实——一名阳光下的官场奋斗榜样，从村干部做到了局长，并培养了两个成功的晚辈。
常读《人生奋斗学》，梦想在不阿谀、不奉承、不腐败中打造必胜的人生。

陈进军——游戏公司 CEO，白手起家，出奇制胜，得到风险投资青睐一跃成为亿万富翁。
多年演习快速获得能力，致力于守正出奇，打造迅速崛起的企业与人生。

唐　汉——第一流广告大师，他傲人的并不是亿万身家，而是扫荡别人价值观的营销理论。
极为擅长营销学，知识面虽杂而广，但对于想研究的问题从来都专而精。

杨义信——唐汉合伙人，在“纸上谈兵”论战中对陈克折服。
理想远大，道路坎坷，有理论，少实践，缺少执行能力和实践能力。

霍爱华——汽车销售商，从不异想天开，擅长打造“可行性方案”，有一套自己的生意哲学。

林志强——房地产开发商，临近退休，一心精研资产与财富保值。能打天下，也想守天下。

王　建——餐饮连锁机构老总，在摸爬滚打中锻造出了一套自己的本领，擅长带团队和管理。

严　诺——超市集团老板，从小做大，精于律己。

赵兴伦——广告公司小老板，用宽厚的胸怀待人，赢得了众多合作客户。

王丽珊——广告公司小老板，格局不大，全力保护自己的小产业不被侵吞。

董　阳——广告公司策划，非常善于把握时机，实现了人生最大投资，成为创业团队一员。

傅　军——普通职员，爱无力，受高人指导迅速追得女友之后，从此专注于人生奋斗。

第一章

观念

能力决定输赢，观念决定赢多大

一只南美洲亚马孙河流域热带雨林中的蝴蝶，偶尔扇动几下翅膀，可以在两周以后引起美国德克萨斯州的一场龙卷风，这就是“蝴蝶效应”。然而，现在的情况还不仅仅是蝴蝶扇动一下翅膀那么简单。

2009年三四月间，美国爆发了大规模的次贷危机。它直接影响到全世界的经济环境，中国也没能例外。受美国的次贷危机影响，中国多地进入“史上最难就业季”，就业市场信心降至历史冰点。

经济危机中，谁越有钱谁才越有危机感。亿万富翁霍爱华、林志强、王建等推出运动品牌，就与美国经济危机影响下，中国代工业受损有关。

在北京，很多人的生活和工作，也都因为美国的次贷危机而改变。事实上，小人物陈克的艰难决定也与此有关，如果说所有成功都有着坎坷的开始，那么陈克的奋斗就从这里开始！

01.把选择权留给弱者

“只要你愿意跟我，我会排除万难，创造一切条件，让我们永远在一起！”

回了女友柳依依的短信，陈克对驾驶座上的美女说：“我们走吧。”

美女乃是本市首富、鸿运地产老板刘五亿的独生女儿，自认为魅力足够，听到陈克的话开始撒娇道：“要不就别走了，上我那儿吧，我刚买了条新裙子特漂亮，穿给你看。”

陈克对她笑笑：“本来挺美好的单恋，这话一说就变成小三了，不值呀。”

“我这话很过分吗？”美女抛个媚眼故作哀怨道。

陈克无奈地说：“记住，备胎守则第一条：永远不争取，天给你的，才是你的。”

“知道啦。”说罢，美女启动汽车，把陈克送去了火车站。

大学三年级时，陈克跟同校一位刚入学的师妹柳依依谈恋爱，毕业时曾约定不追随那一毕业就分手的时尚，若有可能便厮守一生。所以毕业两年来，他常往北京跑，维系与女友的感情。火车上睡了一觉，陈克来到母校附近一家经济型连锁酒店住下，女友依依来了。

依依是校花，高挑的身材、乌黑的秀发、水嫩的肌肤与清纯的打扮，最讨小男生们喜欢。小别重逢，他们紧紧拥抱在一起。培养感情过后，依依说：“我爸妈还是不同意，怎么办？”

不久前依依偷偷去了陈克家，拜见未来的公公婆婆，陈克的父母见依依要学历有学历，要身材有身材，对她喜欢得很。他们捧惯了铁饭碗，知道铁饭碗的好处，于是劝依依考公务员。国家公务员考试分国考、省考、市考等，国考几百万人报名录用几万人，通过不易；但市考就简单得多，以依依“211”重点大学的才华，考取自然不在话下。

后来陈克也去登门拜访未来的岳父岳母，依依父母热情接待，但坚决不同意陈克把依依带走。依依的妈妈、陈克未来的丈母娘说：“依依从小就没离开过家，我这个做妈妈的也不愿意依依到外边去。”

陈克赶紧表态说：“阿姨，我跟依依是真心相爱的，我们都希望能够在一起。”

“小陈，你们年轻人喜欢说爱，那我也跟你说说。爱一个人就要为她付出，而不是让对方为自己付出。你是男孩子，就应该承担更多的责任和义务。”依依妈妈一脸凝重地说，唯恐陈克当晚就跟她闺女私奔。

依依在一边为陈克帮腔：“妈，你是说让陈克过来吗？陈克在那儿干得挺好的，凭什么过来呀？你看我这现在工作还没着落呢，他要再过来我们吃什么呀。不如你就让我到他们那儿去，我去那儿考公务员，肯定考得上，那可是铁饭碗！”

“你在北京怎么了？你一个名牌大学的毕业生还怕找不着工作？”依依母亲不依不饶。

依依说：“妈，今年工作特别难找。你都不知道今年行情差成什么样了，我告诉你，现在马上就毕业了，我们班十几个女生就一个签了的。”

“今年找不着就明年再找，经济也不能年年都这样，年年这样世界还不乱了？你放心，找不着工作你就家里待着，爸妈又不赶你走。”依依母亲丝毫不让步。

眼看表态无果，陈克不得不独自回去。

这段日子以来，依依经常跟母亲争论，继续为她的幸福争取着各种机会，可无论好说歹说，父母就是不同意。陈克也每每劝她，依依好像不抱太大希望，总是说：“不会的。你也知道父母都不希望女儿远嫁，要是从小地方嫁到北京也就罢了，可我是从北京嫁到你们那儿去，他们肯定不会同意的。估计，我这辈子只能在北京了！”

下午他们出去逛街，因为依依父母不放行，两人觉得将来很渺茫，逛得也没精打采的。

晚饭后回到酒店，依依说：“要是实在不行，我们就分手吧。”

“不要随便把分手两个字挂在嘴上，好吗？”陈克激动地道。

“还是理智一点儿吧。要是我爸妈不同意我过去，我们迟早都得面对这个事情。”依依一个女孩子当然也不希望分手，只是她无法跨越这个困难。

陈克当然不希望与依依分手，下定了决心说：“要是你爸妈真不同意你过来，那我来北京吧。”

依依顿时感到一阵温暖袭来，说："你真要有这心思我觉得挺感动的。可你在那儿都快干两年了，没准哪天就提干了，为了我抛弃那些过来，多不值得。"

"我说过，要对你好一辈子，我就一定要做到。"陈克赶忙道。

"你不觉得这样代价太大了吗？"依依小声说。

"为了你，无论代价多大都值得！"陈克无比坚定。

"你真要来北京？说真的，要让你为我这样付出，我觉得压力挺大的。"依依很感动地说。

"我来不来北京关键是看你怎么想。我觉得，对于这种问题，处理起来要说公平的话，**应该让弱势的一方选择，强势的一方配合**。我比你先出来两年，对社会、对人生的了解比你多，能力上也比你强，应该说我处于强势的一方。那么就该由你进行选择，我配合你。如果你选择分手，那我就跟你分手，绝不纠缠；如果你选择在一起，那我就过来跟你在一起。"

"我……"依依沉吟半晌，吞吞吐吐，一副欲言又止的样子。

看她这样，陈克又说："希望你做出的不是伟大的选择，而是对你有利的选择。你放心，我敢答应你自然有我的自信，只不过过程可能比较长，开始肯定得先过上几年苦日子，你要有心理准备跟我一起熬。所以，我希望你好好考虑完了再答复我，轻率做决定对我是不负责任的，对你自己也是不负责任的。但只要是你慎重的决定，我一定会接受。"

"嗯！"依依重重地点了点头。

第二天陈克就回去了，依依去车站相送，泪眼婆娑，也许这一去此生便不会再见。

02.什么样的经验才有价值

陈克回去后，依依继续着她的准毕业生活——找工作和准备论文答辩。

依依没在论文答辩上放太多心思，觉得那就是走走形式，本科生的论文是没有多少价值的，教授不会为此提出太高要求，一般都会让你通过，即使过不了也会想办法让你过。大学是有就业率要求的，达不到就业率要被问责，教授还能卡着论文不让你找饭碗？

论文的事依依并不担心，她担心的是工作。前几天，她去一家公司面试，面试官看着简历问：“你有这行的工作经验吗？”依依答：“没有，我还没有毕业，没有工作经验，不过我可以学。”面试官是个和善的人，偷偷告诉依依资方的想法：“我们这里不是学校，资方从来都是以追逐利润为目标的，不会有半副菩萨心肠！”

依依是个没什么心眼的女孩儿，不会说谎，也未曾做过长远的考虑，她的大学生涯也没什么值得说的，没勤过工，没俭过学，没兼过职，没拿过奖学金，没进过学生会，社团活动也不多。最后面试官连“你先回去，如果有进一步的消息我们通知你”这样的客套话也没说，而是直截了当地告诉她：“你不适合我们公司，如果你还对我们公司有兴趣，可以在半年以后再给我们投简历。”

依依心灰意冷地回了家。

对于她这样的女孩子来说，每一次面试都来之不易，都要有运气才能得到，就这样还没努力就不得不失败了，她觉得很悲凉。像许多同龄人一样，越是面试来之不易，就越是错误地把精力放在如何取得面试机会上。她花大价钱去买衣服、拍照片，一遍又一遍地做精美的简历。

困顿的日子里，依依看了一部电视剧，是讲北漂的。

几个主角背井离乡留在北京发展，挤在城乡结合部一间十来平方米大的房子里，每天挤几个小时公交车上下班，透支着身体，年纪轻轻的一个个变得愤世嫉俗、唯利是图，早年校园里的那场不咸不淡的爱情成了脑海里最大的骄傲，美好的时光早已不再，只能维持眼下艰难的生活。

或许还有那惨淡的爱情，当年轻轻勾个手指头、轧轧马路、看看电影，他们就觉得很幸福很满足很快乐的生活，已然渐渐远去。**所谓的梦想，所谓的理想，最后都不得不为吃饭让路**。

作为一个女生，等待依依的是这种命运；而作为一个男生，等待陈克的更是这种命运。

依依觉得，自己不该那么自私。她不希望一直让家里养着，希望早点找到工作，面试了碰壁了知道谋个饭碗不易，就更希望能够进公务员队伍谋一份稳定。

一天，依依在网上碰到当年的闺蜜冯云，便跟她诉说苦恼。冯云是她的高中同学。所谓衣不如新，人不如故，大学同学的交情远比不上高中的，时至今日两人仍是最好的姐妹。冯云读书比依依强，上的是“985”名校。冯云说：“我要是你我也想去，当公务员挺好的。工资是低点，但是福利好，稳定啊，你妈不让你去，要不我帮你说说？”

第二天依依妈妈正好轮休在家，冯云便时不可待地“顺便”来访。

依依没有如往常般把冯云拉到她的房间，说说两个女生的闺房悄悄话，而是两个人破天荒地坐在客厅里和依依母亲一块看电视。

依依故意问冯云：“云云，你工作找得怎么样了？”

“还没找呢。”

“不找工作那你干什么呢？”

“我现在在复习呢，准备去考公务员。”

“像你们学校的，进个外企应该挺容易吧？”

“进外企又怎么了？顶多也就是一个月多拿点钱。”

“有钱挣还不好啊？”

“这点钱多了不多，少了不少，没意思，我就要考公务员。知道吗，要是考上公务员，一辈子的安稳就有着落了。”

两个人一唱一和，依依母亲无心看电视，也竖着耳朵听她们说话。

“你真这么想？”依依向冯云眨了眨眼睛。

“小老百姓不就是图个安居乐业吗？外企可能工资高点，可多这点钱买不了房、买不了车，关键是累啊，资本家能让你好过吗？公务员到点上班到点下班，没听说过公务员加班过劳死的。我表哥去年刚从美国留学回来，进一外企年薪三十万。没多久考上公务员，拿四千多块钱，立马就把外企的工作辞了。我问他值不值，他说值，还劝我趁现在书本没丢，赶紧考一个公务员。”冯云第一次开始佩服自己的口才。

“其实，我倒觉得你表哥那三十万年薪的外企工作不错。”说着依依斜眼向母亲看去。

“你不能光看见贼吃肉，看不见贼挨打。你只看到外企里那些员工一个个工资挺高，可他们有几个觉得幸福的？完不成任务随时都会被炒鱿鱼。一开始我也觉得进外企挺好的，就问我表哥干嘛把那么好的工作给辞了。表哥说现在年轻干得动，老了咋办？要是不能在四十岁前做到高管，前途就很难说了，没准哪天人家看你干不动了就把你裁了，那些外企里就没几个能干到四十岁以上的，那就不是能够干一辈子的活！依依，要不你也去考公务员吧。”冯云巧妙地配合着。

“北京的公务员我哪考得上，我读书怎么样你又不是不知道，要考我也只能去下边的小城市了。”两人在依依母亲面前巧妙地表演了一番双簧。

送走冯云，依依再度跟母亲说起外嫁之事，母亲说：“你哪儿也别去，就在这儿待着，工作不好找就慢慢找，爸妈又不赶你走！”

03.幸福只需要一种方式

晚上父亲回来，依依又跟父亲说起。

“你妈妈怎么说？”父亲问道。

“妈妈还是不同意。”依依只好如实回答。

“既然这样那你就待这儿吧。你看啊，全国人民都想往北京跑，说明了什么？说明北京好啊！人家都是拼了命想往北京钻，你怎么还往外边跑呢？”父亲的观点明显与依依的母亲一致。

依依应道：“我也不想，可是没办法啊。在北京，清华、北大数下来，人才那么多，像我这样的算得了什么？想找份好的工作真的比登天还难。要是去陈克那儿的话，我考公务员肯定考得上。爸，其实我也舍不得离开北京，也舍不得离开你们，可生活就是这么残酷的事情……”

依依说出“残酷”二字，父亲被触动了，回头对妻子说：“好了，经过这些天，依依已经成熟了不少，就让依依过去上班吧。”为人父母，哪有不疼爱自己孩子的，其实依依的父母早就托人找工作了。

依依的姨父小有地位，社会活动能力不错，不久前给依依谋得一个职位，是某大集团北京分公司下属一个单位行政部的专员。这工作毕竟是求人得来，父母希望依依珍惜，不要年少气盛地把这工作搞砸，要等到多碰几次壁才让她去。

柳母拨打电话说："姐夫，依依那个毕业论文写好了，随时都可以去上班。她工作的事没什么变化吧？"

"这个你可以放心。这样吧，下周一，我亲自送她去报到，你看行吗？"电话那头很是热情。

"那多麻烦您啊。"柳母也适当地客气了起来，然后又寒暄了几句，挂断了电话。

周一，依依的姨夫开车过来，载上依依一家三口来到目的地。

"大单位就是不一样，真气派。"依依母亲望着那拔地而起的大厦，也不忘叮嘱女儿，"依依，你进去了可得老实待着，找一家这样的单位可不容易。"

"妈，你放心吧，我一定会好好干的。"依依显然已经习惯了母亲的唠叨。

接着依依开始了她的实习生涯，如无意外，她会在毕业后签约成为这家单位的正式员工。依依知道这份工作来得不容易，小心伺候着，跟同事关系处得也算不错，王哥、赵哥的叫得特别甜，张姐、李姐让做的事都痛快去办，几天下来感觉自己融入了这个团体。

因为是新人，被安排做最简单的工作，比如接电话、打印复印文件、督促清洁大婶把地拖干净等，虽然事情不少，但都难度不大，没有那种把工作做砸的焦虑。几天下来，依依确信自己能捧好这个饭碗，心里也舒坦了，回学校跟宿舍的女生说后，收到许多羡慕妒忌恨。

上班不几天，依依便遇着高兴的事情，公司发放福利，依依虽身为实习生，也领到一张五百元的购物卡。这是她有生以来，第一次挣到"钱"，欢喜得不行，就去一家大超市买了许多东西，把卡上金额花得精光。

依依对陈克的态度逐渐起了些变化。还是在不久前，依依疯狂地想去陈克那儿，那时候她最焦虑的是这辈子吃哪碗饭，提升幸福感的最有效手段就是拥有一份好的、稳定的工作，在那里她有很大把握能考上公务员。

可现在她谋得了一份不错的工作，有本科学历，有父母的房子住，有亿人羡慕的北京户口，生活一片光明，对于当下的她来说，提升生活质量、提升幸福感的最有效手段就是拥有幸福的爱情。她希望陈克能够过来，出于慎重，也出于对陈克的负责，依依决定重新考量一下陈克辞职过来的艰难，于是她重温了一遍那部讲述北漂青年艰苦生活的电视剧。

人处在不同的位置，对很多事情的看法也是不同的。上回看这电视剧，她看到的是北漂青年们的生活艰难，现在再看这电视剧，看到的是女主角们对爱情的忠贞，无论条件多么艰难，都矢志不渝地爱着她们的北漂穷男友。

依依理所当然地想到：我也会像他们一样忠贞不贰，陈克过来也许日子会过得很苦，但我会一直陪他！

于是依依给陈克发短信：我要跟你在一起，一辈子，你来北京好吗？

04.打不烂的铁饭碗是思路

陈克在网上跟依依长聊了一次后，决定赴京，现在要做的是征得父母的同意。于是他给父亲打电话："爸，我想去北京发展，想明天回家跟你聊聊这个事情。"

"这儿好好的，去北京干什么？"父亲被吓一跳。

"电话说不清楚，明天见面聊吧。"陈克也知道，他打这电话是让父亲做好准备。

陈克的父亲是市一中的语文老师，因是在春天出生的，取名陈春华；父亲有个弟弟，是秋天出生的，名叫陈秋实，任市某局局长，正处级干部。次日晚饭后陈克刚一回到家里，父亲就开始问他怎么会想到去北京。

若说是为了依依而去北京显得太没志气，于是陈克说："我是想，到了北京机会更多一些。"

"这儿不是挺好的嘛。"很显然，父亲不希望陈克去外面工作。

"也不能说不好，就是工资低了点儿，每个月工资就那么两千多块钱，觉得挺没劲的。"陈克说的也是实话。

“其实嘛，收入这个东西得综合了看。你虽然工资一年就那么几万，可你福利好啊。工作稳定，社会地位高，你知不知道多少人羡慕你？就社会上那些人，他们虽然一年收入百八十万，幸福感都没你强。”陈克父亲反驳道。

陈克说：“爸，你是不是有点夸大了，我没觉得我幸福感有多强。一个月两千多块钱工资，够干吗的？要不是我还会打游戏卖装备赚点小钱，恐怕连张去北京的车票都买不起，我哪来那么多幸福感？”

“那你觉得你去了北京能挣多少，一个月一万，还是十万？外边的钱有那么好赚吗？”父亲哼了一声。

陈克答：“我去北京能做到什么地步现在没法说，但至少存在赚大钱的可能，可是在这儿呢，能拿到多少一下就算得出来。像你这样的中学高级教师，工作快三十年了，一个月也就拿三千块钱。你说让我这么熬着，多没意思。”

“别跟我扯这些没用的，你就说吧，是不是依依让你过去的？”父亲说。

“有一半的原因吧。我想去北京主要还是为了我个人的发展考虑。”显然陈克不愿承认这个没出息的理由。

“胡闹！”陈春华略有愤怒，“那个什么依依有饭碗重要吗？”

“爸，这跟饭碗有什么关系。我不至于不在这儿干就吃不上饭了吧？”陈克答。

“吃饭跟吃饭不一样！你在这儿捧的是铁饭碗！”

“爸，说真的铁饭碗未必就那么好。就说你吧，当年你也拿着铁饭碗，不是一样想下海吗？”陈克开始说起父亲来了。

1992 年小平南巡后，举国上下掀起一股“下海”风，无数的公务员与事业单位职员纷纷下海淘金。时任中学教师的陈春华，因为工资太低，也办理停薪留职下海。作为一个高考录取率很低时期的大学生，他有着超越 90% 同龄人的智商，理所当然地认为此去会获得成功。

但理想很丰满，现实很骨感，他跑去深圳，找了家报社落脚，折腾了几个月弄不来什么报道，更没有什么有用的人脉，半年后便灰溜溜地回到学校，这才发现在学校当老师是挺幸福的事情。他深刻记得那一段日子，孤身漂泊在外，没有任何依靠，看着身边的每一个人都想挣你的钱，想利用你，想打你的主意。既要防着这个，又要想着那个。

经历过，才会知道不容易；失去了，才会懂的去珍惜。如今，陈春华更珍惜现在的日子，虽然工资不高，但双休、寒暑假是保证的，不用为工资发愁，那自有财政局会为他考虑。平时养养花、读读书，日子逍遥快活。

“爸爸下过海，太知道下海的不容易，所以更反对你现在去北京！你现在还年轻，遇到的事情太少，等过几年你就知道铁饭碗的好处了。”他从书柜里抽出一本《水浒传》，手抚封面，颇有感触地说，“我一直在想，什么大碗喝酒、大秤分金，那都是梁山泊招人的广告，骗人的，有碗野菜汤喝饿不死就算不错了。真要是那么快活，宋江他们又何必想尽办法回体制里来当公务员！”

陈克应道：“爸，你听说过没有，所谓的‘铁饭碗’，不是一辈子在一个地方吃饭，而是无论什么时候走到哪儿，都有饭吃！”

陈春华没有作答，只是“哼”了一声，以示对这种论调不屑一顾。

“爸，你有没有想过，以后的公务员未必就是铁饭碗？以前那些老国企的也捧铁饭碗，可后来不也变了吗，都得去市场里边找饭吃。我留意了一下，现在每年都有关于打破公务员铁饭碗的讨论，呼声是一年比一年高。我现在端的是铁饭碗，可要是过二十年，你能说世界会怎么样？所以说，我们得树立新的观念，学着在竞争中捧起铁饭碗，从现在开始就不能害怕竞争。”陈克也不甘示弱。

“乱说。在全世界公务员都是最稳定的，香港、美国、日本、英国、法国，哪里不都一样？公务员只要不犯大的错误，都是终身制的。你别为了要去北京就什么话都敢说，我告诉你，你还骗不了你爸。”陈克的父亲反应也很强烈。

“爸，我觉得这些事情你太悲观了。你要知道，这个世界一天天变得更文明，一天天变得更进步。二十年前，你和妈妈存好几年钱才买了一台彩电，现在你一个月的工资就能买三台；十年前你用三个月的收入装了一部电话，现在你一个月工资就能买三部手机。社会进步了，物资只会越来越便宜，吃饭就越来越不是问题。**经济落后的时候，有饭吃就是幸福；经济发达了，人跟人的感情才是幸福**。再说了，我虽然不算顶尖，好歹也算是名牌大学出来，要是我都吃不上饭，那可能吗？所以说，我觉得你担心的那些，根本就没必要。”陈克只能耐心地劝说父亲。

05.人心能装多少变数

但凡辩论，多是公说公有理，婆说婆有理，永远辩不出个结果来。陈克与父亲辩得口干舌燥，鸣金收兵，准备来日再战。所谓做思想工作，不外就是软磨硬泡。

晚上陈春华跟妻子统一思想，商量对策。次日一早，母亲给陈克打电话，让他送自己去看病。陈克的母亲最近失眠、心悸，看了几轮大医院的西医看不好，准备去找当地有名的中医瞧瞧。

上了车，母亲问他：“你爸说你不想在这儿干了，想去北京？”

“我已经答应依依了。”陈克只好实话实说。

“那你光听依依的，就不听你爸的？”母亲说。

“听，你们的话我当然也得听，我这不在征求你们的意见吗？”陈克应道。

“你喜欢依依，我们都知道，依依确实挺漂亮的。可你想过没有，你要是去北京了，没有稳定的工作，没有房子，人家还能不能跟你？”陈克的母亲说出了自己的担心。

人生充满了变数，变心是其中一种，上了年纪的人，这方面会有更多感触。二十几年前，陈克的母亲中专毕业，分配回家乡，进了镇上的国营陶瓷厂。捧的是铁饭碗，干的是高端大气上档次的白领财务工作，人又长得漂亮，自然有很多追求者，其中就有大专刚毕业在镇中学当语文老师的陈春华，还有个在镇上开店的个体户。

两相比较之下，陈春华很快落了下风。虽然父母给了他帅帅的容貌，可读多了圣贤书未免有几分酸气，哪比得上做生意的个体户来得风趣幽默？再加上他骑的是自行车，那个体户开的是摩托车，陈春华很快就在这场爱情之战中落了下风。

就在陈克的母亲决定要嫁给那个体户之际，形势突变，陶瓷厂竟宣布倒闭。那个体户见她没了工作与收入，竟然单方面撕毁了爱的盟约。紧急关头，英雄出现，陈春华给了她安慰与信心，说要帮她到底。正好陈春华学校的财务调走，陈春华四下游说一番，竟把她调进了学校。嫁汉嫁汉，穿衣吃饭，谁给你饭碗你就该报答他，这是很淳朴的道理。陈克母亲的饭碗失而复得，感恩之下就嫁给了陈春华。

她当然不会告诉儿子她自己的故事，而是给陈克讲起了道听途说的案例，谁谁谁家的女儿跟人好好的，结果那男的移民签证下来后，就毫无情面地把她给甩了；谁谁谁家的儿子跟某女孩好好的，结果女孩认识了个富翁立马把他踹了……她讲了许多故事，陈克只得陪着说，依依你也见过，她人特单纯，对我是认真的，云云。

母亲对依依能否一如既往地跟儿子好深表怀疑，但并不反驳，只是说："就算依依她肯跟你，那她家里会同意吗？你看现在这电视上演的，要结婚就得有房子，可北京的房子得多贵，像我们家那样的两房一厅，没有两百万下不来，就是搞按揭首付也得五六十万吧。我和你爸这么些年，存的不到十万块钱，就是想帮你也帮不上什么。"

陈克当然知道他跟依依最后分手告终的可能性不小，但他认为这不意味他现在就可以名正言顺地放弃，作为一个男人他不应该先背叛对方，答说："妈你就放心吧，我既然敢去北京，自然就有我的打算。"

"妈妈知道你长大了，也到了谈婚论嫁的时候了，可是你也要知道，生活是很艰难的。在北京，像你这个档次的大学生多了，大把大把的混到三十几岁，买不了房，结不了婚，生不了孩子。你要是到北京去，苦日子就有得你受了。我和你爸都不希望看到你吃那种苦。"陈克的母亲说的也不是危言耸听。

"妈你就放心吧，这两年我跟二叔学到了不少东西，相信我一定可以很快打开局面的。"此刻在母亲面前，陈克自然表现得信心满满。

来到中医诊所，医生望闻切诊，开了一大包中药。回去路上，母亲说："爸妈老了，以后就得靠你照顾了，你要是去北京了，你让爸妈怎么办啊？"

陈克应道："妈，你放心，我很快就会在北京打开局面的，到时候买了大房子，把你们接过来一起住。"

06.爱是纵容，家是港湾

第二天，依依在网上问他跟家里谈得怎样，陈克说：“你放心吧，我一定会说服他们的。”依依在网络那头觉得温暖，打上一个亲吻的图标，说：“依依是给陈克准备的！”

陈克受了鼓励，晚上回家来，又与父亲论战了一场，谁也说服不了谁。

陈春华对现状很是满意，一家三口都在市里工作，公务员和教师都是收入稳定、受人尊敬的职业，他没有任何理由支持陈克的出走。可惜他不是一个成功的人，说话就难让人信服，即便加上父亲的威严，还是不足以让儿子打消去北京的念头。想来想去，陈春华拨通了弟弟陈秋实的电话：“陈克说要去北京，我想跟你商量一下，什么时候有时间我们见个面？”

次日晚上，陈春华来到陈局长家。陈局长正在书房练书法，看到哥哥来了就说：“哥，你看我这字写得怎么样？”

“跟上次比起来，你的字又长进了不少。”陈春华细细打量了后说。

“是吗？我一直琢磨着，等哪天我退了，看能不能找个老干部书画协会当个会长什么的。”陈局长笑道。

陈局长写的是一首七言诗：

> 世事无常未可期，上苍存否且作疑。
> 随意但行所欲事，信笔只写猖狂诗。
> 不怀虚心多战斗，是为实务少迷离。
> 佛曰空者即为色，我道不知是为知！

大意是说：一切不是天注定，人人都有机会成功；心态不要太老成，带着些许“无知”和无畏地勇敢尝试，这才是人生正道。虽说在诗词格律方面有许多不足，但其中的刚烈之气却展现得很成功，陈春华心中更愿意将之归为好诗一类。

“这是陈克写的，就贴在他的博客上，你应该看过吧？他随你，这种舞文弄墨的事情很在行。”陈局长说。

“我不会弄电脑。”做父亲的竟然还不及别人了解儿子，陈春华脸色微红。

“有空也学学嘛，我觉得这都是现代人应该掌握的最起码的工具。**一个人能有多大成就，跟他掌握的技能有很大关系。**”陈局长笑笑。

“老了，老花镜都戴上了，还学什么啊。”陈春华讪讪答道。

陈克这诗表明了要出去闯荡的决心，弟弟今天笔录，莫非是支持陈克去北京闯荡？陈春华心中颇感担心。但无论如何，听听弟弟的意见总是好的。就人生奋斗来说，弟弟陈秋实或许更有成功经验。弟弟与自己同年参加高考，落榜后回村当上了村干部，不久调去镇上，历任计生办主任、副镇长、镇长、县监察局局长，还作为援藏干部任西藏某县县长等。

陈春华叙说了儿子欲去北京的打算后，说：“秋实，你看最近有没有什么去市党校或者省党校培训的机会，让陈克去上上学，也就没那么多乱七八糟的想法了。”

“哥，我知道你的意思，可这也不是什么好办法。陈克要去北京，那都是因为柳依依吧？”陈局长是情商极高之人，早猜到了陈克进京是为了依依。

“就是这个事，你说感情再怎么好也不能把饭碗都丢了呀！我知道他听你的话，我今天过来就是想让你跟他聊聊，让他放弃这念头。”陈春华又掉了个书袋，感叹道，“长安米贵，居大不易啊！”

“我一直觉得，我们不应该替别人做决定，而要尊重每个人做出的决定。现在既然陈克有了这个打算，那无论我们心里怎么想，也都应该尊重他的决定。”陈局长应道。

“那怎么行？”陈春华说，“好好的公务员不干跑去北京打工？不是说我不尊重他的决定，我这都是为了他的幸福着想。”

“可是你想过没有，如果他连这点自由都没有的话，幸福又何从谈起？”陈局长连忙劝解。

“话是那么说，可孩子还小很多事情不懂，那就得父母帮他决定。”陈春华应道。

“哥，你看啊，那个柳依依长那么漂亮人见人爱是吧，你说你不让陈克过去，他心里能觉得舒坦吗？他真要是勉强留了下来，以后没准就一辈子怨恨你。”陈局长说。

“他真要是怨恨我那也没办法，总之我就不能让他走。”听陈春华的语气，好像丝毫不会让步。

“我一直觉得吧，爱是纵容，家是港湾。咱们做父母的，爱孩子就难免得纵容他一下，他真有心出去闯，那就让他去吧，他要是在外边碰壁了失败了，家里就给他支持，帮助他重新起航。我们年轻那会儿有一首歌这么唱的：在我受伤的时候，可以回家。我说你啊，不要给他太多限制，也不要让他有太多负担，这样才能给他更多的动力，对他的人生也更有利。”陈局长笑着说，顺便给陈春华斟茶倒水，平息他的心头火。

“理是这个理，不过，我也是做父亲的，哪能忍心看孩子丢了铁饭碗去打工呢。再说了，年少轻狂，年轻人总以为自己了不起，真要出去了才发现不是那么回事，到时候再后悔就来不及了。外边的世界哪有那么容易！”陈春华说。

“我倒不这么看，今天我写陈克这首诗，就是想跟你说，其实陈克已经有足够的心理准备了。按咱们的老观念，老是觉得公务员是最稳定的；其实嘛，公务员有公务员的稳定，外边也有外边的精彩。我们家进军毕业的时候，我也想让他回来，可他就是不回，说要留在上海做什么网络游戏开发。开发游戏就开发吧，孩子大了就由他们折腾去！陈克嘛，既然他愿意去闯，那也让他去闯，咱们做长辈的别给他太多限制了，就做好给他擦屁股的准备吧！”陈局长笑着说。

陈春华沉默不语。

陈局长又说：“我看你也别太担心了，就支持他出去闯荡一下，要是能成功那挺好，要是不成功还可以回来继续当他的公务员嘛。按照政策，公务员离职五年以后，还可以重新报考。就凭陈克考试的本事，你还怕他考不上吗？”

陈局长的话向来有分量。一锤定音！

07.人生需要的奋斗学

陈克辞职上京的家庭决议通过，开始办理相关手续。

陈局长在自己熟悉的那家酒店订下房间，邀陈春华一家周末聚餐。他想象得到，陈春华夫妇是勉强同意陈克辞职的，心中定有许多不安，他既牵头同意陈克去闯，就有责任安抚兄嫂。

陈春华与妻儿来到包间时，陈局长正拿着平板电脑玩游戏。

“想不到你还玩游戏呢？”陈春华先说话了。

“与时俱进嘛，现在玩这个的可多了。别的游戏我不玩，可我们进军开发的游戏，我这个当爹的一定得捧场。”陈局长答道。然后他关了游戏，打开一个网页，是陈进军与某成功人士握手的照片，标题为“我工作室获得豹子基金一百万元天使投资”。

陈局长吹嘘起儿子来：“进军毕业说要留在上海的时候，我的态度也像你现在一样。我说你是不是嫌咱们这儿地方小，藏不了你这大鱼，你留在上海又能怎么样？他说他不喜欢当公务员，还说要在四十岁之前挣到十个亿。既然他说得那么自信，那我就保留态度吧。好像现在发展得还不错，毕业没多久就拉起一帮人做了几个小游戏，上个月刚拿到一百万元的投资。他还说，准备三年之内做到上市，到时候一定请我去纳斯达克敲钟呢！”

陈克与陈进军相形见绌。

“要是我们陈克有进军那么能干就好了。”陈春华奉承道。

“话不能这么说！”陈局长说，“陈克跟进军是从小一起玩到大的，无论考高中、考大学都不分上下。进军能做到的，陈克也一定能够做到，你们完全可以给陈克更多的信任。也许用不了几年陈克就成功了，到时候把北京最好的房子买下来接你们过去住，同享天伦之乐。”

陈春华笑笑不语，妻子说：“要是能够那样那当然好。”

晚辈远行，陈局长作为长辈定是要给些忠告的。他跟陈春华夫妇聊过一轮，转而对陈克说："陈克，你辞掉这份工作，在放弃稳定的同时也获得了自由，就当是一种投资吧。投资就得有个运营目标，你说赚多少钱合适？"

陈克心底不缺豪情壮志，但在长辈面前不敢显得太锋芒，说："我希望到我三十岁的时候，每年能收入三十万。"

陈局长哈哈地笑："怎么这么保守？到了说目标的时候你就得敞开了说，这叫大气。三十万能叫奋斗有成吗？一个大专毕业的女孩子去做售楼小姐，运气好点提成就能拿五十万；一个文化程度不高的小生意人，开家百十平方米的餐馆，经营好了也能赚到这个数。以你的天资，要是到三十岁才拿到三十万，那你就得检讨检讨你的人生了。"

"是呀。"陈克赶紧符合道。

陈局长又说："我们进军说了，要在四十岁之前赚到十亿元，那你也定个十亿元的目标好不好？"

"好的。"克回答得干脆利落。

陈局长举起酒杯，说："记住，今天你从这里走出去，走的这条路咱们就叫十亿元之路。"

陈克说："好。"

陈局长皱眉头表达不满，说："气势不够，大声说'十亿元之路'。"

陈克遵长辈之意，大声说道："十亿元之路！"

陈局长哈哈一笑，与陈克碰杯，一饮而尽。

树立远大理想并不需要哪怕一丝一毫的技术含量，对实现人生辉煌也只能起到微乎其微的帮助。世事艰难，多少年轻人踏上北京这片土地的时候，确信自己会是将来的亿万富翁，可过得几年却发现，即便费尽九牛二虎之力也未必能牢牢捧好一个饭碗。理想很美，但关键还在于怎么去实现。于是陈局长说："有个企业家叫江南春，你知道吧？"

如此财富英雄，陈克当然是知道的，答："知道。"

陈局长向陈春华夫妇介绍起来：江南春，1973 年生，家境一般。1991 年考入华东师范大学，为了区区几百元的债务兼职打工，由此积累了原始资本，1993 年他在二十岁时创办永怡广告公司。后以分众传媒在美国纳斯达克股票交易市场上市，市值高达八十亿美元。

陈局长转身对陈克说："江南春二十岁开始创业，一边上学一边创业，很快就资产过亿；同时，还有相当多清华北大毕业的，奋斗到六十岁退休也就是搞个饭碗。这说明了什么？这说明只要你学的东西是有价值的，那你很快就能成功；如果你学的东西是没用的，即使你很有天赋，那你奋斗到一百岁也就那样。"

陈克点了点头。

陈局长又说："想想看，你能不能到四十岁的时候，达到人家二十岁时的能力？说实话，我不知道你有没有当大企业家的天赋。不过不要紧，就算你没有，但是你可以改变。从现在开始到四十岁，你有二十年的时间去改变。**只要你学的东西是有价值的，你就有出人头地的一天**。"

陈克问："那什么是有价值的东西呢？"

什么是有价值的？这不是一句话能够解释清楚的。陈局长笑了笑，抿了口酒，说："我一直认为，人生奋斗最重要的就是懂得怎么样去奋斗，所以我写了一本系统研究奋斗的《人生奋斗学》，希望能够对你有所帮助。"说着从口袋掏出个U盘来递给陈克。

陈克接过来，感觉沉甸甸的，如同手上拿到了武林秘籍。因为有标准、权威的语文、数学等教材，所以只有最聪明的人才能考进清华、北大；由于没有标准、权威的《人生奋斗学》教材，所以各有际遇，不乏才智及其他天赋颇高者混得不如意，也不乏才智平庸出身平常者取得成功。陈秋实从村干部做到局长，于人生奋斗自有其独特见解，其数十年总结的《人生奋斗学》自有科学之处。阅读此书，简直是给自己的人生开挂！

陈局长又陆陆续续说了儿子陈进军的许多事情，半为炫耀，半为让陈春华夫妇放心。饭后送别之时，陈局长对陈克说："明天来我家一趟，我还有点事跟你说。"

陈春华夫妇放下心来。

08.从学习期到获利期

陈局长知道，侄子陈克此去北京，最先遭遇的恐怕不是奋斗与人生的问题，而是爱情、婚姻、家庭，“丈母娘需求”必然会影响陈克的奋斗轨迹。他年近半百，对这即将到来的问题洞若观火。

次日陈克来访，陈局长对他说：“你跟依依感情是不错，可是你没有房子没有事业，人家爸妈也不会让女儿嫁给你啊。”

“所以我得创业。”陈克小声说道。

“有什么计划吗？”

“还没有。不过既然别人可以，我也一定行！”

陈局长笑了笑，然后郑重地对他说：“我有些话要跟你说，你把手机拿出来，录个音，回去多听几遍。”

陈克打开手机录音功能，静待陈局长良言。

“失败的人生不外乎两种，一种是不思进取，一种是急功近利，我不怕你不思进取，就怕你急功近利。年轻人嘛，要买房，要买车，要结婚，都想着到三十岁的时候就怎么怎么样，所以不顾一切地去闯去拼，除了少数几个成功的，大部分都碰得头破血流，而且对以后的人生也造成了很不好的影响。我跟你讲，人这种东西非常脆弱，经历几次大的失败，信心就完全被击垮了，一辈子都爬不起来，所以要谨慎，要么不做，做就要成功。条件不成熟，就不要去做，要老老实实打基础，要提高能力，积累资源。”

陈克礼貌性地点点头，这是对说话者的尊重——表示他在听着，而不是同意。年少气盛、血气方刚的年纪，陈克凭什么就要听从这老成之言？

“这世界从来不缺乏少年得志的人，也给了年轻人们足够的猜想。都想着锥处囊中，其末立现。叫嚷着给我一个机会，还你一片奇迹——哈哈，这种话是说给别人听的，要是说给自己听那就不合适了。确实有少数人刚进入社会就成功了，可是那种人绝对不会是你！”陈局长继续说道。

陈克心凉半截，叔叔对他竟然如此不看好！

陈局长不管陈克，继续说道：“你是在校园里长大的，校园是最斯文的地方，也离利益与算计最远。你爸是老师，这个职业远离商业，也远离权谋。你要想升官发财，可以说你的家庭教育还有成长环境对你提供的都是不利的影响。你在校园里玩耍的时候，别的孩子在大街上摸爬滚打；你在书房里读《红楼梦》的时候，可能别人家的孩子在菜市场里跟人讨价还价；你在崇拜爱情伟大的时候，人家研究的是怎么泡妞。可以说，人家相当于比你早进入社会十几年，对这个社会的观察和理解，也都比你多得多了。”

陈克若有所思，点了点头。

陈局长继续训话：“你一定会成功，但很可能不在短时间内，所以你也没有必要着急去制订人生规划。我年轻过，知道你们年轻人的所谓人生规划，比如今年要挣十万，明年一百万，后年一千万；或者今年升主管，明年升总监，后年自己干。我告诉你，这不是规划，而是愿望。真正的计划，该是怎样赚到一千万，准备今天做什么，明天做什么，后天做什么。还有，你现在提出的奋斗规划，是按你目前的能力走的，那样很容易陷入低水平奋斗的陷阱。有句话说，人穷志短，你手里没资源，目标自然也小。你何不提高能力以后再去提奋斗呢？到那时候，你就叫艺高人胆大，做出的奋斗规划目标也大，也会更合理，更容易实现。”

陈克诚恳地点点头。

陈局长说：“所以你要沉得住气。要相信，能力够了资源够了，发财也不难。所以那些什么二十几岁决定人的一生，什么赢在起跑线上，你都可以做出自己与众不同的解读。以做生意发财为例，你们的偶像任正非，四十七岁了才创立华为，一样成功。1988 年，他创立华为的时候资产不过两万元，可四年后就销售过亿，利润过千万了。还有史玉柱，原来做生意欠好几亿的债，推出脑白金两年就把债还了。想想看，这得是多高的发展速度？这说明什么，说明你把能力修炼到家了，成功可以说就是片刻之间的事情。记住，台上三分钟，台下十年功。你后台积累的能力、资源越多，前台所需的操作就越少。”

陈局长解答了成功的话题，陈克心静下来了。

“话就说到这儿吧。我写几个字送给你。”说完陈局长摊开宣纸，用毛笔写下四个大字：厚积薄发。

陈局长问："看到这几个字，你想到了什么？"

厚积薄发就是积累足够的资源、能力再去做事情。这让陈克想到元末朱元璋最后胜出的根本策略"高筑墙，广积粮，缓称王"，说道："杀鸡用牛刀！"

"杀鸡用牛刀"往往被理解为得不偿失，陈局长听后却点了点头，说："我们就是要用牛刀来杀鸡。'厚积薄发'四个字的精髓就是：为了确保成功，要舍得必要的浪费！"

09.情绪有多大风险就有多大

陈克用最快的速度办完离职手续，奔赴北京。

依依到火车站接陈克，感激他的付出，大庭广众地热吻他。陈克被众目盯得不好意思，说："穿黑丝的姑娘，注意影响啊。"

"现在去哪？到我家坐会儿吗？"依依暂且饶了他。

"媳妇啊，你觉得现在有资格去你们家吗？"陈克答得显然信心不足。

柳依依说："那先找个酒店住下吧，别的事慢慢再说。"

"住酒店好贵的，直接租房子吧。"陈克已经做好了长远打算。

打车来到复兴门附近一个小区，这里的环境太糟糕了，楼房老旧，垃圾满地，而且路上还有积水。依依心有不悦，问道："这地方好吗？"

陈克答："以前傅军就住这儿，交通挺方便的，先在这儿住着，找到工作再搬。"更令依依想不到的是，陈克带她来到地下室，问管理员："这儿有房子租吗？"

接着管理员带陈克看房子：这个四百块钱……这间小点，三百块……这个带窗户的七百块钱。接着陈克交给管理员八百元，租下了带窗户的那间，外加一百元押金。陈克又向依依解释，说地下室房租按月交，押金少。

门外过道一个三十多岁的男人走过，见依依美貌，便放慢脚步，硬是极不礼貌地向门里看来。住地下室的男人们有许多是够不着女士温柔的，唯有眼光上追求满足，依依更觉得他面目狰狞，觉得这地方很可怕，急忙说："这，能住吗？空气多不好啊。"

"能住啊，好歹还有个窗户呢。"陈克打趣道。

之后陈克去附近小店买了褥子被子，往床上一铺，开始向依依打趣道："苦不苦，想想红军两万五！累不累，想想革命老前辈。"

"朋友，你住过地下室吗？你曾把这么漂亮的女孩子带进地下室吗？如果没有的话，你不觉得你的人生是不完整的吗？"

"过个二三十年，咱们可以这样教育陈小克。小克呀，古语说得好，天将降大任于斯人，那就得苦其心志，劳其筋骨，当年你爹艰难啊，揣那么点钱就来闯北京……"

依依没有被陈克的乐观逗笑，反而眼泪掉了下来。

"宝贝，别哭啊。"陈克连忙哄她。

"我感动！"柳依依说。

"原来是感动，虚惊一场！"陈克嬉皮笑脸地说。

依依心里未必全是感动，或许还有着"难道我这辈子要跟这个住地下室的男人在一起吗"的悲观念想，这是人之常情。陈克突然有个想法闪过：依依的情绪肯定会影响到我的发展，得想办法让它产生好的影响，杜绝坏的影响。

拥着爱人流泪，一次两次那叫感动，次数多了就是悲剧了，所以得冲冲喜，陈克说："今天日子不错，找个人来请咱们吃饭吧。"说完陈克嘿嘿一笑，掏出了手机："傅军啊，我来北京了……"

电话通完，陈克说："搞定！傅军说今晚给我接风，待会儿宰他，不用跟他客气，想吃什么点什么，没有想吃的就找贵的点，不把他吃破产咱们绝不罢休。"

陈克先把话说出去了，然后真的弄来了顿饭，这成熟的自信还是让依依感觉很好，连忙说道："瞧你能耐的。"

陈克想要用欢乐与笑声，营造一个壮阔的开始，坚定依依对他的信心，以免让她的情绪影响到自己的奋斗，于是陈克说："待会儿咱们去赴宴，你总得穿得像样点吧？"

"我这穿得不好吗？"依依问感觉莫名其妙。

“废话少说，哥哥送你一套新衣服，走，买衣服去！”说着陈克就拉着依依往外走。

傍晚时分，陈克与依依打车来到一家家常菜馆，刚下车便听到喊声：“陈局长！”大四临近毕业时陈克说要回去当公务员，宿舍里兄弟都说他是明日之星，来日的陈局长，给他起此雅号。与傅军同来的，还有大学宿舍里的另一个同学张震宇。

几人进了馆子坐下，点来酒菜，大快朵颐。聊起近况，傅军毕业后去了一家小图书公司，几个月前跳槽去了一家大公司。张震宇则连名片都没有，因为他现在在做家教，既教化学，也教数学。

“哪天把你学生带个出来我瞅瞅。”陈克对张震宇说。

“干吗？”

“我就是想问问他，他数学是化学老师教的吧？”

依依与傅军笑了。

张震宇说：“当老师是文人末路，我这都够倒霉了你还笑我。”

“你不能那么想，得看到好的！咱们这个时代最大的特点就是机会多，三百六十行，行行出状元，哪行干好了都是路。就拿在辅导机构当老师来说，你要是干好了，十亿元就是你的。”陈克笑了笑道。

事实上新东方教育集团市值四十亿美元，几个办辅导班出身的创始人身家数亿美元乃至过十亿美元，被称为“全球最富裕教师”。这是只有在中国才有的奇迹。

张震宇却没陈克那样的自信：“市场早被瓜分完毕了，我们哪还有机会？能混碗饭吃就不错了！”

“怎么没机会？”陈克反驳道，“咱们国家GDP增长率一直在8%以上，增长率高说明你随时都可以进场，这就是机会。还有，咱们国家在民营企业这块还没有大的垄断，这也是机会。话说明白点，你要有本事开家超市就能赚钱，在美国你试试，沃尔玛还不吃了你？知道沃尔玛吗，有自己全套采购、物流、仓储体系，甚至还有自己的卫星系统，那竞争壁垒绝对够强。”

张震宇说：“你倒是挺自信的！”

“那是，”陈克答，“我辞职出来的时候定下了目标，到四十岁之前我要赚到十个亿！我说你们两个，得给自己点信心，谁说了你们不可以赚到十个亿？”

10.什么岗位最容易成功

住下之后便是找工作。陈克每日上网，发十几份求职简历。

一天依依问他求职怎么样了，陈克说：“面试过一家广告公司，一家商贸公司，一家网络公司，职位名称分别是文案、助理、销售。但似乎都希望不大。”

依依说：“你怎么应聘的啥都有，你得想好了干哪行做什么岗位，然后去努力那才行。”

“条条大路通罗马嘛，从哪儿起步都是一样的。”陈克知道现实不由得他来挑，但又不愿说得太伤感，只好这么说。

接下来几天的面试，让陈克觉得自己开局的第一步可能未必走得好。

“门口那家地产中介招人，我想明天去跟他们聊聊。”想着给依依先来个心理上的铺垫，陈克这样说。

“地产中介？你怎么能去干那个？”依依虽然没跟他们打过交道，但第一印象就是学历低、收入低、地位低的一群人。

“干那个怎么了？不偷不抢，也是堂堂正正的一个职业。”陈克笑着说道。

依依说：“我觉得挺没前途的。”

“怎么没前途？我告诉你，我进去学习买卖二手房，积累点房产销售经验，然后找个机会跳槽去万科、住总、中海那些大地产商当售楼先生，那收入就没法说了。想想看，一套房子三百万，提成千分之五，一单就一万五了，咱也不贪心，一周就卖一套，卖够了咱就歇着，回家伺候老婆。算算看，就这样一年下来能赚多少钱？年入百万了，就叫行行出状元！”

依依小小笑了一下，没有应答。

说到和做到只有一个台阶的距离，但如果你不抬脚，则永远也迈不过去。陈克当然也不愿意去。很简单的道理，他若选择去做地产中介了，难免就会被人打上低端的烙印，日后若想跳槽去其他行业，这段历史将会是很大的障碍，或许对他一生的轨迹都有影响。

转眼间半个月过去，陈克的工作还没有着落。这天依依来到地下室里与陈克幽会，面对家徒四壁，面对失业男友，越想越是伤心，就对陈克说：“对不起，其实我不该那么任性，要是我选择分手的话你也不用这样了。”

“乖，别这样，工作很快就会找到的。”陈克只能尽量安慰。

依依说：“要不你回去吧，让你二叔帮忙，你还可以继续在原来的单位上班。”

陈克应道：“我无所谓的，我说过，只要是你想跟我在一起，我会排除一切障碍，创造一切条件跟你在一起。”

依依埋头在陈克怀里，说：“对不起。”

陈克说：“乖，咱们夫妻之间不说谢谢，也不说对不起。”

“嗯。”依依很听话。

晚饭是在小区外的快餐店吃的，饺子十元一盘，牛肉粉八元一碗。饭后陈克送依依坐车回家，路过一家地产中介店，依依往里多看了几眼。她不奢望陈克能在多久内就能买房买车事业有成，但起码希望陈克能找到白领的工作，在有空调、电梯的写字楼里上班，不希望他在街头发传单，干很辛苦的活。当然她不知道，现在的地产中介已经基本实现了专科化，本科化也为期不远了。

这些天父母来了好几个电话，问他工作找得怎么样，陈克唯有说自己一直在面试，工作并不难找。这天晚上父亲又来电话，陈克搪塞了一通，挂了电话后想到：无论怎么样也该有个结果了，要不然家里担心、依依失望不说，自己都要怀疑自己的能力了。

次日依依下班后过来，问陈克工作找得怎样。

“找到了，就咱小区门口那家地产中介。我准备明天下午去入职。”陈克实话实说。

“你真要做地产中介？”显然依依极不情愿。

陈克答：“我觉得挺好的。我告诉你，天津有一个大富翁，超大的那种，就是从地产中介开始干的，现在身家都好几十亿了。”

依依纵然心有凤凰落到鸦巢的不甘心，却也无可奈何。

陈克打趣道：“你别瞧不上人家，人家还未必瞧得上你呢，不信你去面试，看看人家要不要你？那可是一个通往辉煌人生的机会，多少人抢？告诉你，冲着那八百块钱底薪去的人多着呢，要不是咱口若悬河、学富五车，帅得惊天动地，还真拿不下来。”

依依不为所动。陈克知道，女孩子总希望自己的男人干斯文体面的工作，于是说：“对了，明天我还有个面试，去一家广告公司复试。”

“他们是做什么的？”依依听得是斯文体面的工作，又是复试，来了兴趣。

陈克答：“广告公司还能做什么，无非是‘今年过年不收礼，收礼还收脑白金；恒源祥，羊羊羊’。就这事儿。”

依依说：“那你好好准备吧。”

“我会的，我准备明天梳一大背头去，《上海滩》里许文强那种。”说着陈克拿出一瓶定型摩丝。

“那是不是太装了？”依依感觉不太靠谱。

“这个世界不怕你装，有时候就怕你不会装、不敢装，装得像了也就成了真的。我就是要让他们快速知道，我懂这个世界！”陈克也对明天的复试充满期待。

第二章

时间

时间不是海绵里的水，而是骨子里的血

11.善用已知，不怕未知

次日早上，陈克按时来到位于东三环国贸附近的一幢写字楼，寻找要面试的这家“华夏精彩”广告公司。

国贸是北京的CBD，这里集中了大量商贸及为之服务的公司，不乏跨国企业，是北京白领阶层最大的集散地。行业通病，稍微有点儿理想的广告公司都给自己安个国际化的形象，譬如眼前这个面试陈克的男人Allen（阿伦）。

“简历上说，你并没有广告行业的经验，你说我凭什么要你？”阿伦绝不是个慈善家，上来就凶狠发问。

若是表现得友善了反容易遭人轻视，于是陈克提高了声音自信回应：“既然我能闯过初试来到这里，跟那些有行业经验的人一起竞争，那我想我身上一定有可取之处。至于经验嘛，我是这么看的，**解决已知问题，经验很重要；探索未知问题，天赋和素质比经验更重要。**按照我的观察，咱们公司正处在一个急剧上升的阶段，也许很快就会遇到一些从来没有遇到过的业务，所以除了有经验的人外，我们更要招收一些能面对新问题、解决新问题的人，录用员工应该看重他的素质和天赋。我想前两天的笔试已经证明了我在广告上的天赋，如果可能的话，我希望能够用我的天赋，把我们‘精彩’推到一个更高的高度！”

语毕，陈克用坚定的眼神望着阿伦，神情似乎在说：我不是来求职的，不是来求你赏口饭吃的，而是来帮助你们的！

任何行业都有低端业务和高端业务，阿伦的广告公司，现在做的主要是平面广告投放和活动策划执行，他更希望能够做高层次的、利润更高的。陈克的话说得他心里暖洋洋的，但是显然还没有打动他。

“虽然是狡辩，不过很动人。”阿伦说了句模棱两可的话。

陈克不清楚这话的褒贬，没有应答，只是轻轻点了一下头。求职者在遭遇“经验”话题时，大多会说“虽然我没有经验，但是我可以学”这样的话，以求得机会，在气势上就弱了几分。其实资方是不爱听这话的，他要赚你的剩余价值，不想本着菩萨心肠培训你。

陈克偏生要从弱点里说出优势来，这令阿伦另眼相看，就对陈克说："广告创意好不好，很难用数据来衡量，关键还得用嘴把人说服。雄辩也好，狡辩也好，能说就行。我挺喜欢你。"

"谢谢！"陈克看着阿伦说。

阿伦迅速收起他的友好脸色，一言不发，眼睛直直地盯着陈克，过了十来秒，突然说道："有天赋的人多了，也不是每个都能成才。凭什么你就能把我们推到一个新高度？"

"我凭什么不能？"陈克反问，"只要按照正确的程序成长，我没有理由不成才。"

"哦？"阿伦问，"说说看，正确的成长程序是怎么样的？"

"其实成长很简单，就是四个字：提高能力。失败的人大多不是因为笨，而是因为急功近利，他们把时间浪费在了找机会上。而我认为只要有能力，机会自然来。所以，我会把时间放在提高能力上。接下来我会踏踏实实地提高写作水平，做一个出色的撰稿人，踏踏实实地提高交流技术，可以完好地去给客户提案。我相信只要一两年，我就能成为一个行业专家。"

阿伦点了点头，对陈克态度基本确定，看似友善地说："现在年轻人不是挺喜欢考公务员的吗？你干得好好的怎么想着出来了，不会是……犯什么错误了吧？"

陈克相信，只要他告知自己是为爱情而来，马上即可打消阿伦的疑虑并获得好感，但他不想这样做，因为他总觉得高尚应该存在心里，不应该拿出来获利。习惯于培育自己的高尚形象获利，并不利于长远成长。

"我听说过这样一句话，面对可疑的事物，强者应该看到机会，弱者才会看到风险。我想您更应该从我身上发现机会。中国民企500强加起来，销售额也就跟两大石油巨头差不多，可见国企才是广告行业最大的雇主。可我从咱们公司的业务介绍里边，竟然没看到任何一家国企的名字。我相信您曾经接触过他们，但是没有抓住。我有两年公务员从业经历，跟他们打交道会顺手一些。我觉得我有一些难以被描述的能力，因耳濡目染、潜移默化而来，也难以被局外人掌握。或者说这是一种感觉，也许在将来某一天，我的这种感觉可以帮助你开拓这类型的客户。”陈克说得很老道。

停顿了一下，陈克继续说道：“当然了，我个人在品德上没有任何问题，如果有机会合作，你很快就会了解的。”

阿伦在思考陈克是否大学毕业后，进入国际4A 广告公司工作过，这样的经历让他与国企客户“气场不合”。思虑一飘而过，陈克的话让他受到启发，也预期陈克能给他带来利润。

获利预期是构成合作的基础，阿伦决定录用陈克，就打趣道：“吹！真能吹！你一个没有任何经验的人，说得跟我们的救世主似的！”语调一转，又说：“广告行业就需要你这样的人才！现在我正式邀请你加入我们精彩广告公司！”

其实，大多数人缺少的不是机会，而是抓住机会的本事，显然陈克抓住了这个机会。他站起伸手邀握：“感谢您给我机会。”

12.拜顶头上司的山头

次日一早，陈克便来“华夏精彩”广告公司报到。

公司苏姓文秘给他登记个人信息，信息里让填个英文名字，陈克的第一反应便是初中英文课本里最常见的Tom和John。因为《猫和老鼠》太出名了，起名为Tom就有几分滑稽之感，那样容易被人理解为一个戏谑之人，于是拖长了声音答道：“约翰！”

文秘笑了一下，说：“Hello,John!I’m Susan！”

旁边一个跟陈克年纪相若的男同事刚来到，未及把背包放下，插话进来说：“Good morning，John!”

他与陈克尚未相识便如此，看来是个活泼的人，陈克对他说：“How are you？”

对方用初中课本里的英文对白说：“Fine, thank you, and you？”

陈克答：“I’m fine too.”

两人一笑。

“我叫陈克，刚来，兄弟怎么称呼？”陈克见对方如此热情，就又主动打招呼。

“我叫董阳。”说完随手给陈克一张名片，“我们公司内部联络用 QQ，加我。”

“不是说你们北上广深的白领都用美国 IM 的吗？”陈克问道。

“那是以前。后来大家发现离线留言和断点续传功能很重要，都改用 QQ 了。美国 IM 再强大，也架不住中国人才多啊，这是竞争的结果。”董阳说得颇有几分调侃的味道。

陈克加了他，见其昵称为“出色的董阳”，就说：“你 QQ 名取得挺好。”

董阳答道：“最好的广告就两个字：自信！”

陈克吹个口哨，把自己的昵称改为：精彩之陈。一则说明他是“精彩广告”的陈克，二则说明他将要绽放精彩。

董阳赞道：“好名字！”

我们认为一个人好，是认为他对自己有利，至少不会带来伤害。短暂的交流，董阳给陈克的印象挺好的。此人性格活泼，一看就是热心之人，陈克初来乍到，也许会遇上许多问题，而此人或可给予帮助。新人上班，当然得去“觐见”顶头上司，否则这无礼易被解读为：这新人不把我放在眼里，莫非有来头？得提防加打击！

陈克向董阳打听得顶头上司是创意总监周必成，就走过去说：“是周总吗？我叫陈克，是新来的策划文案，以后还请您多关照。”

周必成长发扎辫，山羊胡子，戴一副黑框眼镜，打扮与众不同，看着颇具艺术家气质。可惜高且瘦削，三角眼，略显阴沉，依据“相由心生”的说法，跟此人打交道恐怕不容易，陈克叮嘱自己要小心。

“你的简历给我看看。”周必成看了一眼陈克说。

陈克答：“打印的没带，电子版的发给您吧？”

“发过来吧。”周必成冷冷地道。

查看下属简历是理所当然的，从正里说是可以针对下属个人情况合理分配工作，往邪里说每一个下属都是潜在的竞争对手，都是潜在的想把自己搞走的敌人，掌握一下对手的信息当然很有必要。

周必成看了陈克的简历，问：“以前做过广告吗？有什么案例吗？”

“没做过，我这是从零起步，以后还得跟您多学习。”陈克如实回答。

周必成自言自语：“怎么招个没经验的进来。”又对陈克说：“为什么选择做这行？”

“在我可以选择的职业里边，这算是我比较喜欢的吧。”陈克依然实话实说。

周必成又看了看陈克的简历，想了想说：“你还没有经验，这样吧，让我看看你对广告的感觉。”然后拿出两张广告小样，对陈克说：“这是我们给客户做的两张平面广告，说说看，你喜欢哪一张，为什么。”

客户叫“新新果汁”，一张画着一男一女，两人用手摆出个心的造型，广告词曰：新新果汁，心心相印。另一张是美女模特喝着果汁，一脸陶醉的表情，广告词曰：新新果汁好滋味。

瘦死的骆驼比马大，丞相的门人七品官。毕竟陈克是受到陈局长指点过的，他可以通过几句反问模糊判断出对方的态度，从而说出跟对方一致的观点。但他觉得没有这个必要，作为一个没有伤害能力的新人，陈克最重要的是展现自己，以方便别人培养。

“其实，消费者不会奢望生意人有多高尚，做生意的心眼不坏就算不错了。既然他们都不奢望，那我们也就没有必要刻意去营造高尚的形象了。如果强调心啊、爱啊这些，反而容易给人一种‘无事献殷勤，非奸即盗’的感觉，最终影响销售。对商人来说，最大的道德、最大的品德就是老老实实做买卖，不用烂水果来榨汁，不要加太多添加剂，不要过了保质期还出售。所以，我个人比较喜欢‘新新果汁好滋味’那张。因为我们强调了好滋味，实际上也就强调了我们的果汁新鲜，这就已经足够了。”陈克觉得，**有时候就应该一针见血，不能总是投其所好**。

周必成仔细听了陈克的话，面无表情，也无评语，只是说：“你刚来，今天就不给你安排工作了，你先熟悉一下。”

“好的，那我回去了？”陈克见周必成无另外吩咐，就想结束对话。

“嗯。”周必成嘴里哼出一个字。

13.寻找帮助自己的人

陈克回到工位上，打开电脑看留下来的资料。他是外行，又缺乏对项目的了解，电脑里的资料他多是看不明白的，就索性不看了。提高自己的能力可以捧稳饭碗，但这需要时间，对新人来说，营造良好的同事关系或许更重要。

陈克加了众同事的QQ，查看他们空间里留下的签名、照片、日志等，这可以帮助了解一个人，以促进交往。某策划同事在空间里留下诗歌若干，如：

笑饮千盅醉，放歌流云间。
催马芳草绿，挥刀易水寒。
挽弓且射鹿，年少莫等闲。
明日聚知己，誓死战长安。

豪放诗歌的路子就是吹牛皮，动不动就干掉千杯酒，动不动就骑马挥刀舞剑，实际上喝不了三两就醉；马没骑过，刀剑更没舞过，完全脱离现实生活，不客气地评价便是迂腐得可以。陈克看了他的十来首诗歌，初步判断：此人有些儒雅与清高，在商业社会的表现带点迂腐，或许不易接近，不易成为密友，但有必要的时候，他是可以帮助自己的人。

又一同事，签名写得貌似上进：

努力！努力！努力！
从今天起，做一个心理强大的人！

心理强大的前提是要改变自己的懒惰与脆弱。陈克初步判断此人或许需要提防。弄清楚谁需要提防，谁能给自己帮助，谁好打交道，谁难相处，如此等等，都是融入新环境的第一课。

这一天，陈克在看文件资料与观察同事中度过，并在午饭时间跟众同事认识了个遍。

次日早上，陈克上班来到楼下，刚好碰上文秘 Susan。

“吃了吗？”Susan 主动问候。

“吃了，你呢？”陈克礼貌回应。

“没呢。我六点半就得起来，不然地铁上不去，都没时间吃早点。”Susan 可怜兮兮地说。

“可怜的孩子！”陈克扔出一块巧克力，“接着。”

买点小零食揣口袋里偶尔分发一下，不费什么钱却易增进同事关系。

Susan 接过剥开，说：‘挺好吃的。”

“感动吧？”

“感动，陈克，爱死你了！”Susan 是个开朗活泼的女孩儿，自来熟是她的性格，“爱死你了”是她的口头禅。

“啊？这就爱上了。本哥哥郑重警告，不要迷恋哥，嫂子会揍你。”陈克调皮应道。

“美的你。”Susan 笑了。

在陈克眼里 Susan 是个典型的职场女孩，爱生活、爱八卦，从她那里可以获得很多小道消息，是必须要交好的。**获得信息是不可缺失的生存技巧**，就好像农村大妈们喜欢凑一起张家长李家短的，绝不是低素质，而是她们需要以此交换信息、获得信息，否则就会落后，甚至被淘汰。

陈克问：“王总跟赵总是……”陈克所说的王总是公司副总，名王丽珊。

“夫妻呗。以前他们在一家国际 4A 公司上班，然后就好上了，因为公司里不让谈恋爱，他们就出来了，开办了咱们公司。”Susan 耐心地说。

“噢，原来是这样。”陈克装作恍然大悟的样子。

陈克又问：“我昨天看了一下电脑里的资料，好多都是新新果汁的，这是咱公司最大的客户吧？”

Susan 答：“那是，咱公司业务至少得有四成是新新果汁的，只要把这客户伺候好了，咱公司按时发工资啥的就不用担心了。”

两人且走且聊。

今天陈克接到了活儿干。公司的大客户新新果汁，要召开一次一百多人参加的经销商会议，会议后有真人CS对抗等娱乐活动。陈克接的第一个任务，便是跟北京、天津各酒店打电话，问住宿的价格、会议室价格。这一天，陈克泡在电脑上搜索酒店，然后便是打电话，问规模，问价格，问折扣。

过两日，陈克与董阳外出，去各酒店考察。看住宿环境，看会议室，拍些照片，量量尺寸。陈克感叹这真是个纯粹的体力活啊，就想起了那个段子：骑白马的未必是王子，可能是唐僧；穿西装打领带的未必是白领，可能是广告人。

忙了一天，傍晚开车回到公司，董阳说："跟我跑一天累了吧？走，哥哥请你喝酒去。"

"还是我请吧，以后还请多多关照。"酒精促交情，陈克当然愿意与同事搞好关系。

"今天我请，下回你开了工资再请我。"董阳自然不会让一个新人请客。

董阳带陈克七拐八拐，寻着一家低档餐馆，点了数味家常菜，要了啤酒数瓶。菜未上，两人已是几杯落肚。

"我就喜欢能喝的。"董阳干了一杯说道。

"我也觉得跟你特别投缘。"陈克连忙敬了一杯酒。

"虽然相处的时间短，不过我觉得我挺欣赏你的。你的策划案没见过，不过听你说话干脆利落，做事从不拖泥带水，是个做事业的人。"看起来董阳很看好陈克。

欣赏一个人就会对他友好，要想跟一个人友好，首先要表达对他的欣赏。陈克应道："这话听着真舒坦。其实我也挺欣赏你的，我觉得咱公司除了老板，最能做事情的一个是周总监，一个就是你。诸葛一生唯谨慎，吕端大事不糊涂。如果说周总监是诸葛亮，那个大事不糊涂的人，就是你了。"

董阳被马屁拍得很高兴，哈哈笑了几声，说："煮酒论英雄这种事，恐怕还不是我们做的。"

两人关系因相互表达欣赏增进了许多，陈克问："杰克，你在这儿做多久了？"

“杰什么克，叫得跟假洋鬼子似的。在咱们公司，男人跟男人之间不叫英文名。”董阳摆摆手说。

“好的。”

“不过对女孩子一定得叫人家英文名了，洋气，让人觉得自己高端大气上档次。你说就咱销售部的瑟琳娜，你要敢管她叫真名阎春花，她还不把你给剁了？”董阳笑着说。

陈克吹个口哨。

董阳又说：“没办法，这是咱们企业文化的一部分。”

“说实在的，我也喜欢咱们的叫法，董哥！”二人开始称兄道弟。

一顿酒菜，两人关系增进许多。不过陈克对董阳还是有些许提防，毕竟是在同样的岗位。害人之心不可有，防人之心不可无，陈克一直这样告诫自己。

14.心态对了，路就对了

工作后的第一个周六，依依来到陈克待的地下室，问：“觉得怎么样？做广告是不是特好玩？”

“就一苦力活儿。”陈克无奈地道。

“‘今年过年不收礼，收礼还收脑白金’，这不挺好玩的吗？”依依调皮说道。

许多人看电视，觉得广告多，对广告公司的第一反应就是拍电视广告，但实际上能够拍电视广告的是极少数，绝大多数广告公司的业务都与电视广告无关，而是做活动、会议、刊物、报纸软文、报纸广告等。

陈克开始也有着那样的浪漫想象，但很快便知道电视广告其实是挺了不起的事情，需要名声、人力、财力诸方面的许多积淀，他所在的“精彩广告”恐怕几年后也迈不到那一步，就叹口气说：“工作都是受苦受累加受罪，哪有好玩的。想好玩的，走，哥哥带你逛街去。”

“逛哪？”

“西单。”

那是一个充满漂亮衣服和美食的地方，依依被骗出门。谁知道陈克把她带到图书大厦，那个毫无情调且人多嘈杂的地方。

依依逛得没劲，说："走吧。"

陈克答："等会儿吧，我还得挑两本做 PPT 的书回去，我看他们的 PPT 做得挺好看的。"

办会议就是个给甲方跑腿的活儿，需要的不是技术，而是细心细致。两周下来，陈克觉得挺累，不是因为体力的消耗，而是因为心里的欲望不能满足，这种跑腿的活儿干久了，就成了跑腿的专家。跑腿获得的并不是通用的能力，假设自己跳去其他岗位、其他行业后，这段工作经历积累的能力并不能带来太大的帮助。

会议办完后，陈克接手的是那家果汁公司企业内刊制作的活儿。一部分内容是甲方提供的稿件，跟他们内部企业文化相关的；另一部分稿件需要陈克自己弄。这活儿倒是轻松，陈克上网去东摘一篇，西搞两段，要是觉得容易招致版权诉讼，就自己出手改上几笔。他虽是理科生，但有着一个当语文老师的父亲长期训练，又有点小天赋，这点文字功夫还是有的。

转眼间陈克在"精彩广告"干了近一个月。接手过会议、内刊制作及一次报纸广告的创意活动。这家公司给陈克的感觉，无所谓好，无所谓坏，老板阿伦自己都没发到大财，开的是一辆十万块的家用紧凑型车，陈克当然也不指望在这家公司实现自己的人生辉煌。但对于眼下的自己来说，这家公司也不错，自己刚出来还什么都不懂，这杂七杂八花样繁多的业务正好有利于自己的成长。

陈克认定了自己可以在"精彩广告"干下去，也想干下去，决定就近租房子，节省上下班时间。再说了，老待在地下室总不像话，那会对爱情造成影响，进而阻碍奋斗。

周六早上，陈克与依依来到公司附近一家中介，中介领着他们去看了一个合租房的房间，面积十平方米，带一个小阳台，月租一千五百元。

"这也太贵了吧？"依依抱怨道。

中介业务员说："姐，你得看这是什么地段，不是跟你吹，你现在要不租，下午再过来就没了。"

"要不你去别的地方找房子吧。一千五百要是在我家那块，差不多可以租个四十平方米的开间了。”依依说劝陈克道。

“关键是这儿近啊。”陈克指出重点。

“首先得住得舒服。”依依不依不饶。

“年纪轻轻的要那么舒服干什么？穷人花时间省钱，富人花钱省时间，道理你懂吧？”

“你还不是富人呢。”

“所以更要树立节省时间的观念了。”

接下来陈克跟中介业务员到店里押一付三甩出六千块办了手续，然后把家从地下室搬了过来。弄好床铺，陈克搂住依依，在二人世界里营造恋爱的甜蜜。正在这时，敲门声响，依依开门见是女的，心里更说不出的厌恶。

那女孩说：“我是住旁边屋的，我们商量过了，四间房就你们这屋有空调，这三个月电费你掏，水费我们平摊。”

依依正要开口，陈克回答：“可以，没问题。”

依依把门关上，说：“凭什么电费就你出？他们不开灯不开电脑啊？水费多少钱，电费多少钱？”

陈克答：“算了，空调耗电，我们出电费也挺合理。”

依依说：“我就觉得不合理，凭什么他们三家商量好了就算通过了，总得问问你的意见吧？”

陈克劝解道：“得了，消消气，咱们的人生不差这点钱。”

“就你大方。”依依还在生气。

陈克答：“合租这种事情，鸡毛蒜皮的事情多了，哪分得出怎样公平怎样不公平？差不多得了。难道我还天天想着人争一口气、佛争一炷香，天天跟他们算计？就当花点小钱买个清静吧。”

依依不语，似有点不乐意。

陈克劝解道：“你得这么看，你月入三千的时候一分钱一分钱地省，等改天月薪过万、过十万的时候回头看看，会觉得很没有意义，指不定你就抽自己大嘴巴，说我怎么那么傻，就那么十来块钱的事情纠结了好几天。”

依依说：“你要是月入十万了怎么都好说，可你现在，挣钱的路子没找着，花钱的理由倒找出来不少，你说我能不担心吗？”

“放心，钱很快就会挣到的——我陈克说的！”陈克笑道。

15.沟通先行

两人玩闹过一阵，陈克说：“你给家里打个电话，今晚我上你们家蹭饭吧。”

“那天你不还说，就你这样没资格上我们家的吗？”依依打趣道。

“那天我是无业游民，现在可是广告公司的策划大师了，能一样吗？我今天娶不了你，也总得上你们家跟你爸妈说，这姑娘我预定了，不许收别人家的聘礼。”陈克油嘴滑舌道。

“去你的。”说完依依拨通家里的电话。

下午陈克买了礼物，掐着饭点来到依依家。

依依的父母热情接待了陈克，宾主双方未谈到尖锐的话题，气氛融洽。有些话当着女儿的面还是不谈为好。饭后依依母亲让丈夫开车送陈克回去。虽是普通人家，依依父亲也有着一辆几万块钱的富康。上车后，两人随便聊聊，逐渐将话题引入该聊之事。

“听依依说，你在那边当公务员干得挺好的，现在你放弃了那些过来，我们老两口都觉得挺可惜的。我就是非常担心，你会不会低估了在北京打拼的难度。真正想要在北京扎下根来，是有很多现实的难题的，比如说房子，这算是一个安身立命的基本条件吧，可多少人在北京奋斗一辈子也买不起一套房子。”依依父亲一针见血地说。

“叔叔你放心，我一定会让依依幸福的。最多三年，我即使买不起房子，至少也达到每年三十万元以上的收入，证明我有足够的能力让依依幸福。不管是在心理上还是物质上，我都会对依依负责，也会让你们放心。要是我证明不了，我自动退出，那时候依依也才二十五岁，还很年轻，还可以有很多选择。叔叔你可以放心，依依是我最爱的人，我绝不会耽误依依的青春！”陈克早有准备。

既然陈克把话说成这样，柳父觉得说些“你误会我的意思了”之类的反倒让人觉得虚伪，只好说："其实我们两个老的真不是想为难你，这都是为孩子，希望你能够理解。"

"我也希望叔叔阿姨能够给我成长的时间，几年之内不要给我们提出太多的要求，这样可能会打乱我们奋斗的节奏。"陈克赌了誓，当然也要提回点要求。

次日依依来到陈克处，问："昨晚我爸送你回去路上跟你说什么了？"

"没说什么。"陈克肯定不会告诉她。

依依说："当我傻啊，能什么都没说吗？快老实交代，否则我就上淘宝。"

"干吗，买衣服发泄啊？"

"想得美，我上淘宝不干别的，就网购一家法回来。"

"哎哟，这孩子，长大了。"陈克感叹道，然后便将与她父亲的三年之约告诉了她。

依依有点不甘心地问："那三年之后，你要是做不出什么成绩来，真要把我甩了？"

陈克应道："我哪舍得甩你啊？"

"那你干吗还说那样的话？"依依急了。

"我就是觉得三年之后我拿到三十万元的收入不成问题。"陈克淡定地说。

依依说："你是不是有点太自信了，三年后你才二十七岁，就这岁数许多人还啃老啃得正欢呢。我问你，有多少人能在二十七岁就可以年收入三十万的？"

"**成功的路有很多条，贵人相助是其中的捷径**。我跟你说过，我二叔教给了我很多东西。要是按照正确的程序做事情，我的成长速度至少会是别人的三倍。"陈克卖起了关子。

依依说："那都是你自己的一厢情愿！"

未来之事是探讨不出个结果的，于是陈克换上笑脸说："那你说能怎么办？老人嘛，得哄。咱们不要跟你爸妈发生正面冲突，他想要什么，咱们就先答应下来，成不成回头再说。"

"那要是不成呢？"依依可不容易糊弄。

"来哥哥抱抱。"陈克把依依抱在怀里，说，"咱们换一个心情，乐观去看待这些好不好？其实嘛，这里边存在一个期望值的问题。现在你年轻貌美，你爸妈理所当然就觉得你要嫁一个特别好的。等过个几年，你人也老了，珠也黄了，还怕他们不同意吗？”

依依掐了一下陈克，说：“你才人老珠黄。”

陈克凄厉地惨叫。

“你这个坏蛋，你就这样糊弄我爸妈的啊。”惩治了未来老公，依依笑道。

“媳妇你这就不对了，你既然跟了我，那就什么事都得跟我想到一块儿去。”

“我嫁鸡随鸡、嫁狗随狗就算了，你还要我跟你一块儿糊弄我爸妈，过分了吧？”依依噘起小嘴说。

陈克呵呵一笑，说：“媳妇，我给你讲个故事。”

“什么呀？”依依听说有故事来了神。

“有一个女孩，她爸欠了人家钱还不上，这女孩非常有孝心，答应嫁给那个债主，条件是人嫁债没。洞房花烛夜，这女的跟债主说：‘我是因为我爸欠你钱才嫁你的，你可别太得意！’接下来那儿童不宜按下不表。单说那第二天早上，女孩摇醒了老公说：‘我爸到底欠咱们多少钱来着？可不能就这么算了！’”

“坏蛋！”依依一个枕头砸到陈克脸上，“哎，你怎么那么多故事啊？”

陈克答：“哎哟，咱现在是给人当小弟，小弟就得有小弟的姿态，指不定什么时候人凑一块儿，领导就会让来个段子。你说咱能不来个段子给大家活跃个气氛吗？”

“切。”依依不屑地道。

陈克说：“您还别说，会讲段子也是一种竞争力。”

16.奋斗定理

两人玩闹过一轮，陈克说：“今天有节目！”

“什么节目？”依依来了兴致。

陈克取出一部相机来，光看样子便知道价格不菲。

“这得多少钱啊？”依依问道。

陈克答：“这可是专业单反，两万块钱。”

“哪弄的？”

“公司的呗，要不现在我哪儿买得起。”

“能耐啊你，这么贵的东西随随便便就借出来玩了。”依依打趣道。

“咋了，公司还能怕我揣着相机跑路？”陈克急了。

依依没有答，只是想，自己若是向公司借两万块的相机准保不成。

陈克早有预料，像依依这么漂亮的女孩子，肯定喜欢拍照，专业单反伺候，展现她美丽、增添她美丽就对了。要是专业单反吸引不来美女，什么“穷三代，毁一生”地去烧钱买镜头那不亏了？

陈克把依依拽上公交，去玉渊潭公园拍了一套照片。顺便也练练摄影技术，这技能以后肯定用得着，他现在做的可是广告。

跟未来岳父母谈妥，就得跟未来老婆统一思想了，陈克深切地知道，人生第一个重要战场是家庭。对绝大多数人来说，**营造良好的家庭氛围并从中汲取力量是成功的关键**。依依的态度必定会对他的奋斗产生影响，好的影响或者坏的影响。今日拉依依去拍照片，算是给她糖吃了，接着就该出棒子揍了。

晚上吃了饭，陈克把依依拉过来抱进怀里说：“老婆，你看我答应了你爸妈三年之内要达到三十万的年收入，所以呢，接下来我们就得奋斗了。”

“我支持！”依依很乖巧地说。

陈克说：“所以呢，我们得把更多的时间放在学习上，放在工作上。”

“我支持！”依依又重复了一句。

“真乖，”陈克说，“所以呢，像今天这样的出去玩耍以后就少了。”

依依嘟嘴哼了一句，表达她的不满。

“以后我们也别到处玩了，一起在家读书好不好？”陈克提议。

依依歪着脑袋装可爱地想了想，说：“行，都听你的。”

“真乖，我宣布，荣获本年度最乖女朋友的美女是——柳依依。掌声有请！”陈克耍起了贫嘴。

今天外边跑了一天，依依累了，想早点回去歇着。平日里依依下班后都回家，周末打着“出去逛逛、加班”等幌子来陈克处幽会，当然母亲也知道。

但无论她多么希望跟陈克待在一起，晚上到了时间总还是得回去。上回她在陈克处逗留得晚了，母亲五分钟来一个电话催。陈克把依依送到地铁站安检处，目送依依坐上了地铁。

送了依依回到房间里，陈克躺床上闭目养神，开始思考自己的人生。很长一段时间里，陈克都在思考着自己的人生，有时候他也会钻牛角尖，会撞到南墙走不动，这时他就索性蹲在墙根儿打盹。

陈克觉得，他与依依的这种生活状态，相对于其他人来说是个极大的优势。在这都市里，有许许多多的青年男女，为省一份房租同居着。既然同居，那就要为这一起走过的日子增添光彩，落实到生活上那就是晚上陪女友看电视，周末陪女友逛街，假日陪女友出外旅游。于是大好时光便浪费了。

还有许多的剩男剩女，为寻找另一半努力着，相亲、约会、上婚恋网、QQ里逮艳遇，耗费大好的时光。岂不知，他们完全可以把浪费的时光，用来学习知识，提高能力。而自己却可以在拥有女朋友的同时，不承担同居的麻烦，省下许多时间。自从舍弃公职来了北京，陈克就对时间很敏感，他知道，自己已经穷得一无所有，剩下的只有时间。所以，他必须高效利用剩下的每一分每一秒，不能把时间浪费在无意义的嬉闹中。

对于绝大多数人来说，最适合奋斗的时间，其实就那么短短几年。等到了岁数，老婆讨了，儿女生了，父母老得需要照顾了，自己就会为上中下三代奔波劳累了。不能再从容地奋斗，难以有规划地去提高能力、积累资源，寻找机会并为之努力。有人说，二十几岁决定人的一生，或有一定道理。陈克希望自己能够在三十岁到来之前，获得足够的能力与资源，为他更长远的人生打好基础。他也相信，时间是人生最大的财富，只要有时间，只要懂得高效利用时间，一切都可以获得。

正思索间，敲门声响了。陈克去开门，原来是合租在隔壁房间的女孩。

“马桶盖坏了，买个新的要二十块钱，我想着你刚搬过来，用不着你掏钱，可有一家说你既然搬过来了就肯定用了，所以想让你掏一份。”合租的女孩不好意思地说。

“行，那就算我一份吧。”几块钱的事，多费口舌就没必要了，陈克向来不介意。

陈克突然想起叔叔在《人生奋斗学》里关于“成功定律”的说法：成功 = 能力 + 资源 + 机会。忽有灵感，在记事本上写下一句话：**用金钱换取时间，用时间提升能力，用能力获得资源，用资源获得成功**！

写罢，陈克觉得极佳，又觉得如此美文岂可轻慢了，于是打个破折号，加上几个字——陈氏奋斗定理。

17. 从纸上谈兵到战场输赢

周六一大早，依依便过来了。

陈克正坐在床上看书，没起身迎接，只是说：“从今天起，学习咯。姑娘，您自便。”

依依过去抱着他的脖子说：“先让本姑娘嘴一个。”

“老公我要看书了，你自己玩啊。”陈克擦擦嘴说。

“真没劲。”依依叹气道。

依依无计，只好一个人打开电脑，上视频网站看片。现阶段她提升幸福主要靠爱情，所以喜欢看婚恋片，目前正在追一部青春偶像剧。看到感动处，依依对陈克说：“哎，这片挺好看的，跟我一块儿看吧。”

“你自己看吧。”陈克眼皮都没有抬。

“跟我一块儿看嘛！”依依只好撒娇。婚恋电视剧看多了，她也知道，培养一个在外勇敢、在家对自己好的男人是非常划算的选择。

“算了吧，这种片子再怎么好看也就是跟家里人斗智斗勇，我没觉得有多大意思。”陈克丝毫不为所动，继续埋头看书。

依依独自看电视剧觉得没劲，于是过来骚扰陈克，捏住他的鼻子不让他呼吸。

“依依乖。”陈克开始哄她。

“依依不乖，陪我看片好不好？”依依继续撒娇卖萌。

“又不是恐怖片，干吗要我陪？”陈克在推脱。

“那我找恐怖片来看。”依依显然不吃这一套。

陈克说：“上回我们不是说好的吗，多花点时间来读书学习，我要是挣不到钱，你爸妈就不让你嫁给我了。”

依依说：“那就不嫁呗，办一证还得九块钱呢，省下来多好。”

陈克不理她，继续看他的书。

“我虽然在北京长大，可还没见过大运河呢，你带我去看看好不好。”依依把书抢了。

“好远的，在通州呢。”陈克一脸无奈。

“带我去嘛。”

依依一过会儿就来骚扰。最后陈克被逼得无法，只好陪她出门。

中午吃饭时，陈克不住地为这个浪费的上午惋惜，心想若不治了她自己永无宁日。回到家，陈克跟依依说：“我们还是得多读书学习，要不以后我们周末只聚一天好不好，比如周六？”

“你讨厌我？”依依委屈极了。

“我哪能讨厌你啊，媳妇。”陈克赶紧说好话。

“那你干吗赶我走？”

“那怎么能叫赶你走呢？我就是跟你商量商量，想有多点时间学习。”

“你就是讨厌我！”依依不听陈克讲话。

道理讲不通，陈克只好换策略：“乖，听话。”

“你真那么讨厌我，我走！”依依生气道，说完拿起挎包便出门。

陈克狠下心来，竟不去追。依依在门口站了许久，隔几分钟看一次手机，没见到陈克的道歉短信，也没见到陈克来追，就生气地回家了。

次日一早依依又来陈克处，抱住陈克说：“今天别赶我走了好吗？”

陈克答：“媳妇，你知道我多在乎你，我怎么会赶你走呢。”

依依说：“说的比唱的好听，想我了什么好话都敢说，不想我了就把我轰走。”

“说这话就没意思了。俺媳妇那可不是一般的女人，一定会非常听老公话的，对吧。”陈克谄媚道。

“去，又来这套。”依依嗔了他一句。

陈克说：“媳妇，我有一礼物送给你。”

依依问：“什么啊？”

“一首歌。”说完然后打开电脑播放器播放了周蕙的《约定》。

“好了，你的礼物我收到了。你这礼物可真够廉价的啊。”依依噘起了小嘴。

“礼轻情意重嘛。瞧这歌唱得多好，我会好好地爱你，傻傻爱你，不去计较公平不公平。”陈克也跟着唱了几句。

依依问：“你是想说谁不去计较公不公平啊？”

“那当然是高尚、伟大的柳依依同学，不跟渺小、低俗的陈克一般见识。好好爱我，傻傻地爱我。”陈克说。

依依说：“我才不那么傻。”

“那你就变傻好不好？你知道吗，一个男人能否成功，关键看他能不能把老婆教傻。”陈克给依依讲他的新理论。

“无聊！小心我上妇联投诉你，让你不尊重女人！”说完依依也笑了，陈克的“无耻”让她又爱又恨。

“看到你爸抽烟，你就走过去说抽烟不好，然后把烟没收拿到我这儿来，帮我省几块烟钱。我跟你说，你既然跟了我，就得千方百计想办法为我好，用你的小脑袋想想，是不是这个道理啊？”陈克又开始“无耻”了。

“去死吧！”

然后是一声惨叫，还有陈克的求饶：“下回您掐我的时候别下这么重的手成不，谋杀亲夫啊你？”

陈克一把把依依抱起来，含情脉脉地说：“媳妇啊，你也得考虑考虑我的困难，以后那种陪你到处风流快活的日子咱们就少些吧。其实幸福快乐有很多种办法可以得到，我们要建立一种低成本的幸福观念，让我们的伟大爱情为奋斗服务，好不好？”

“怎么服务啊？”依依疑问地看向陈克。

“我们一起看书，并肩战斗！”说着陈克举起握紧的拳头，做了个奋斗的姿势。

两人正屋里聊着，敲门声起，陈克手指点点依依、点点钱包、再点点门口方向。依依识趣，乖乖地拿上钱包去开门，是网上商店送货上门。依依付了款，把包裹提回房间。陈克打开包裹，是十几本书。

“你咋买那么多书？”依依不解地问道。

“知识越多越好。”

“你买那么多书，看得了吗？”

“好看的就看，不好看就放着。一个月买十本书也就两百块钱，降低不了我的生活质量。”陈克依然用他自信的语气说道。

一下花两百元买书，看起来好像很多的样子，但事实并非如此。**事实上，读书的回报远远超过买书的钱**。依依不懂这道理，还有些心疼钱。于是陈克分析说：“买三千块钱的书粗略读一遍，至少年薪十万；读得深入些，年入百万没问题；要是能做到活读活用，年入一个亿不是梦。”

“真的假的？”依依顿时提起了兴趣。

陈克把包装拆开，把几本书递给依依，说：“这些是给你的。”

依依翻看了一下，说：“这是什么啊？”

陈克答：“职场小说，绝对适合你这样的职场菜鸟。”

“你不看啊？”

“我早过了看小说的年纪喽。”

“装！那你看什么呀？”

“过来瞧瞧呗。”

依依望过去，见一堆她从没听说过的书名，像大卫· 奥格威的《一个广告人的自白》、迈克尔· 波特的《竞争战略》、里斯与特劳特合著的《定位》等。陈克打开一本《唐汉论广告》，对着扉页上的作者照片出神。

“这人是谁呀？”依依问道。

“这是国内一家广告公司的老板，据说身家有好几十亿。”陈克用很敬佩的语气说道。

“他是你的偶像？”

“我早过了追星的年龄喽。”

“又装。开广告公司那么赚钱啊？”

“哪行哪业做到顶峰了都赚钱，行业不要紧，关键看实力。”

“那你以后想开广告公司吗？”

“可以考虑。”陈克很平静地说，可以想见，在他的内心里是不甘于平庸的。

大卫·奥格威、迈克尔· 波特等太遥远，依依就记住了一个中国人的名字：唐汉。她不知道，现在还拿三千多元月薪、蜗居在十平方米房间的男朋友，很快就会和这个广告大师、亿万富翁产生交集。

18.人脉之辩

“我有一姐们儿叫雷丽莎你见过的，她男朋友在淘宝开店卖衣服，想要我当模特拍些照片，你看行吗？”依依大学同学找她拍照，她上网咨询陈克。

“是正经照片吗？”陈克问道。

“当然是正经照片，他们家卖白领女装的，就是想让我拍些衬衫、外套什么的，雷丽莎跟我多好的姐们她还能骗我？对了，他们一天给我八百块钱呢。”

陈克答：“你想去那就去吧，当个模特露个脸也不错，人嘛都有成名欲。”

“淘宝流量那么大，没准我这一拍就成名了，到时也去车展站个台，一天两万呢。”依依开始憧憬起来。

“当衬衫模特玩玩就好了，车展就算了吧，我这人心眼小。”陈克打了个笑脸。

模特的容貌直接影响销量，雷丽莎和男朋友亲自来拍照现场监督，开宝马Z4来的，依依直言不讳对雷丽莎的羡慕。雷丽莎说自己的男朋友淘宝开店四五年，至于销售额多少没说，不过依依倒是想起在网上看的新闻，新闻说淘宝年销售额上亿的店不在少数。

依依够漂亮，也够上相，雷丽莎男友对依依的表现相当满意，就多给了几百块钱。除了上两个月开工资，这是依依挣到的最大的一笔钱，而且来得也简单。依依心潮澎湃，去商场给陈克买了一条高档领带，剩下的钱给自己买了一套护肤品。

人一旦尝到了有钱的甜头，就会在心底生出对财富的向往。依依第一次感受到创业的必要性，要是靠领死工资，十辈子也买不起宝马车。次日来到陈克处，依依把礼物送给陈克，又给他看了几张拍好的照片，说起雷丽莎的男友来，语气里也全是赞赏。

陈克哪容得女朋友在他面前夸耀别的男人，大声说：“不就是宝马Z4吗，改天我发财了给你买一辆法拉利。”

“说得好听。”显然，依依对着空头支票不太满意。

陈克应道：“不光好听，还会变成现实。我陈克说得出，就一定做得到！”

依依说：“要不咱也开家店吧，不用多大本钱，好多人都是几千块钱起家的。”

“没那工夫。”陈克不屑一顾地说。

看着桌上码放的几十本书，依依突然有气，说：“你一天到晚的在这儿看书有用吗？”

“有用，怎么没用。”

“你没听说过吗，书读多了，人就傻了。你真要给我买法拉利，那你得去闯啊。机会不是等待来的，是得靠自己创造的。光一天到晚的看书能看出什么来？”依依大声说。

“书中自有黄金屋。”陈克说得很平静。

依依说：“书中还自有颜如玉呢，别跟我说这些没用的。”

陈克端详了一下依依，说：“你的心态有点不端正吧。观点不同咱们可以谈，别说伤感情的话。我跟你说，有些事情你不懂，不懂就不要瞎指挥。”

“我是不懂。可我听人说白天求生存，晚上求发展，白天干单位的活，晚上找兼职来做，就没听说过看书能看出什么来的。”依依被批评，很不服气。

陈克答：“找兼职做能挣多少钱？够干什么的？”

依依反驳：“开始少，慢慢就多了，主要是给自己多找个机会。钱都是慢慢挣出来的。”

陈克应道：“钱可以是慢慢挣出来的，也可以是明白了道理以后一下子赚到的。”

“我就没听说过钱会是一下子挣出来的。”依依更不服气。

“你没听说过不等于没有。”陈克打开搜索引擎，输入“钱不是慢慢挣到的，而是学到方法后一下子挣出来的”搜索，说：“你看，真有人这样说。观点不同咱们好好谈行吧？”

“我觉得你还是别看那么多书了，真要成功就得闯。你看雷丽莎她男朋友，网上开店四五年，现在都开上宝马了。”依依冷静了下来说。

陈克应道：“我倒是想出去闯闯，可是啥也不懂就去闯，恐怕失败的可能性更大。现在的经济和商业运作非常复杂，没点准备贸然下海淹死的多，所以说我目前还得多看看书。你光看雷丽莎的男朋友赚到钱了，可你想过没有他开店以前读过多少书？积累过些什么样的经验？”

依依的思辨积累远不及陈克，虽然没有被说服，却找不出什么言语来反驳。但她依旧为陈克担心着——她既然铁了心要跟陈克一辈子，陈克的成功与否对她影响极大。

一天依依在网上书店浏览，突然被一本书吸引，书名叫《怎样获得好人脉》，就下单买了回来。周六来到陈克住的地方，把买来的书送给了陈克。

“不知道作者用他这套方法，攀上美国总统没有？”陈克接过来翻看了一下，然后把书递回给依依，笑着说，“你看吧。”

依依一番苦心没被重视，甚是气愤，说：“在中国想要做事情就得有人脉，你这样天天躲在家里看书，能看出什么来？”

“先有软实力，后有硬实力，这是必然的次序，别着急嘛。现阶段我觉得我还是看看书的好。”陈克笑笑。

“我原来看一节目，上边说大学生考研，更多的就是逃避、不敢进入社会的表现，我觉得挺有道理的。你现在躲这儿看书，跟那些不敢找工作去考研的有什么两样？”依依还在打击陈克。

“那当然不一样。”

“有什么不一样的？你这样让我很失望，你明白吗？”

“我在下一盘很大很大的棋！相信你老公肯定会成功的！”气氛似乎太糟，于是陈克嬉皮笑脸地说。

依依没觉得陈克幽默，反而觉得他态度不认真，突然之间感到万分无助，眼泪竟流下来。

陈克抽出纸巾给她，待她擦了眼泪后说："那我就跟你说说人脉。人脉是干什么的？人脉不是聊天唠嗑，不是嘘寒问暖，而是利益交换。没钱没身份，没办法给人好处，谁给你当人脉？就算你挖空心思去认识些人，人家有好处的时候也不会想起你。所以说，现阶段就去搞人脉是划不来的。不如等一等，什么时候强大了，能给人好处了，能跟人交换利益了，不费吹灰之力就有人脉了。"

"全社会公认的那些法则，怎么到了你这都不对了？我看你就是胆小不敢去闯找的借口！"依依显然不同意陈克的理论。

"你放心吧，我有自己的计划，到了该闯的时候我自然会去闯。伟大的成功需要规划，你要是给我太多压力的话，可能会打乱我前进的步伐。"陈克信心满满地说。

19. 有多少杂念，就有多少绊脚石

成功不能一蹴而就，依依也只能等。

周六依依如往常般一早来到陈克住处。她每周只有这么一天跟陈克在一起，向来是珍惜的，但午饭后要走，陈克问怎么那么着急走，依依答，有点事。陈克送她到地铁站。依依站在入口处迟迟不进站，似有心事。

陈克问："是不是有话跟我说？"

依依踌躇了一阵："我说实话，你可别生气。"

陈克答："你说吧，我不会生气的。"

依依说："下午我要去相亲。不是我想去的，是我妈妈的意思。我觉得有什么事情我都不该瞒着你，所以跟你说一下，你也别多心，我就是去应酬一下。"

"你妈明知道你跟我好，怎么还让你去相亲呢？"陈克不至于生气，但疑惑总是有的。

于是依依把前因后果说来。昨天母亲跟她提起相亲之事，说事情是依依的姨妈提议的，相亲对象是依依姨父的侄子吴越。怎么听都像是一家人，依依冲口而

出：“我们要是成了那不是近亲结婚吗？”

“这怎么会是近亲结婚呢？”母亲知道她心思，温柔劝说，“依依，妈妈知道你喜欢陈克，可是你想想看，你姨父帮你找这个工作，人家可是一分钱没要咱们家的。这事既然这样了，你就去应酬一次好不好，不喜欢咱就回来，妈妈绝没有意见。”

吃人家一次还嘴软，何况人家给你一饭碗捧着慢慢吃，依依只有答应。下午依依来到一家咖啡馆，吴越还没到。等待之中，透过玻璃窗看出去，一辆宝马车停下，走下来一个魁梧而不失华美的男子，华美而不沦于脆弱，神情带着自信，或许是长期优厚物质生活与成功经历培养出来的。依依心猿意马：“我若是女土匪，定把他抢了当压寨老公。”

那男子进了咖啡馆，周遭打量了一下，来依依跟前说：“你好！请问你是柳小姐吗？”

原来他就是依依的相亲对象吴越。母亲说他才二十九岁，在美国某上市的顶尖科技公司做经理，年薪几十万。依依心猿意马。见面礼仪过后，依依说：“有件事我得声明一下，这是我妈妈让我来的，其实我有男朋友了，这些……你应该知道吧。”

“知道了。我听我婶说过，你男朋友是做广告的吧？我们真是同病相怜啊，其实我也是家里逼着来相亲的。”吴越淡然说道。

一句同病相怜，依依觉得彼此亲近不少，连忙点了点头。

“那我们就随便聊聊，撑过这一两个小时，算是给我们家里一个交代。”吴越提议合作。

“好啊！”依依合作地说，“你条件这么好，喜欢你的女孩儿应该挺多吧，怎么会来相亲呢？而且，还是跟我这样有男朋友的相亲？”

吴越道：“我并不是那种不会跟女孩子打交道的理工男，我曾经有过一个女朋友，我们非常相爱。不过后来她生病了，就是那些韩剧里女主角经常得的病。再后来，我就进了现在的单位，趁着年轻努力工作。没想到，家里人误以为我没有从以前的阴影里走出来，一直给我安排相亲，其实我纯粹就是工作太忙了，所以没有找。”

吴越又给依依讲起了他前女友的故事。因为这种病治疗过程非常痛苦，且治愈的可能性极低，就放弃治疗了。为了在浪漫中死去，吴越陪她临终前全国旅游，看漓江山水，逛丽江古城，赏卧龙风光。吴越对前女友的深情与浪漫，悄悄打动了依依，听得她眼角湿润。

这场相亲在持续两个小时后结束了。最后吴越把依依送回楼下，依依对吴越招手告别。回到家里，随口敷衍了母亲两句，依依就回屋了，脑海里一直想着吴越与前女友的浪漫故事。她正处在容易被浪漫打动的年纪。

晚上依依收到陈克的短信："亲爱的，我想你。"

依依回复："我也想你。很晚了，早点睡吧。"

陈克收到依依的短信，随手把手机往床上一扔，然后重重地摔床上躺着。从知道依依去相亲开始，陈克就心里不舒坦，毕竟女朋友扔下自己跟人跑了，对于男人来说是个耻辱。虽说依依是为了必要的应酬才去的，可依依这么漂亮，去相亲定会被人喜欢的，那后续会发生些什么？

尽管陈克坚信依依是坚守感情的好女孩，尽管陈克心胸宽广，可他仍然隐隐地不快，胸中似有一口气出不来。依依走后，陈克继续读他的书，研究他的广告，可怎么就是专心不了，最后索性抛弃书本，到网上下了两盘棋，竟都输了。

苦恼之中，陈克给依依发短信："亲爱的，我想你。"他希望依依告诉他相亲的那男子就是个四十岁的中年大叔，胖得像头猪、三天不洗手、鼻毛伸出三寸长。可依依没有提。陈克躺在床上翻来覆去地睡不着，就开门去楼下营业到很晚的小卖部要了两瓶啤酒。喝下去脑袋昏昏沉沉，终于睡了过去。

周一上班的时候，依依总是时不时地会想起吴越，心想：吴越会不会喜欢我？他说与前女友的浪漫史，是不是为了感动我、打动我？否则，他这样的人怎会轻易对一个陌生人透露自己的隐私之事？那也太不符合他的智商与阅历了吧？"人前只说三分话，未可全抛一片心"这么简单的道理，吴越不至于不懂，事出非常必有妖！

依依越想下去，越认定吴越对自己有意思。于是她想起了陈克的不通实务、不出去闯荡、不经营人脉，窝在十平方米大的房间里无所作为，却还躲在没用的书本里自欺欺人，号称“要下一盘很大的棋”。

“难道我这辈子要跟这样的人在一起？”依依自言自语。在伤心陈克的不长进之后，想到了他为自己的付出。感动之时，心中嘱咐自己：陈对得起我，我便不能对不起他！哪怕陈克这辈子默默无闻，我也跟着他，照顾他！

良好的合作，必是强势者主动承担更多义务，做出更多让步。否则，强者依据有利地位索取更多，弱者为维持合作委曲求全承担更多义务，使得强者更强弱者更弱，平衡被打破，最后合作便会破裂。这个道理，在婚恋市场上处于强者地位的依依模糊感受得到，心想我若爱他，就该为他提供力所能及的帮助，而不能让他按照我的意志去建立人脉、去寻找机会。

想到自己在这四十八小时里，心里惦记着别的男人，严重损害着陈克的权益，依依生出许多愧疚来，决定补偿陈克一下。下班后，依依乘地铁去陈克处。推门进去，只见陈克坐在屋里抽烟，烟雾缭绕，依依被呛得咳嗽了一下。

陈克见依依来，忙把烟掐了，欢喜地说：“你来了。”陈克虽然抽烟，但向来都是出阳台抽的，就怕熏着依依，也熏着自己。现在这样，简直是自虐！

依依把窗打开，把空调打开，对陈克说：“干吗啊你？”瞥见桌上的两个啤酒瓶，刹那间明白了许多事情，说：“喝酒了？你是不是怕我跟人跑了？”

陈克抱住依依，说：“怕。”

“我不会跑的，我会跟你好好在一起！”依依感触忽来，眼泪流了下来。

20.专注的人最容易成功

相亲的影响迅速平息，陈克回复如常。

周六上午依依过来陈克处。刚出地铁口，就接到母亲的电话，让她下午再跟吴越约会。

“妈，你怎么能这样？”依依不愿意去。

“你不是也说他人挺好，跟他谈得很不错吗？那就发展发展看看吧。”母亲笑着说，“你就去吧啊，我都跟他谈好了，你不能让妈妈失信吧？”

事是依依姨妈惹出来的，偏偏工作又是姨父帮忙找的，依依无力推辞，只好说："妈，那我就再去一次，说好了这是最后一次，以后别再给我安排相亲什么的了。"

因为有心事，依依在陈克处过得不那么自然，总想着这事是坦白说了还是瞒过去就算了。陈克看在眼里，猜想是不是跟相亲有关。

依依手机短信响，没立即点开，陈克觉得有些事情，还是自然点面对好，刻意回避只会加深误会，提醒说："你好像有短信。"

"同事发的。"依依打开手机看了看说。气氛已经很尴尬了，再扭扭捏捏地躲下去会更尴尬。

于是依依直接说："我下午有点事。"

"又相亲吗？还是上回那男的？"陈克警觉了起来。

"就是见一下面，不是你想的那样。"

"不要去！"陈克第一次对人发出哀求！

依依心被割痛，说："可我已经答应了。相信我好吗，我就是过去见一面，把事情说清楚就完了。"

两人这么待着，气氛更糟。依依受不了，说："我走了，我真的没事，你相信我吧！"

下午在上回那家咖啡馆见着吴越，他正在打电话。十分钟吴越后挂了电话，说："非常抱歉，那天回去，我妈问我对你感觉怎么样，我随口说了一句挺好的，结果我妈以为我想跟你发展，怕我不好意思主动跟你约会，就帮我定了这个时间。"

"我也一样，我妈问我跟你聊得怎么样，我也说挺好的。"依依实话实说。

吴越说："那我现在郑重地给你表个态，你是一个特好特好的女孩儿，可是我现在心在事业上，并不准备跟任何人发展。"

"那我也郑重表个态，你是一个特好特好的男人，可惜我有男朋友了，就算是恨未相逢未嫁时吧。"依依笑着说。

"那我们统一口径，就说看不上对方，别不好意思，你就说我粗俗、没品位，什么都可以，赶紧让这事过去好吧。"吴越随口说道。

这次二人聊了不到十分钟，吴越买单走人。

依依坐在咖啡馆里，胡思乱想起来：母亲会不会继续安排相亲？陈克会怎么想？他会不会觉得是因为吴越看不上我，所以我才回来找他的？陈克会不会想，我还有下一次相亲吗？这次相亲，到底给我们的感情带来了多大伤害？这时候，陈克是不是待在屋里抽闷烟，让那烟雾肆意伤害着他的肺？

有时候，一个人静静地思考能想明白很多事，懂得什么才是最重要的。依依用最快的速度赶回陈克处，解释清楚今日约会的来龙去脉。

陈克听了后只淡淡地“哦”了一句，气氛无论如何不如往常，依依很心疼，心想：“这事终究是我惹出来的，我应该做出一些努力！”

周六上午依依过来，午饭后两人逛超市。路过一层的珠宝柜台，依依驻足观看，对陈克说：“我们买对戒指吧。”

陈克答，“戴啥戒指，套手上挺不舒服的。”

“我想要！”依依难得一次开口要东西，陈克哪能不买，买了她指定的那款便宜戒指。回去住处，依依闷闷不乐，似有心事。她不说，陈克也不好去问。两人在线看一部婚恋电视剧，看到情深处，依依把头埋入陈克怀里，说：“我们结婚吧。”

陈克总算明白了她突然要戒指的用意，只是想不通她怎会突然有此想法，说：“怎么了？”

“我说，我们去登记结婚，好不好？”依依重复了一次。

见陈克不语，依依担忧他还在为相亲之事生气，就说：“你知道吗，我真的很爱很爱你，我想一辈子跟你在一起。既然决定了，为什么不早点结婚？早点结婚对你对我都好。我不知道相亲的事你会不会有别的想法，所以花更多时间陪我，花更多心思讨好我。要是这样的话，对你来说恋爱成本就更高了。可是谈恋爱就是这样，感情再好始终是两个人而不是一家人，结婚了你才能做到真正的专注。你说要读书少约会，开始我挺不乐意，后来想想其实你是对的，我应该多配合着你点。我想，我能够为你做的，就是不要拖你的后腿，让你可以更专心在事业上。”

恋情是男女双方的君子协定，远不如婚姻所属的法律协定可靠。为使这不那么可靠的关系能持续下去，就要花成本去维护，花费大量金钱、时间和精力。无力支付维护成本的穷男女，应及早用婚姻这个坟墓，把它葬送。

当然了，婚姻葬的是恋情，而不是爱。结了婚反倒会对爱进行加强，恋人间的亲昵行为多带着些为讨好对方的表演，远不及夫妻间的亲昵行为来得真实、真诚。陈克见依依说的很真诚，也激动地说：“依依，你说的这些话让我很感动，能跟你结婚是我最大的福气！”

“这是我爸妈床头柜的钥匙，我偷偷配了一把，户口簿就放在里边。我们先把证领了，等哪天你成功了，再风风光光地来我家提亲，风风光光地办个婚礼，那样我就没有遗憾了。”依依调皮地说。

事已至此，陈克哪能不解风情，取出戒指，单膝跪下，大声说：“依依，嫁给我！”

依依轻轻点头。

数日后，陈克回了老家，跟父母说起结婚之事。此事虽然未经亲家许可算不上完美，但父母还是表示支持。男方父母普遍的心态是这样的：先成家而后立业，结婚了人就成熟了。

又数日后，两人去民政局登记。

第三章
技术

技术是成功最强大的武器

21.成功的第一步是成熟

转眼间，依依与陈克领证已经有半年多了。陈克进“精彩广告”已近一年，职位还是那个小策划，工资还是入职时的。他工作之余便是读书，家里摆放了近百本广告行业的专业书籍，密密麻麻写满了批注。依依还是如往常一样，每周都去陈克那儿与他培养感情，但是把已经领证的消息严严密密地隐瞒着，怕父母知道了震怒。

依依并不确定陈克所做的一切是否有用，这些年来沸沸扬扬的论调是“读书无用论”，古时候更有记载“刘项原来不读书”，媒体常挑刺找不到工作的大学生们是“有知识、无能力”，仿佛知识与能力是天生的冤家走不到一块儿。

或许成功是闯出来的，陈克这样埋头在书本里没有前途，所以这么久了也没折腾出什么花样来，没有一点儿成功的迹象。陈克会是个书呆子还是会因知识而成为能人，依依无法判断，只能等待时间的判决。她自从选择让陈克辞了公职过来的那一刻起，就有了愿赌服输的念头，陈克发展得好跟他，发展不好也跟他。而她现在能够做的，就是不成为他的累赘。

有时候，依依也曾遐想，即便这辈子陈克没创下什么事业来，但拥有如此重感情的男人，这一辈子也值了。以此安慰自己。

陈克的生日快到了，依依决定买件礼物送他，为这平淡的生活添加一点色彩，就约了冯云逛街。两人久未见面，一见面就聊起了男人。

冯云毒舌问依依：“咋没把你那爱得死去活来的男朋友带出来让我瞅瞅，不会是跟人跑了吧？”

依依回答他：“我要把他带出来了，成双成对的怕你看了伤心。”

“切，我就那么脆弱啊？”冯云大学里的男友毕业时去了深圳，两人和平分手，没有哭闹。一起吃顿散伙饭，最后一次拥抱，然后各提箱子走天涯。他们从未不把感情当回事，只是知道世事艰难，不敢奢望从爱情里得到太多。

冯云又说：“大周六的你咋不去看着你男朋友，不怕他跑出去偷吃啊？”

依依答她：“你怎么就那么见不得我好啊，我看你都快得老姑婆综合征了，要不我给你介绍几个，我们单位四十岁的大叔多了，高的矮的，胖的瘦的，离异的丧偶的，应有尽有，您随便挑。”

“我才不稀罕，一个人多好。”冯云道。

毒舌过后，依依告诉她：“我们家那口子老实着呢，现在在家看书。”

“考公务员啊？”

“没有。他都是看广告行业的书。”

“他这样可不太对。据说广告这行挺多自由职业者的，都自己出来接单干，等凑够了一定的长期客户，就注册一公司，然后越做越大。看书有用吗？”

“我也跟他这么说了，可他说他在下一盘很大很大的棋。”依依说出陈克的原话。

“你信了？”冯云正喝着饮料，忍俊不禁，噗地一声吐了出来。

依依哪容得冯云把她热爱的陈克当笑料，辩解说：“我为什么不信？陈克跟我说过，我们这时代有两大特点，**一是成功对智慧的要求变高了，二是在网络时代，获得智慧的成本降低了**！”

冯云说：“噢！”她既不太相信，也不能反对，唯有保留态度。

两人进了一家商场，一层是卖珠宝首饰与化妆护肤品等利润高的产品，冯云在柜台前与售货小姐说这说那，依依在一旁看着。冯云觉得没劲，说：“那护肤水不错，你咋不过来瞧瞧，搞得我也没劲儿了。”

“太贵了。”依依无奈答道。

“皮肤的事，再贵也得买。”

“我跟你不一样，能省还是省点吧。陈克现在也挺艰难的，我的钱得给他存着，没准以后他做什么事业用得上。”依依说。

“你得对自己好点，别老想着你男朋友。女人得对自己好点，不舍得穿不舍得花，把自己弄成黄脸婆，迟早有人花你的钱，睡你的老公，还打你的娃。”冯云说。

依依应道：“那你觉得说这话的人是一个成功的女人还是一个失败的女人？我该信她的话，以她为榜样吗？”

冯云琢磨了一下子说："看来你真被他教傻了。"

两人在商场里逛着。

依依问："都说腰带是男人的第二张脸，你说我送他一大牌子的腰带怎么样？"

冯云答："俗，送东西不就是送钱吗，干脆折现给他好了。"

依依问："那怎么样不俗？"

冯云凑她耳朵边说："这商场顶层有一健康中心，你去学跳个钢管舞，到时候跳给他看，这才叫礼物。"

"这主意不错。"依依嘴上这么说，还是买了一个腰带钱包三件套。

两人大大逛了一轮商场，分别之际，依依说："这次见你，就觉得你真应该找个男朋友了，最好能结婚的。像陈克跟我说的，年纪到了，有些该得到的东西就要得到，就算不那么完美也没关系。"

冯云说："陈克说什么你都信啊？"

依依答："信，他说的我都信，我现在就是他的信徒。"

"我也想找来着。我前些天还去相亲了，可惜都是我看上的没看上我，看上我的我看不上。"冯云想了想说。

"那就放低点条件吧，差不多得了。"

"行，要有合适的你给我留意留意。"

姐妹抱别。

回到家，依依对着给陈克的二十五岁生日礼物遐想着。二十五岁，多么特殊的年纪，人生百年的四分之一。有人说，女人从二十五岁开始衰老，男人则二十五岁才开始成熟。陈克将会开始创造辉煌吗？

22.知识怎么转化成能力

陈克生日依依未与他过上二人世界，因为陈克的堂兄陈进军来了，带着女朋友林梦，在一家高档酒店请陈克与依依吃饭。北京有着数不清的五星级酒店，但生在平民之家的依依却从未进去过，金碧辉煌的，让她直感叹有钱的好。

“咋那么好，听说我过生日，专门从上海跑过来了。”陈克先打开了话匣子。

“感动吧，这就叫兄弟。”陈进军开始煽情。

“感动，非常感动。”

“其实我最近经常来北京，一直都想来看你，只不过日程安排得比较紧。”

“不好好在上海待着，老往北京跑干吗呢？”

“找人投资，北京财主多啊。”

“要是不算高级商业秘密的话，我打听一下，准备融资多少？”陈克问道。

陈进军答：“一亿八千万。”

对于网络行业来说，一亿八千万——不足三千万美元，其实是个比较小的投资了。但陈克还是吓了一跳，吹了个口哨，举起酒杯邀碰说：“牛，你真牛。”

席间陈进军跟林梦说起跟陈克的关系：“我跟陈克就跟亲兄弟差不多，从小一块儿玩的。以前我爸当乡镇干部，陈克他们家在镇中学；后来我爸调到县城，我大伯也去了县城。再后来我爸去当援藏干部，我就住到陈克家里了……”

陈进军长得很帅，又是一家千万资产的网游公司老板，伴侣自然容颜美丽，气质优雅。依依并未对她羡慕妒忌恨，只是好奇，跟自己丈夫天赋差不多的陈进军为何先发达了起来。

陈进军问陈克近况，陈克告诉他：“一个月就三四千块钱，吃不饱饿不死，慢慢熬吧。”

“为什么要慢慢熬？”陈进军笑着说。

“不熬还能怎么样？”

“男人做事情，要干脆利落一些。”

“我跟你可没法比。”陈克的话带着点恭维，算得上是国人的说话礼仪，并无他意。

“为什么没法比？”陈进军却在乎上了，略一迟疑说道。

陈克笑答：“我的能力比你差太多了。”

“那你赶紧提高能力呀！”

“所以我现在完全按照你爸给的思路，正在勤奋读书呢。可是这书读多了吧，觉得也意义不大。”陈克说道。

“我正是为这件事情来的。我爸说你已经读了不少书了，让我来指导你一下。所以我就想趁着你二十五岁生日这么重要的日子，跟你聊一聊，帮你迈入人生的新纪元。”陈进军意味深长地说。

成功者的指导价值何止千金？陈克拿出手机打开录音功能，说：“请讲。”

“其实书是不用读太多的，读多了人就犯傻了，你要知道，这世界上的绝大多数理论都是互相冲突的。就好像说，我们开发产品之前要做好客户调查，达成客户需求的话我们的产品会卖得更好，这种说法很对；可是乔布斯说压根儿不需要，因为客户根本不知道他们需要什么。老福特（福特汽车创始人亨利·福特）更绝，他说如果我问客户需要什么，他们会告诉我他需要一匹快马，哈哈。”陈进军说道。

陈克点点头。

“有人说要对员工进行培训，提高他们的能力，从而可以产生更大的效益，这种说法很对；可也有人说培训个屁，把培训费拿过来当招聘费用招合适的人，成本更低、见效更快；这种说法也是对的。你可以找到无数个案例，发现两个完全相反的观点竟然都是对的。所以说，你书读多了，各种想法就在你脑袋里边互相冲撞，你反而不知道怎么办了。”陈进军继续说。

“这几年书读得有点多，就跟那七八道真气在令狐冲身体里边冲撞似的。”陈克慎重地点了点头说。

陈进军继续指点陈克：“有人读书读傻了，也有人读书变聪明了，差别就在于，怎样让那些互相冲突的观点都能为自己所用。要达成这一点，最好的办法就是整理出一套自己的理论。如果你做销售，你就做销售理论；如果你做产品，你就做产品理论；如果你做管理，你就做管理理论，如果你要做好广告，你最需要的就是做一套自己的广告理论。等你把自己的理论做好了，就一切都解决了，就好像令狐冲把身上的真气全都化为自己的。”

陈克点点头，说：“继续。”

陈进军说：“没了。”

陈克说：“这就没了？”

“你觉得需要很多废话吗？我跟你说，人类社会可以分为神学时代和科学时代，分界点就是 1687 年牛顿发表《自然哲学的数学原理》，这本书实际上讲的就是三大运动定律。”陈进军搬出了牛顿。

陈克把手机收好，说：“你真够能扯的，牛顿都出来了。”转对依依说：“我哥厉害吧，天文地理无所不通，历史典故张嘴就来。为何牛在天上飞，因为我哥很能吹。”依依笑笑。

陈克又问哥哥：“这么说来，你能有今天，是因为做理论了？”

“上大学那年我爸跟我说，**要想有大的成就，就得先读万卷书，然后找到一个突破口，做一套理论**。很快我就确定了我要做的理论，就是用户体验。我用了好几年的时间来跟踪观察和总结各种各样的用户体验。就好像说，你看电视剧我也看电视剧，可能你看了一部电视剧想的是这片真好看，那女演员长的多好看；我想的是观众为什么觉得这片好看，他们有什么需要，怎么去达成他们的这种需要？可以说，我在客户体验这上边浸淫了很多年。因为我知道怎么能赢，所以有人追随我，这就是建立团队所需要的号召力！”陈进军说。

一晚上，陈进军给陈克讲了许多经历，许多道理，陈克受益良多。

23.技术是一门兵器

陈克被煽动，决定依陈进军所说，先做一套理论，使自己对广告的理解融会贯通。

心里想道：要想混出个名堂来，就得有过硬的技术，这是走出第一步的关键所在。而且，这是通用的能力，哪怕以后我并不从事广告行业，也一样能对我的事业起到极大的帮助作用，我一定要做到！

周六一早依依过来，见陈克在电脑前打字，就问陈克：“干吗呢？”

“我在做一套广告理论。”陈克如实回答。

“是吗？你挺有想法的。不过我听说，想要做一套自己的东西，没有十年八年的积累是不行的？你啊，就别好高骛远了！”依依说。

“好高骛远多难听啊，换个说法嘛。”陈克不服气。

依依问："怎么说？"

陈克过来抱住依依，谄笑说："老婆啊，我觉得有必要跟你探讨一下说话的方式，为加深你我之间的感情，你应该将我所做的一切都描述为合理的、正确的、高尚的、伟大的。比如说，当我做小事情的时候，你要说我是脚踏实地；当我做梦的时候，你要说我理想远大。"

"好，你理想远大。"依依嘻嘻一笑。

这项工作前后进行了两个多月。从开始的茫茫然找不到头绪，到后来的得心应手，陈克顺利将所思考过的广告问题融会贯通，就像武侠小说里写的打通奇经八脉，真气在全身流转自如一样。这反映到陈克的工作中，原来需要花很长时间思考手上工作该怎么做，现在略一思考就明白了关键所在。

这天老板阿伦从广州出差回来，路过陈克的工位，说："最近你写的东西比原来进步了不少。"

陈克说："伦哥，你的意思是要给我涨工资吗？"

阿伦笑着说："我考考你的文字运用能力。如果一个人心里老惦记着钱，张口闭口就是钱，那我们该用一个什么样的词来形容他？"

陈克笑答："市侩。"

"文字功底很好。"说完阿伦回了自己办公室。

近日活儿少，员工们完成手头仅有的工作之余，各寻玩的。陈克转头一看，旁边工位的老光棍董阳在看新闻。陈克就过来拍拍他肩膀，笑说："董哥，天下大事跟你没关系，你还是想想老婆的事吧。我有一师妹，最近到处托人给她介绍男朋友，你要不要考虑考虑？"

董阳听得有机可乘，喜道："真的？照片拿来，先验一验。"

"你要验人照片可以，我这人最公平，回头我把你的照片给人发一份过去。"陈克说道。

陈克打开师妹的个人空间，说："我这师妹在律师行做助理，各方面条件都不错。我看好你，才给你介绍的哟。"

师妹被艺术照包装得美轮美奂，董阳却看得没过瘾，说："有素颜的吗？"

刚跳槽进来的设计师、女光棍琳达凑了过来，说 :“挺有气质的。”

“长得不错呀，董阳，桃花运来了别放手哦。”文秘 Susan 不知什么时候凑了过来。

董阳说 :“小陈啊，感谢你惦记着我呀，只是最近我觉得自己应该事业为重，你这师妹暂时就不考虑了吧。”

Susan 说 :“董阳你咋缩了，有机会就得上，小心过了这村没那店！”

陈克手指点点董阳，说 :“你这种骗照片看的行为，真让人瞧不起！”

“有什么好的，也给我介绍介绍吧。”琳达也来起哄。

琳达到了急切的年纪，经常忙里偷闲上婚恋网站瞅王老五，陈克早有心介绍她给傅军，就说 :“我大学宿舍一哥们儿，我觉得跟你挺配的。”

琳达问 :“他人咋样？说说看。”

陈克答 :“现在不行。”

琳达问 :“怎么不行？“

“俗话说，一年之计在于春，年初人的期望值都比较高，现在估计你还看不上他。我寻思着，等中秋节你们这些大龄青年回家了，挨爹妈一顿骂，发誓过年无论如何拎一个回去。到那时候介绍你们，那才容易成事。”陈克掉起了书袋。

“就是你那哥们儿条件太次呗。”琳达一针见血。

“他条件真不次。这样吧，过了中秋节你要是还没有主，我就给你们介绍！”陈克说。

又是周末，依依来陈克处幽会，见电脑桌面上陈克广告理论的文件，问 :“你是不是想开广告公司？”

陈克答 :“其实开广告公司也不错。客户把钱往里边砸，咱就负责出方案，拿他们的钱来检验策略的成败，输了人家买单，赢了咱名利双收，多好？”

其实开办广告公司是个不错的选择，智慧服务、咨询业向来是年轻人创业的首选，租个房子，办个执照就可以开张，初期还不用聘请员工，自己单身上阵即可。

依依问 :“可是你有人脉吗？你单子从哪来？”

“那是下一步的问题了，现在不考虑，我得先把理论做出来。”陈克高深地说。

24.成功只有一种模式

未来充满不确定性，**给自己规划一条成功之路容易，要保证这条路可行不易，不如参考别人的成功模式**。

广告这行的成功模式，有条通行之路：出版一本阐述自己广告思想的书。广告教父级人物、奥美广告的老板奥格威在出书后，通过对他广告思想的阐述赢得成功，客户从十几个增加到几十个。国内的唐汉，写了本《唐汉论广告》后也顺利获得许多客户，成为一代宗师，家产数十亿。陈克决定，以他总结的理论为基础写一本书。

陈克为他要写的书拟了个书名——《推动品牌的广告技术》，然后开始写作。写了一个星期，隐隐觉得只是对自己读书笔记的再次整理，没有提出新的论点，也没有明确这书能够解答读者的什么疑问，觉得将会是一本失败之作。他不禁问自己，我该写一本什么样的书？

该写一本怎样的书，陈克找不着方向。这时候一件意外的小事给了陈克启发。

一天陈克正在公司上班，有人敲门："请问赵总在吗？"

无人应答，声音又起："请问赵总在吗？"

陈克见门口处站一小年轻，西装革履，精神抖擞，手提公文包，似乎有点来头，不敢怠慢，又见 Susan 不在，于是去招呼来客："你找我们赵总有什么事？"

小年轻双手奉送上一张名片，介绍自己是保险公司的业务员，说阿伦约了他谈买保险的事情。

"您坐，我们赵总等会儿就回来。"陈克客气地说。

小年轻是受过培训的，不浪费哪怕一秒钟，不错过任何一个机会，既然与陈克搭上话，就开始继续推销："您对保险了解吗？有没有考虑过给自己买一份保险？"

陈克答："我们有四险一金。"

小年轻说："我们这是商业险，其实跟您的四险一金并不冲突，很多人都会额外再买一份商业险。如果您感兴趣，我给您介绍一下。"

陈克忙答："不必了。"

小年轻不屈不挠："您不忙回绝我，其实保险是现代人应有的观念。将来的事情谁也说不好是吧，多买一份保险就多一份保障。"

"我从来都不信保险。"在陈克心中，买保险就是个肉包子打狗有去无回的赔本买卖。

小年轻问："为什么不信呢？"

陈克答："我听说我跟你买一百块钱的保险，你能拿四十块钱的提成。我不是眼红你发财，我就是想，我的保费都变你们提成了，到时候我真有事了，你们拿什么赔我？"

小年轻答："关于我们的赔付能力您不用担心，我跟您说，在中国都是银行办保险，在外国都是保险公司办银行，没有实力就不来做保险。我们也不可能说今天收了您的保费，明天就关门，保险业已经在这世界上存在几百年了……"

小年轻是受过培训的，对自己所从事的行业充满热爱，说话充满了激情，一番话竟能从今天的中国扯到十四世纪的荷兰，说起保险对世界文明的促进，又转回来劝陈克不必担忧。

陈克十分欣赏小年轻的口才，不过还是拒绝了他。回到座位上，陈克猜想阿伦是要买什么保险，莫非是养老保险？然后他开动脑筋，想象着那些亿万富翁一个个怕生意失败，病了看不起、老了没饭吃，所以现在都疯狂地买保险。

保险的一大功能，就是让你没法赚钱的时候有收入。于是陈克想到了一个词语：不劳而获。顺着这思路想下去，陈克发现老板们最希望的效果，不是迅速发展，建立帝国实现辉煌人生，而是企业不倒闭，永远有饭吃。陈克如获至宝，很快为他要写的书拟了个名字——《缔造百年品牌》。

想好之后，陈克去见阿伦，提出想休年假。阿伦很干脆地回复说可以，让他跟周必成说一声，去 Susan 那儿登记一下即可。

"伦哥，您太伟大了。"陈克不忘拍马屁。

阿伦笑说："伟大就不敢当了，这是你应有的福利。"

“能让员工休年假的老板，都是伟大的老板。”

阿伦听后笑了笑。

陈克又说：“过个三五十年，我的自传这么写：我庆幸在我刚进入社会的时候，遇到了像赵总那么好的老板，他的宽容，他的善良，他的公正帮助我度过了那段最艰难的时光。”

“别贫嘴了，该干吗干吗去。”阿伦被逗笑了。

周末到了，陈克开始了他的写作。写书本是一件困难之事，往往要花费一两年工夫。但陈克写起来并不麻烦，因为他读了大量书籍并做下了大量笔记，还整理过一轮，因此他写得很快。

休假前后的九天时间里，他一口气写了近十万字。又过了一段时间，《缔造百年品牌》顺利结稿，进入寻求出版阶段。

25.思路决定出路

一天陈克在网上对傅军说：“最近我写了本书，想找你帮忙。”

傅军回了一个惊讶的表情，说：“你咋想起写书了呢？”

“生活所迫呗。”陈克说得很可怜。

傅军说：“生活所迫你也别写书啊，多没前途。”

陈克问：“咋就没前途了？”

“中国收入最高的作家，可能还比不过一家微型企业的老板，你说呢？”傅军实话实说。

两人瞎侃一通，然后陈克把电子稿发给傅军，让他帮自己出主意。

傅军反复看了陈克的书稿，约陈克见面谈。兄弟见面，自然少不了一顿酒肉。聊起出版业，傅军告诉陈克，中国传统出版业一年规模千亿而已，70%的产值是教材教辅，大众出版只有三四百亿，也就是几家购物商城的营业额，要在这行找饭吃太难。

“我写书可不是为了赚稿费。我们广告这行，好多人都是从写书推销自己开始起步的。”陈克向傅军解释道。

傅军说：“说实在，这书你想出挺难的。这种专业书，读者面太窄，出这种书我们要冒很大的风险，基本上没有可能。”

“可是我去网上书店看了，有些评论挺多的。”陈克质疑道。

傅军答：“能卖得动的一年也就十来本。这类书如果是业界名人写的，一年可能卖一两万，顶尖的卖个几万册。以你的名气，恐怕三千本都卖不出去。你别看市场上这类书还挺多，其实好多都是广告公司老板和大学教授自费出版的，他们也不求赚钱，就是想打个广告，捞个名声，或者拿来评职称什么的。”

陈克说：“其实我也就是想打个广告，捞个名声。如果实在不行的话，我不介意走自费出版的路。以你来看，自费出版的话，费用上大概要多少钱？”

“别啊，你这书要想赚到钱很难，明知是火坑还跳呀？为这事砸几万块钱下去不值得。”傅军不建议这样做。

“那怎么办？”

“没办法，只能靠改，改到这部书稿够我们认为不赔钱的水平。”

“行，该怎么改你跟我说。”陈克说完从包里拿出纸笔来。

“首先，你的书名煽动力不强，忽悠得不够，得改。”

“改成什么？”

傅军答：“比如说——《不劳而获——缔造百年品牌的低成本营销》。首先你要口气大，口气大才能吸引别人的关注，当然了，吸引了关注之后要能拿出真功夫来。你光说缔造百年品牌，那就是提出了一个空洞的概念，要落到实处，还得是营销。这词也是那些企业高管天天在说的，咱就往这上边靠拢。至于说低成本，这就又是一个噱头了，咱们得先把书卖出去是不？这样一来的话，我们多了低成本和营销两个元素，可以拓展一下读者群。”

陈克赶紧记下这书名，赞叹道：“这书名好，果然是专业人士啊！”

傅军继续说：“然后，还是书名的事，‘不劳而获’宣扬的价值观，让人总觉得不太对劲，最好换一个书名，把这意思表达出来，但要更隐晦一点。你赤裸裸地宣扬不劳而获，这个跟咱们的社会精神文明不太搭调啊。我们做书的是很注意导向问题的，你这书名不改的话直接可以毙了。”

“那你觉得‘不败的基因’怎么样？”陈克稍作思考说。

“好，就用这个。”傅军拍手赞成，“这个好，就叫《不败的基因——缔造百年品牌的低成本营销》。”

傅军又说：“书名变了，内容也得跟着变，你得提出企业不败的基因是什么，怎么在营销中实现它。至于怎么写，那就是你的专业问题了，我不懂也就不多说了。还有字数最好控制在八万到十万字，这是最适合的长度。现在的书，字大行少，看着挺大挺厚，其实没几个字。一方面固然是书商想高价卖纸，另一方面是人们觉得时间宝贵了，字多的书不爱读。”

陈克一一记下。

“我觉得你这书还太嫩，要是能多听一下业内人士的意见会更好。我有一个朋友也是做广告这行的，水平应该还可以，你要是不担心你的创意泄露什么的话，我想把你作品发给他看看，让他给你提点意见。”傅军继续给陈克出主意。

“那有什么可担心的，听你的。”陈克爽快地说。

傅军把书稿发给了他的朋友，朋友名叫张志，原是设计师，现在自己搞了个工作室。算是创业阶段的广告公司，也可以说是个体户，自己接单自己做。他认真读了陈克作品之后，网上联络上陈克，提出了若干修改意见。

陈克很是感激，说要请张志吃饭。张志的职业要求是很重视人脉关系的，没有假惺惺地推辞，而是说：“行，改天有机会我们也认识一下。”

接下来的这轮大修改，足足花费了陈克一个月时间。当初只是受畅销书《基业长青》的影响，提出一个类似的口号，现在要落到实处，为企业提出若干种“不败的基因”。

这一轮改动下来，陈克觉得自己对企业品牌战略、营销、广告的思路更加清晰了，思想又上了一个新台阶！

26.怎么能时势造英雄

陈克把改完的书稿发给傅军，并按傅军的要求写了作品简介、作者简介、市场分析等，进入傅军公司的出版流程。出于礼貌，陈克也把修改后的书稿发给张志看，张志没再提出修改意见。

接着陈克的书稿进入到傅军单位的选题会。傅军把书稿发给编室同事，然后开选题会议讨论，集体讨论可以增加胜算，这是他们的流程之一。

“这是我特好一哥们儿写的，如果这书可出可不出的话，那我当然希望能够给出了。”选题会上，傅军大致介绍了这部书稿的内容。

编室主任说：“朋友归朋友，生意归生意。我们还是多从生意的角度来看这本书吧。”

傅军知道，领导的姿态总是这样的，但他既然点明了是朋友写的，同事们就多少会说些好话。只是陈克这书市场前景实在太暗淡，同事们不便说好话。

编辑甲：这类书市场不太大，出这书风险应该不小。

编辑乙：这类书一直都是美版图书的天下，好像《基业长青》《蓝海战略》等都是美国人写的，国产的恐怕不太好卖吧，而且作者好像名气也不怎么够。

……

因为看到一边倒的形势，傅军也没了据理力争的勇气，就告诉陈克：“你的稿被毙了。”

“我不介意走自费出版。”陈克似乎早料到这结果。

傅军回复说：“不到万不得已咱不走自费出版。有可能的话我们还是得多争取争取。”

陈克说：“该怎么办你说。”

傅军想不出办法来，说：“要不你找别的出版商试试？”

“好吧。”陈克无奈地道。

陈克正在为他的书稿想前途之时，张志联络上了他，问他书出了没，陈克将实情告之。作为对自己书稿提出宝贵意见的报答，陈克说要请张志吃饭。张志很干脆地回答可以，与陈克约好了吃饭地点。

晚上陈克见到了张志。张志留的长发——相当于女孩子的齐耳短发那么长，戴个黑边眼镜，留一小撮山羊胡子，不少行内人士都是这种造型，大多不是出自审美上的喜好，而是一种表演，以便告诉世人：我在这行具有较高的水平。

两人说了一通促进关系的话语，张志抛出他今夜来此见面的目的："我有个想法。既然你这书现在出不了，我想问问，你可不可以考虑把版权卖给我？"

陈克好奇，反问道："这书都出不了，那你买了版权又有什么用？"

"我可以自费出版。"张志实话实说。

"自费出版价格不便宜吧，傅军跟我说真想这么玩，让我准备十万块钱。"

"这些我都考虑过。"张志提出了他的合作想法：以五万元买断陈克书稿的一切权利，包括署名权，他将以自己的名字出版这本书。他还带来了合同，马上便可签约。

五万元随时到账，可见诚意十足。此时此刻，这五万元对陈克来说是个不小的冲击。最初他只是想整理出一套自己的品牌推广理论，写成书来卖是计划外之事，现在若能得五万元那可算是意外收获，天上砸下来的横财。何不把书稿卖了，存在电脑里又有什么用？

他是想过自费出版，但那只是他对失败的不甘心，真到了掏钱的那一步，他恐怕会觉得冒那么大险划不来。但这书稿毕竟是自己的心血之作，署上别人的名字舍不得。

"这样吧，你让我考虑考虑。"尽管张志一直劝说，陈克还是没有立即答应。

"行，那您慢慢考虑，什么时候想好了给我个信。"张志叹了口气。

周六依依过来，陈克跟她说起张志欲买书稿之事。

"既然张志愿意花这钱来出你的书，说明你的书有价值，要不咱们自己出吧。"十万块钱的支出，依依轻飘飘就做下决定。

陈克说："老婆，您真豪爽。可是自费出版那不是小事，什么书号合作费、编辑费、排版出片费、印刷费等，加起来怎么也得十万块，现在物价高着呢。"

"十万就十万，你说咱们多这十万块钱也做不了什么，不如拼一拼。"依依显得很豪迈。

陈克应道："可是风险挺大的。十万块钱砸下去把书印出来，没准就在书店里摆一两个月，就变成废纸回炉了。知道傅军怎么跟我说的吗？说中国每年出十几万种书，能保本盈利的不到一万种。大部分都是赔钱的买卖！”

依依说：“可没准你这书又赚钱呢？我以前看过一篇文章，好像说法国的巴尔扎克还是谁，写了书出版社不要，他就自己掏钱印，结果就出名了。”

见陈克不语，依依又说：“我记得以前你跟我说，你那偶像唐汉写了本书就打响了自己的名堂，很多大公司找他做广告，现在多少亿的身家。没准你这一拼，就真成名了！”

“现在时代不同了！”陈克解释说，“唐汉写《唐汉论广告》的时候，刚好碰到改革开放成长起来的企业，从销售导向到品牌导向的转型，《唐汉论广告》堪称是对中国企业进行品牌启蒙教育，故能产生革命性的影响，于是一夜成名。可现在的企业高管们，在受到的企业运营管理教育上，早已跟美国同步，再想要一本书就打出天下，几乎不可能了。”

27.为自己的人生买个机会

听了陈克的解释，依依沉默了一阵，做下决定，说：“你们这行的事情我也不懂，我就不帮你瞎出主意了。不过你要是愿意自费出版的话，我手里有六万块钱。”说完从钱包里拿出银行卡给陈克。

“老婆你真好！”陈克严肃地说。

多少女人想着让老公赶紧赚现钱改善生活，但依依却甘愿把钱拿出来给老公投资，陈克怎能不感动。他还没下决定，于是随口问道：“对了老婆，你怎么那么能存钱？”

“你要在北京闯出名堂来不容易，我人又笨帮不上你什么，所以只好存钱了。”依依告诉陈克，她虽然工资不高，但是福利好，更重要的是她吃住在家里，单位发的钱几乎都变成了存款。

陈克哪舍得用依依省吃俭用的钱去买机会？就告诉依依，他决定了把版权卖给张志。依依心中还有不舍，说：“要不你再问问傅军，要是自费出版不赔太多的话，那咱也赌一把，用十万块钱给自己买个机会。就算是我的愿望，好吗？”

陈克的思想本就在摇摆不定中，依依的话让他太感动，也改变了主意，说：“那好，如果这是你的愿望，那我就自费出了。自费出版的钱我有办法解决，这卡你拿好，该花的钱你就花，什么衣服啊首饰啊护肤品啊化妆品啊，该买的你就买。我觉得非常遗憾，你为我做的这些，我一直都没有注意到。”

次日陈克和依依在常去的那家饭店约见了傅军，陈克告诉傅军已经决定了要自费出版，希望傅军帮忙找门路。

“那可是十万块钱啊！你们存十万块钱不容易吧？就这么砸下去要没了呢？自费出版这事，不到万不得已的情况下不要玩。”傅军还在劝说。

陈克说：“可这不是已经万不得已了吗？”

傅军说：“我还有一个办法，就是直接跟我们大老板李小波推荐你这本书。只要他看得上，那就什么问题都解决了。”

陈克疑问：“能行吗？你们编辑室主任这关都过不了，怎么弄到上边去？你现在是基层员工，越级汇报在职场上可是一个大忌。”

傅军说：“我每年可以给大老板写一封信，我想用这封信提起这件事情。”

他解释说，**公司大了，层级就多，上面的人听不到下面的声音，产生沟通不畅顺的问题**。于是老板规定，基层员工每年可以给他写一封信，他亲自看。许多人都会通过这封信，表现自己的才气，以期获得更多的机会。

“我把你稿子发给大老板看，争取让他见你一面，到时候你就跟人说说我们公司的品牌、营销、管理这些上有没需要改进的地方，那些老板找专业的咨询公司还得按小时给人付费呢。你要是能让我们老板觉得跟你见面值，他总得回你点好处，这样你的书就有戏了。”傅军说出了自己的想法。

“好，就按你的意思办。我得花点时间来研究你们行业和你们公司，什么时候我觉得能给你老板提建议了，你把书稿发给他看。”

“行，那我等你消息。”

陈克做好了被傅军的老板李小波召见的准备。他准备了若干问题，如图书公司如何应对移动阅读的时代变迁等。

山穷水尽疑无路，柳暗花明又一村。事情竟比自己预想得顺利很多，李小波在阅读了陈克书稿后，直接批复可以出版。接着陈克与傅军公司签订出版合同，陈克将简体中文版权授出，价格为三万元。

本打算自己砸十万元下去，结果一分钱不出还能收到三万元，这让陈克开心之极。他跟傅军表态："我一定会好好报答你的！"

28.二流员工的一流本事

为感谢傅军的帮助，陈克请傅军吃饭，找不到对象的傅军依旧单刀赴会。

"为了表示感谢，我给你介绍一女生吧，人特好。"说了一通感谢的话，陈克说起了正题。

傅军答："别了，我现在一听说见女生就害怕。"

陈克问："咋了你？"

傅军答："最近去相了回亲，受打击了。"

"就你这样还相亲？我跟你说，你要是有房有车、存款百八十万的，人家女孩子心想冲你这房啊车啊的也就从了。可你都穷成这样了，想讨老婆也就只能靠爱情了。"陈克大笑。

傅军说："知道我穷，那你还……"

陈克笑笑，打开手机，把同事琳达的照片给傅军看："我同事，平面设计师，学艺术出身的，特有气质，怎么样？"

傅军翻看琳达的照片，带着遗憾说："我指定追不上。"

陈克说："男人不要轻易说自己不行。手还抖吗？"

"抖。所以说我追女孩子没指望了，准备过几年直接找一带孩子的寡妇，了此残生。"傅军自嘲道。

傅军有个小毛病，见了喜欢的女孩子就会紧张，大学时几次把女孩子约出去，结果手抖个不停，落人家那儿一个另类的印象，惨遭淘汰。

陈克说："你知道你为什么手抖吗？因为你有色心、没色胆，你心里觉得追女孩子就是做男女之事，良心上就过意不去，最终被自己强大的道德击溃，所以手就抖了。你现在最需要的就是树立健康的恋爱观，想象一下，你追女孩子不是为了要得到什么，而是觉得她美丽，要保护她的美丽，那你还会抖吗？那形象肯定是特坚强、特坚定。”

傅军答说：“你就笑我吧你。我其实就是紧张，关键是不知道干什么，你说这一男一女凑一块儿，说些什么干些什么呀？”

“你的意思你心理健康没问题，完全是因为技术不够导致的？”

“本来就是。”

“如果纯粹是技术不够，没准我这过来人可以帮帮你，帮你提高泡妞技术。”

“那你说说看，这女孩子该怎么追才追得到。”傅军来了兴趣。

陈克喝一大口酒，清清嗓子，说道：“对大多数来说，追女孩子有太多的方法技巧，但是对于你这个一没经验、二手抖的人来说，技巧是没有用的。所以我给你总结了一个傻瓜教程，只有六个字。”

傅军问：“哪六个字？”

陈克答：“这六个字就是“讲故事，做英雄”，为什么是这六个字呢？我们都知道女人需要安全感，那么安全感怎么来的呢？一是她认为这段感情是她所能控制的，简单说就是她觉得你人不坏；二是她认为你是她的英雄，可以依赖、可以被保护。其实，每个女人都有压寨夫人情结。”

傅军说：“大道理容易理解，关键是具体怎么操作。”

陈克应道：“先说‘讲故事’。女孩子在不了解你的情况下，出于一种自我保护，可能首先把你想象成一个坏人。所以你就得给人讲讲你的经历，她听了你的故事，就会觉得她了解你很多事情，能够判断你是个什么样的人。这就叫真诚，真诚就是把自己展现在对方面前。虽说‘人前只说三分话，未可全抛一片心’，可你要追女生怎么也得先把自己抖出来。当然了，要抖什么那都是你自己能控制的，挑好的说。**几乎一切人际交往活动，行动宗旨都在于取得对方的信任**，而要取得人家的信任，你首先得让人觉得你真诚，对吧？”

“好像是那么个意思。”傅军点了点头。

陈克继续说：“同样地，你也要诱导那女孩子说出她的经历，只要实现了这步，那你们离成就不远了。有个段子叫‘男人四大铁’，说一起扛过枪，一起同过窗什么的。这说明男人跟男人要做铁哥们儿，要交换隐私；同样地，女人跟女人要做铁姐们，要交换秘密；男人跟女人谈恋爱，就得交换经历。你要是有办法给她讲你的故事、你的经历，有办法诱导她说说她的事情，至少能够让她觉得，你们是心灵相通的，你们是适合在一起的。如果不是心灵相通，又怎么会讲出这么多故事、引发共鸣呢？”

傅军说：“好像有点道理。不过……”

陈克问：“不过什么？”

“这样是不是太工于心计了？我始终觉得，这种事情得真诚一点，别弄那么多的手段，有缘分的话自然就成。”傅军颇有点不好意思地说。

陈克答：“这怎么就不真诚了？你要知道，**真诚不真诚，不在于你追女孩子所用的方法，而在于你追到以后能不能对人家负责**。”

听到此处，依依很是触动，陈克不是老实男人，但对于这段感情，他是用心的，是负责的。陈克给傅军讲了许多，傅军回复了对爱情的憧憬，说：“行，那改天把你同事约出来聊聊吧。”

回家路上，依依说：“人家说‘不做中不做保，不做媒人三世好’，你怎么想起给人介绍来了。要是傅军跟你同事先成了后又掰了，多影响你在单位的同事关系？”

“你说的这根本不用担心。”陈克说，“最近我在想一个问题，就是哪天我要出去创事业了，最开始肯定是本小实力弱，请不起好的员工，那就得雇二流的员工做出一流的事情。怎么才能实现呢，我想了很多很多。就说这次帮傅军追女孩，那算不算用二流员工做一流事情？这经验是不是很值得借鉴？”

29.缺点是优点的一部分

转天上班间隙，陈克来到琳达身后盯她电脑看，凑她耳边说：“又在上‘人口买卖网’呢？要不我帮你挑挑。”

琳达常上婚恋网，现在电脑打开的却是画图工具，答：“瞎了你，这是PS。”

陈克说："还记得很久很久以前我说过的吗，要是过了中秋，你还名花无主，我就把我哥们儿介绍给你。人非常不错，'211'重点高校毕业，从遗传角度来说，跟他生的孩子不会差到哪去。"

琳达说："去，你够能扯的，孩子都出来了。"见陈克没了声，琳达反过来问："你同学咋样啊？"

陈克答："俗话说，物以类聚，人以群分。我的朋友质量咋样，瞧我不就知道了吗？"

"你也不咋样嘛。"琳达笑着说。

陈克将傅军的照片及简介给琳达看了，琳达表示并不反感。陈克将消息告之傅军："准备好银子吧。"

周六陈克与依依在约定的休闲茶馆见到傅军。陈克带了两副扑克过来，准备打升级，说这样一则免得两个陌生男女坐一起尴尬，二则让他们感受彼此合作的胜利。

傅军说："待会儿你们千万记得要放水。"

陈克答："放心吧你，要赢不容易，要输还不简单。"

琳达来了，陈克给他们介绍。傅军与琳达各自说说自己干些什么工作，然后牌局开张。

这一把，陈克拿到一副好牌，一个王、一对二等大牌打出，重重摔出扑克，气势甚是嚣张。傅军跟琳达说："不用怕他们，这把我们牌拿得可能不怎么样，但只要我们打好了，也一定可以赢！"

陈克与依依存心放水，一把好牌不打到要点上，结果竟然输了。再战，由傅军和琳达做主家，傅军拿到一把好牌，刚一出牌，感觉琳达手上也拿着好牌，就说："看样子这把形势跟上回完全不同。琳达，我们小心点，要是打好了，没准能打他们零分。"

琳达答："好！"

陈克回应说："想弄我们零分？门都没有！"他话说得自信，背地里暗暗放水，竟然真的弄一把零分出来。

十几把牌打下来，凭着故意放水，陈克与依依只赢了两把，其余都惨烈地输了。每一局傅军都鼓励琳达，坏牌打好，好牌打漂亮，树立英雄形象，以赢得后面的深入接触，赢得“讲故事”的资格。

趁着傅军去洗手间，陈克说：“有件事情我声明一下，我这哥们儿和他喜欢的女孩子单独相处的话，可能手会抖！”

琳达惊讶：“啊？”

“这说明他是个很重感情的人，对他心中的女神有足够的敬畏感。你想想看，要是那些宗教信徒见到他们心目中的神，那是什么反应？”陈克说得煞有介事。

琳达想了想，答说：“你哥们儿挺有趣。”

要让别人接受你的缺点，不能寄望别人的宽容，得自己争取。陈克见刚才傅军在打扑克中大大演绎了一番英雄，有了让琳达接受他一些小缺点的资格，赶紧说来。免得这手抖的毛病引起误会，坏了好事。

陈克见好就收，待傅军上洗手间回来，说：“我跟依依还有个事要办就先走了，你们慢聊。”

傅军与琳达起身相送。

第一次的肢体接触、肌肤相亲是男女情路上的重要节点，陈克明白这个道理，走到门口忽起调皮之心，说：“琳达，接着。”然后把傅军一推，傅军猝不及防倒向琳达身体，琳达把他扶住。陈克笑了笑说：“加油吧两位，我只能帮你们到这儿了。”

这话出自一个在都市白领圈中相当流行的段子。某人开车，见学弟学妹在一起，学弟不敢拉学妹的手，于是加大油门开过去，学弟见状不妙，赶紧拉学妹的手跑开。“加油吧学弟，学长只能帮你到这了。”

陈克牵依依的手走出茶馆，在门口给琳达发了一条短信：“这是一个不擅长跟异性打交道的男人。也许他喜欢你，却不会表达。也许你会给他某些暗示，但他体会不到。不要因为他的不解风情就把他 PASS 了。好男朋友跟好丈夫，适用不同的标准。”

发了短信，陈克心想：“加油吧哥们儿，兄弟我只能帮你到这儿了。”

周一上班，傅军在网上问陈克：“那姑娘觉得我怎么样？有戏不？”

陈克回复他："我哪知道？我现在给你问去。"

傅军说："别啊。"

陈克说："咋了，只能偷偷观察，还不能光明正大地问？"

傅军语塞。

陈克说："我帮你去问也行，你得先告诉我，那天我们走了以后你们咋样了？"

傅军答："没咋样，就按你说的讲故事，我跟她聊了些经历过的事情。"

陈克问："聊了多长时间？"

傅军答："两三个小时吧。"

陈克说："量变引起质变，恭喜你。谈判这事，只要能持续谈下去，肯定能达成好结果。"

陈克来琳达身边凑她耳边说："我那哥们儿托我来问问，你觉得他人怎么样。"

"他想知道啊？那你让他加我QQ，我告诉他。"琳达继续设计图片，漫不经心地说。

接下来陈克回复傅军："哥们儿，祝贺你，你已经成长为泡妞界的高手了，仅仅一次相遇你已经抓住了她的心。那姑娘说让我把她QQ号给你，你可以加她QQ，做更深层次的沟通，说你们之间的悄悄话。睁大你的眼睛，看清楚这十个数字——"

过几日，陈克在网上问傅军："我那书什么时候能印出来？"

傅军答："一本书从签约到书店上架，通常需要三到六个月。你是我哥们儿，我帮你盯紧点儿，保证三个月就能出来。"

陈克说："有劳你了。"

傅军又说："你要是再给我点儿好处，没准两个月我就能帮你弄出来。"

第四章
名气

没名时什么都不是，有名时什么都是

30.迅速崛起的方式

傅军热恋之中，给陈克带来了一条好消息："唐汉给你的书作序了！"

业界名人的作序推荐，无疑会给这书的发行推广带来很大便利，陈克说："你太有才了！你是怎么找到唐汉给我写序的？"

"我哪有那能耐，是我们老板找的。"傅军实话实说。

半个月前，唐汉作为嘉宾去武汉参与一个电视节目的录制，在那里碰到李小波。同是文化名人，同样有几个亿身家，是同等量级的人物，交情还算深。李小波告诉他，最近收到部关于品牌营销这方面的书稿，觉得还不错，想请他看看，如有可能就写个序。

给人作序，既能助人，也是宣传自己，唐汉让先发稿子看看。回头读了陈克书稿，唐汉觉得尚可，于是作序。

回头陈克把这个消息告诉了依依，依依非常高兴，说："老公你真棒，今晚我请客！"

当晚便在依依家附近的一家馆子涮上羊肉。还是在几个月前，依依担忧陈克天天那么读书、做笔记是不是走错了路，但陈克写书、签约之后，依依对他的看法大变，觉得陈克走对了，并且迅速上了一个台阶，现在竟然跟身家以亿元论的大腕扯上关系了。

依依憧憬着："唐汉给你写序，是不是你的书就会特别好卖，卖个几十万本。然后那些大老板看了你书就找上门来让你做广告？"

这想法未免天真了些，这类书不在大众阅读之列，销量有限，便是唐汉自己写的书也难卖出几万册了，书太多了。

陈克不忍戳破她的美梦，只是说："等我当广告公司的大老板了，你就别去上班了，天天在家里数票子玩。"

依依说："别忘了我的法拉利。"

陈克说："那哪能忘，就算哪天我连自己的名字都记不起来了，也不能忘了老婆大人的法拉利！”

“干杯！”依依人逢喜事，喝起酒来也不顾忌，整掉将近一瓶红酒，醉醺醺的，要陈克搀扶她回到家门口。

如果想改变一个人，那就让他去谈恋爱。对于傅军来说，因为有了爱情的力量，他加班加点，左右打点，尽量缩短耗时。签约满三个月之日，陈克收到一个沉甸甸的包裹，里边是十本样书。第一次看到自己的文字印刷成书，陈克心中喜悦不已。

喜悦过后，陈克打电话叫快递，给父母和叔叔各寄了样书，随书带上信件一封："爸，妈，不必为我太多担心。只要我能做、会做、做得比别人好，并且让天下人知道，那我就是捧上了一个铁饭碗。技术 + 名气 = 永不失业。这也是我迅速崛起的机理所在，不必省吃俭用以备我不时之需，相信我的辞职能让我踏上十亿元之路。"

依依得知消息，下班后来陈克处。陈克提笔在一本书扉页上写了"赠我爱妻柳依依"。柳依依捧着这书，心中波澜起伏，她热切期盼，这本书能助丈夫走出像唐汉一样的辉煌人生路。

陈克一改往日的调皮，搂抱着依依严肃地说："此时此刻，让我用最诚挚的语言，对我最亲爱的老婆说，谢谢你。如果不是你的坚持，我就把书稿卖给张志了，也就不会有今天。"

依依也深情地说："因为我一直都相信你！我知道，你是最棒的！"

陈克放开依依，重回调皮之态，提起笔来说："这两本书嘛，那就送给我亲爱的老丈人和丈母娘。"然后笔尖在扉页上虚点写了：赠丈母娘阅。陈克。

"胆子不小，你要敢让我爸妈知道你诱拐良家少女，看他们不打断你的腿。"依依说。

陈克笑道："世界广告巨擘、十大杰出青年陈克曾经说过，**一旦你展示强大，世界就会变得对你友好**，环境会变得对你有利，一切的一切似乎就是为了要帮助你而存在的。你把俺的巨著给你爸妈看，让他们知道我的厉害，别再给我老婆安排相亲。"

依依说："小气鬼，那么点事记到现在！"

晚上依依带着陈克的著作回了家，说："爸，妈，送你们两本书，陈克写的！"

当晚柳父柳母看陈克的书看到很晚。陈克来北京快两年了，还是每月拿四千元的小白领，看不到半点成功的希望。他夫妻二人一直担忧依依嫁得不好，旁敲侧击地提醒依依，若见到好的不妨跟人发展发展，依依就是一副跟定了陈克的态度，他们夫妇很伤脑筋。现在陈克出书了，得对他的地位重新考量。

"你说陈克他写这本书，能挣多少钱？"柳母问柳父。

柳父答："应该挣不了多少钱吧。我记得以前我们领导的女儿写了本书，是自费出版的，花了好几万块钱呢。要是写书那么好挣钱，'饿死作家'那句话怎么来的？"

柳母说："依依那得意劲儿你看见没有？得跟她说说，写本书没什么大不了的。"

柳父应道："你又想折腾了，不合适。出书这事可大可小，没准陈克一下子就红了呢？到时候一堆大老板请他做广告那也说不准。咱们挑女婿也不能光看人现在怎么样，还得看发展，陈克虽然还没挣着钱，可是看起来发展速度好像不错。这么说吧，北京做广告的多了，跟他这么大的有几个能出书的？这就说明陈克要比大部分同龄人优秀，发展得比别人快，以后做出什么成绩来可能性也是比较大的。"

"你说的也对。那这样，改天我做红烧肉，让陈克过来吃顿饭。"柳母笑了。

柳父答："你又来了。照我说孩子的事让他们自己琢磨去，咱们不支持，不反对就是了。"

31.播种了才会有收获

周六一早，陈克与依依来到图书大厦，在新书栏里找到陈克的书。两人站旁边看着，可人来人往的，却没人打开这书来看。等了许久，终于有个眼镜斯文男停在书架前，拿下来就翻了翻，放下走了。

两人站那半个小时，没见一本书卖出去。依依说："你不是写书教人怎么营销怎么推广的吗？也给自己的书想想办法嘛。"

陈克应道："是得好好想想办法。"

两人正惆怅之中，广播播音，说十一点钟有一场著名亲子教育专家"知心妈妈"的签售会。依依仿佛发现新大陆，说："你也办个签售会怎么样？"

陈克答："可以考虑考虑。咱们先去瞧瞧人家的签售会吧。"

两人来到一楼多功能区，那里放着一摞"知心妈妈"的书，已经有人排着队，有工作人员在忙碌，保安在维持秩序。当下陈克给傅军发短信，问自己想办个签售是否可行。很快收到傅军的回音："办签售活动也是要有一定条件的。以你现在的声誉恐怕还达不到吧。"

"傅军怎么说？"依依问道。

陈克答："不行。很多作者都想签售，所以这书店就得设立门槛啊。你看看这场地，这工作人员，这保安，哪一样不需要花钱。所以我得有一定的名气，签售会上能签出一定数量的书，能让人家书店把这费用挣出来。"

依依说："照我说，尽管找书店经理问问去，就算不行咱也没什么损失。"

陈克答："真要签售可以，改天我搬个小桌子小板凳往路边上一坐，谁来买书我给他签。你就在旁边给我把风。"

依依说："做贼啊你，还找人把风呢。"

陈克说："瞧你说的，我这可是占道经营、非法摆摊，城管来了呢？到时候我书没了不算，连小板凳也给丢了。"

依依不满："那照你这么说，咱什么也不做了？"

"柳小姐，把你的手放到胸口上，扪心自问一下，我陈克是那样的人吗？"陈克调皮道。

回到家后，陈克交给依依一个任务，去几家网上书店各注册一百个帐号，每次只买一本书，写上一大段好评。用专业术语说，这叫"买榜"，通过掏钱买许多书，让书进入销售排行榜中，增加读者的关注与认可。

依依说："你买那么多书回来干吗？"

陈克答："以后开展业务，少不了送书给人家，家里堆个三五百本我没觉得多。"

接着依依上网去，注册邮箱、注册帐号，然后一本本地买。陈克打开另一个电脑，在那写书评。注册帐号下单买书虽然是重复无趣的简单动作，但依依干得很高兴。这本书已经不在是陈克的个人成就，简直可以说是两个人的事业。她当然希望因为这书能火爆，让陈克成为一代广告大师。

在依依单日一百本书的购买量刺激下，陈克的书次日上了新书销售排行榜，点开此书页面，评价很壮观，上百条一致的五星好评，评论语更是要把陈克这书吹上天。这一轮买榜，花费近万元，可带来的上榜时间持续了两天，然后便消失在首页链接之外了。

“一万块钱就这么没了。”依依很失望地说。

陈克笑答：“没关系的，老婆，咱们找点别的事做。你说我注册一个微博怎么样？”

依依答：“挺好的，不是有一大神说，微博改变一切吗？”

陈克说：“可我没精力经营微博，怎么办？”

依依说：“让我来吧，我上班挺轻松的，有空我就帮你发几条。”

老婆如此乖巧，正是套利机会，陈克说：“无论我做什么你都全力支持吗？”

依依答：“那当然。”

陈克坏坏地说：“要是我把你卖了呢？”

依依答：“那还用问，当然是帮你数钱。谁想要短你的钱，门都没有！”

陈克感叹：“看来我对你的改造已经取得了阶段性成果。”

依依说：“那你就保持状态，继续努力！”

依依又说：“我有个主意。”她拿出一份财经报纸，上面有一篇品牌观察之类的文章，文下署名“×× 传播机构总经理 ×××”，对陈克说：“要不你也写文章发表吧？咱也不图稿费，就图出个名。”

“老婆你生活真幸福！”陈克赞美了妻子，继续说，“你想过没有，**你所能看到的一切，都是竞争的结果**。猪鼻子为什么不朝天上长？因为鼻子朝上的都被淘汰了。如果大家都跟你一样想、一样做，那么竞争的结果就是，不光没稿费，你还得给人钱。”

依依惊讶：“啊？”

陈克说：“这世界上有一种叫‘版面费’的发明创造，知道吧？我要是想在这上边发表个一千字的文章，再署上著名广告人陈克的大名，按现在的物价，给人八百块钱不算多吧。”

“不就是版面费吗？我掏。你给我写两篇东西过来，我帮你联系发表。”依依眨眨可爱大眼睛说。

陈克赞道：“老婆你真是女中豪杰。”

依依嘻嘻一笑，狡黠说道：“你好，我也好！”

想要推动销售，得加大影响，陈克准备去网络论坛发帖，给他的书打广告。论坛帖子想要高点击、高回复，用自己的力量是很难办到的，于是陈克上网寻着个做专业顶帖的，俗称水军。

“你们怎么收费？”陈克开始咨询。

“顶帖哥”答：“我们按人气和跟贴收费，十万个点击三百五十元，五百个回复两百元。”

陈克问：“便宜点。”

“顶帖哥”答：“不议价。”

陈克说：“就那么几下工夫收那么贵，不太厚道吧？”

“顶帖哥”答：“我们不是自动回帖机，那都是一个个字码出来的，赚的是辛苦钱。”

陈克跟“顶帖哥”接洽了付费方式，然后开始论坛传播。他将自己写的书评及另外十几篇吹嘘自己作品的帖子，交给“顶帖哥”。“顶帖哥”把文章放上天涯、新浪、网易等大型社区，出动大批马甲顶帖。转眼两个星期过去，陈克买榜加请水军顶帖花出去两万元，但看网上书店的评论却未增加多少。

“钱也花了不少，怎么见效不大，我们是不是什么没做好？”依依说。

陈克答：“就两万块钱你还想多大效果？多少大公司为一个项目拿几亿广告费砸盘，也未必就成功。”

“你明知道效果不大，那你还使劲往里砸钱？”依依不悦地说。

“这叫播种嘛。”陈克回答，“我们在网上留了那么多评论，慢慢地总会被人看到，就能推动他们对我的认可，推动他们来买书，然后做二道贩子传播我的思想，然后有老板请我做广告，然后有新闻说我很牛，然后有更多的老板请我去做广告。这就叫春种一粒粟，秋收万颗子。我今天两万块钱砸下去，明年没准收回两百万来。哈哈，我奸笑的样子像不像坏人？”

“本来就是！”依依说，“除了在网上，你准备还往哪儿播种去？”

“公司！我要来个借鸡生蛋！”陈克信心满满地说。

32.有了实力才配有机会

临近过年放假，陈克带了十几本书来公司。

午餐之前，陈克敲敲桌子提起众人注意：“各位，我写了本书，大家帮忙看看给点指导意见。”然后给办公室中每人发了一本。

众同事拿到书，都惊诧不已。陈克写的可不是瞎编的小说，而是专业研究书籍，就算聪明伶俐加勤奋，但没个几年工夫的摸索、总结，也是写不出来的。

董阳说：“陈克，你真强。”

陈克答：“谢谢。”

董阳说：“你是不是认识唐汉啊？”

陈克答：“我认识他，可他不认识我。”

董阳说：“那他怎么给你写序了？要不是挺熟，人家给你动这笔？”

陈克说：“那都是出版商弄的。”

董阳说：“你要真认识，哪天带我去拜一拜呗，怎么说也是我们广告界的一尊神啊。”

陈克答：“行啊，等哪天我和他成哥们儿了，带你去拜拜，顺便让他收了你。”

董阳说：“行啊，就这么说定了。”

陈克说：“你说你小子，在公司里边大声嚷嚷跳槽，不想混了。”

Susan 说：“陈克，写书是不是特赚钱？”

陈克答：“有赚了的。《哈利・波特》看过吧，那作者写这书赚了好几亿呢。”

Susan 说：“别扯老外，说咱国内的。”

陈克答：“说真的你有空也可以去写写小说嘛，你不是挺爱上网看书的吗？他们能编，你也能。”

Susan 说："说真的我还真有这打算，就是不知道写什么来着。"

陈克答："那还用问，现在最流行的就是穿越回去跟四阿哥谈恋爱，你编一个准没错，那话怎么说的，四阿哥在，收视率就在。"

又有几个同事围着陈克问这问那，销售兼客服瑟琳娜说："你们说的什么呀，都没个重点。陈克，拿不少稿费吧，你就说吧，晚饭谁请，唱歌谁请？"几个同事附和要吃要玩。

陈克说："今晚这顿我的，唱歌算我的，OK？"

众同事欢呼雀跃，有人吹口哨伴奏。与众人的高兴相比，创作总监周必成的反应有点冷淡。他坐在工位上翻了翻陈克的书，走过来说："陈克，祝贺你啊。"

周必成是陈克不喜欢的那种人，从长相开始——他三角眼，瘦削脸，眉宇之中若有一股阴戾之气，这副长相拿去电视剧里演心狠手辣的坏人，根本不必化妆。陈克本是那种没事就跟人嘻嘻哈哈、没个正经的人，但在周必成面前从来都是小心应对。

"谢谢周哥。"陈克客气地道。

周必成说："大家吃饭去吧。"然后对陈克说："你去不去？"

陈克答："我待会儿再去。"

周必成说："咋不跟我们一起？不顺道吗？"

陈克回答："我拿两本书给赵总他们，你们先去，我马上。"

陈克敲开老板办公室，说："赵总、王总，我写了本书想送你们两本。"阿伦接过书，见书名是《不败的基因——缔造百年品牌的低成本营销》，封面又写着"唐汉作序"，情感很是复杂。当初面试时，陈克的自信与锋芒让他产生了期望，可一年多下来，陈克虽说能力一直不断提高，但并不显得出色，至少比创作总监周必成对行业的熟悉，对广告的理解，对创意的运用等方面差得太远。他甚至怀疑自己看错了人。

"出书了，祝贺你！"阿伦笑着说。

"谢谢。"陈克说。

阿伦说："我记得你来面试的时候说，要用你的天赋把我们公司推到更高的境界，我一直都记得。现在看来，你果然是挺有天赋的嘛，连唐汉都给你的书写序了。”

“你说那序啊，出版商给找的。”陈克实话实说。

阿伦问：“怎么想到写本书呢？”

“其实开始就是想研究一下营销，做了很多笔记，后来想着干脆把我这笔记弄一弄看能不能卖出去，没想到还真有出版商要。我一直觉得，比较纯粹的广告或者公关传播，很多人都看不上，想出名就一定要做营销。我们得实实在在地帮企业提升销量，那人家才认为我们有本事，所以我就跟营销干上了。老板，以后要有什么整合营销方面的活儿，多给我个机会试试呗？”**向世界展示实力，这是向世界讨要机会的资本**。

“营销也不是那么好做的吧。”阿伦说，“你的书我会好好看看的。”

“赵总、王总，今晚我请吃饭、唱歌，你们也一起来吧。”既然老板不往下谈，陈克只好识趣地说。

阿伦答：“你们玩吧。我们两个去了，你们放不开了。”

“行，那我出去了。”说完陈克走出了办公室。

33.积极面对，天也会帮你

陈克知道，他的书终将产生积极效应，但他没想到积极效应会来得如此之快。年后回来上班没几天，阿伦把陈克叫进办公室，让他为一位做运动品牌的大老板做广告，主要做品牌命名及初步品牌规划。

阿伦讲解起这个项目的背景来：

在深圳有三个大老板霍爱华、林志强、王建，他们是大学同班同学，通过做外贸赚得第一桶金，办了一家很大型的服装厂与鞋厂，工人以万计。此后三人各往不同的方向发展，霍爱华开了十几家大型的汽车 4S 店，林志强当了地产商，王建开了几个高档饭店。三人交叉持股，关系密切，财产加起来可能过百亿。最近三人突然有个想法，要重回老本行做服装鞋帽，但不再是代工，而是推出自己的品牌。

这三位老板成立了一个项目筹备机构，负责人叫陶宏志，是阿伦的高中同学。据陶宏志讲，他们邀请了三家广告公司，分别进行正装品牌、女装品牌和青春运动品牌的品牌命名及初步品牌规划。另两家都是创作实力雄厚的大公司，只有“精彩”是靠关系得到机会。

为了这个项目，创作总监周必成带着几个人曾忙了一个月。春节前陶宏志带周必成去深圳提案，本以为志在必得，岂料周必成给对方提出二十个品牌名称，人家听了都不满。霍爱华更是对陶宏志轻轻说了一句：“就这点水平吗？”

陶宏志羞愧得恨不得找个地缝钻进去。早前他是仗着跟了霍爱华多年，功劳苦劳积了不少，才斗胆推荐了在业界没有知名度的“精彩广告”，说什么大广告公司流程多，规范多，执行中或许有僵化之处，不利于创意的完全自由发挥，不如听听小公司的意见。霍爱华也很爽快，就说：“既然是你同学的公司，那我就给你这个面子。”

陶宏志推荐后自然是冒着风险的，现在跟阿伦发泄：“看在老同学面子上我把机会留给你，可你干的这是什么活？我被你害死了！”

“这是我们的创意经理陈克写的书，你可以拿给你们老板看，要是他们愿意听陈克跟今天截然不同的思路，我们可以免费再来提案一次。”阿伦赶紧赔不是，末了把路上打发时间的《不败的基因——缔造百年品牌的低成本营销》拿出来递给陶宏志。

陶宏志把书呈上，霍爱华与另两位老板看后，被那“不败的基因”诱惑，都觉得可以再给“精彩”一个机会。

原来是自己的功劳，陈克听了颇为受用。

“我现在成立一个专门的项目组，你来领导，上次没参与这项目的琳达、杨禹、董阳、刘力刚配给你。这次我给你们绝对的自由，你可以带着你的人去逛商场，看人家的运动品牌；可以去年轻人扎堆的地方，去感受年轻人需要什么样的运动品牌；你们爱上哪就上哪，一切你说了算，我绝不干涉。你觉得还需要什么，问我要。我给你足够的资源，足够的自由，你只要把这个活给我干好。”阿伦对陈克很是期待。

瞧阿伦的样子，简直就是不惜一切代价了。于是陈克说："小生有一事不明，还想请老板赐教。我记得上回我们给那家地产中介做了一套 VI，就收人十万块钱。像这种就是给人起个名字的活能收多少钱？你投那么大本进去，不是亏了吗？"

阿伦答："你知道吗，世界顶尖的运动品牌，每年的广告费几十亿美元；中国顶尖的运动品牌，每年广告费几十亿人民币。想想看，如果这个项目做起来的话我们能有多少好处？他们的品牌名称是我们提出来的，他们的广告语是我们写的，他们最基础、最底层的营销思路也都是我们做的，我们对它的品牌理解得最深刻，那以后他们是不是很多事情得交给我们办？再说了，这个项目现在的负责人以后可能就是这家公司的总裁，他是我铁哥们儿，你说它跑得掉吗？我觉得，要是这个项目做好的话，以后每年我们至少能从他们那代理几个亿的广告，按 10% 的服务费算，我们能拿多少？"

陈克感叹："老板您真是志向远大，小生望尘莫及啊！"

阿伦又说："还有一个问题，可能很多好的名字已经被人注册了，不要紧，你觉得什么名字好，可以跟商标持有人联络，只要转让费用在两百万以下都可以考虑。"

陈克说："这么狠？"

阿伦应道："人家可是大老板！知道大老板怎么做生意吗？几个亿的广告费往电视上砸；组建几千人的销售团队从北京、上海向各大城市同时推进；什么直营店、代理店、网络店全面开花。那叫什么？那叫波澜壮阔！只要他们认准了，区区一两百万还真不是问题！"

陈克还被两百万这天文数字震慑着，迟疑地问："这行吗？"

阿伦应道："怎么不行？你应该听说过，那些做网站的，买个网址就花几百万。我刚看到一条新闻，说美国的'sex.com'，就这么一个网址几个字母，它的转让费是一千三百万美元。"

"美国人还真好这口啊！"陈克吹个口哨以表臣服。

阿伦说："它是贵，但它贵得有道理！为什么，因为**一个好的名字，就是一个市场**。所以说，现在你要做的，不只是帮人起一个名字，更是要帮他们发现一个市场。”

34. 高质量的思考胜过行动

次日一早，陈克召开会议，罗列了若干问题让项目组成员思考，如去运动品牌店、游乐场所、大学校园等，要想好准备考察些什么、准备怎么考察，把心得之类的写下来。

散会后陈克回家，美美地睡了一觉。一觉睡醒，吃了晚饭，又睡一觉。再次醒来，是夜里十二点半。陈克躺在床上，开始琢磨这个项目该怎么做。夜半之时，没有世界的喧闹，不被世间繁华迷惑，这样能专注，想问题才深。很多短时间内耗费大量脑力的活动，夜间做更适宜，相当部分有大成就者有“失眠”现象，就因为作息与常人有所不同。每当想到些什么，陈克便开灯来记下，然后关了灯再躺着想。

陈克想了一个晚上，给项目组成员发短信：自由活动。接着他又重复了昨天，白天睡觉，晚上思考。经过两夜高质量的思考，陈克想法成形。

第三天，陈克带项目组成员去逛了几家运动品牌的专卖店，给每人各买了一双运动鞋，是公费支出。董阳穿着公费买的鞋，说：“老板人品不错啊。”

陈克说：“滚，你个没良心的！光知道谢谢老板就不知道谢我？知道你这鞋怎么来的吗？我跟老板说，要体会到消费者的真实想法，咱们就得当消费者。是老板都抠，这道理你们都懂吧，想一下为了给你们买这双鞋我说干了多少口水。要是到时候提案通不过，老板还得惦记我花了他的钱呢！”

董阳说：“要这么说，那可真得谢谢你了。”

陈克说：“就一个谢字？我给你这么大个好处，你好歹叫声哥嘛。”

董阳说：“过分了啊，这里边差不多你最小，哥是不能叫的。各位，让我们一起说谢谢陈总怎么样？”

然后董阳、刘力刚、琳达、杨禹一起说：“谢谢陈总。”

陈克听得高兴，忙说：“各位，这个‘总’我还当不起。这事儿咱们还得谢谢老板。老板对咱好，那咱就好好干活，好好报答人家。”接着众人去了一所大学校园。有时候，多接触接触年轻人，会获得很好的启发。

行程结束，陈克说：“各位，回去以后把你们这几天想到的，还有我给你们布置的写好了发给我。下周一回去上班。”

琳达早已跟傅军同居在一起，乃是他陈克的嫡系，于是把可能出成绩的活儿给她干，让她赶紧设计一个 logo，及视觉系统的一些相关图片。董阳是可做事情之人，自然也帮着他做些要紧工作。

“董阳和琳达继续帮我，剩下两个人还给你。”陈克一回到公司就和阿伦说。

阿伦问：“品牌规划的事，想得怎么样了，有眉目了吗？”

陈克把他想到的品牌名告诉了阿伦，阿伦吓了一跳说：“这怎么行？你不能乱来啊！”

接着陈克仔细解说了一番，阿伦渐渐认可，继而产生几分佩服。陈克的想法与众不同，但却有理有据，阿伦认为，陈克是因为有了一套自己的广告思想，故可以跳出众人的意识范畴。

接下来的工作就是陈克为提案的准备了。陈克进公司一年多了，却少有给客户提案的经验，这是因为大多数提案的事情都是周必成自己在做。一则他怕手下人搞砸，他作为总监得担责任；二则给手下人太多锻炼机会，成长起来就会威胁到自己的位置。周必成更愿意自己累点。

周三那天陈克回公司，在阿伦办公室里进行演练。虽然作品只有两个字，但要向人证明这两个字具有极大的好处，却得花一两个小时的口舌来解释。演练过两轮，陈克说得口干舌燥，喝口水，休息了一会，阿伦要他继续演练。

“不能再说了，再说我这嗓子就坏了。”陈克求饶道。

阿伦回应：“再来一轮吧，我真觉得你说的不够气势，到时候人家肯定瞧不上。”然后他打开门大喊一声：“Susan！”

Susan 跑过来，阿伦对 Susan 说：“你去查查有什么润嗓子的东西，买些回来，效果好就行，不用管价格，马上去办。”Susan 得令而去后，阿伦转对陈克说：“我的意思你明白吧。”

“主要是没有那环境。我说得不够气势那是因为面对着你，你说咱俩那么熟了，就没有那种征服人的欲望。你放心，我练的这是独孤九剑，遇强则强。到时候我真上去了，肯定把话说得特有气势，把他们全给拿下。”陈克诉苦道。

阿伦说：“什么独孤九剑，你别在这儿跟我吊儿郎当的，我很担心你知道不知道？”

陈克说：“伦哥你就放心吧。子曾经曰过，**面对一帮务实的人，关键不在于你怎么说，而是你说了什么**。人家能当大老板，自然懂得抽取对自己有利的东西进行解读，我这小辈就算临场表现有什么不足，人家也会宽容的。只要我们提的名字他们喜欢，一切都 OK。”

阿伦答：“道理我何尝不知道。可这帮人既然能当大老板，那肯定眼光毒得很，我就担心这名字还不够。总之，你要是能把临场的气氛给渲染起来，那总归是更好的对吧？”

陈克熬不过阿伦的软硬兼施，只得再彩排了一轮。一轮彩排，那又是一个多小时。

周四早上，陈克又演练了一轮。阿伦还是心中不满，但怕影响了陈克的情绪，就改说鼓舞的话。他只能祈祷，提案之时陈克真能遇强则强。

35.骄兵怎么败，哀兵怎么胜

下午下了飞机，入住酒店，阿伦说：“我带你熟悉一下环境，做做心理准备。”然后把陈克带到一家宝马 4S 店来。这是霍爱华的旗舰店，他把自己的办公地点也设在此处。

陈克走进展厅，见数十辆宝马车陈列店中，富贵之气逼人而来。

“我这位小兄弟少年得志，想来看敞篷车型。”阿伦说。

销售员引导二人去一敞篷宝马处，自卖自夸。阿伦问她这车价钱如何，妹子说该车型最近促销，仅售一百五十万。

“不算贵呀，陈总，考虑一下？”阿伦笑着说。

口袋里仅有一百五十个十元的陈克答："可以考虑。"

阿伦说："坐进去，感受一下。"

然后与陈克钻进车内。陈克手把方向盘，心神荡漾，那感觉比他以前开桑塔纳时舒服几个数量级。

阿伦说："说说看，这家店一年营业额得有多少？"

陈克想了想说："这么大个店，一天卖五辆车不算过分吧？一辆算五十万，一天就是两百五十万，一年是九个亿。加上维修护理等其他收入，一年的收入应该在十亿吧。"

阿伦说："你的数字可能有点保守，依我看这店一年销售额能到十五亿以上。据说霍总手下有十几家店，规模比这小不了多少。"

陈克接话："那他一年销售额两百亿，按五个点算，一年利润十个亿。"

阿伦说："总之就两个字——有钱。这一票要是干得好，也许用不了多久，这个车就是你的。"

过一会儿，陶宏志来大厅找到阿伦与陈克。阿伦给二人相互介绍了，说："我带小兄弟来感受一下，培养培养野心。"

"有野心好。"陶宏志笑笑。

陶宏志带二人上二楼到会议室中，对陈克说："明日便在此讲演，几位老板都是有气魄之人，讲演之时，口气要大，神态要坚定，若能描绘出一副壮阔图景，那才容易打动他们。"

次日一早，陈克与阿伦准时来到会议室。不多时候，霍爱华、林志强、王建三位老板来到，身边跟了两位美女，都是二十出头。陶宏志给双方介绍，霍爱华等人与陈克握手，礼貌而冷淡，然后对陶宏志说："都弄好了吗？好了的话，可以开始了。"

陈克站到台前，眼神平和地望向霍爱华等人，曾几何时他崇拜财富英雄们，仰望他们，但现在他早已建立了心理优势，能够平视他们。心里给自己打气：我知道你们要什么！我不是求你们给机会的，我是来帮助你们的，你们应该感谢我！

"是《不败的基因——缔造百年品牌的低成本营销》这本书成就了我跟各位

相识的缘分，我想再说说这本书，其实最开始我给这本书起的名字叫《不劳而获》！”在心中激励自己一番后，陈克才开始发言。

陈克点击鼠标，把这四个字投影到屏幕上。这是最有冲击力的四个字，谁不希望如此？

“为什么有这样的想法呢？我曾经不止一次地设想过，以后我也会成为一个企业家，并且将这家企业留给我的孩子，成为他一生衣食无忧的保障。所以我想，我要缔造一个永远不倒的品牌，一家永远不倒的企业，尽我作为一位父亲应尽的责任。”

父母之爱是伟大的。陈克从此说起，以便引发更大共鸣。

接着，陈克转入企业与品牌话题：“世界上会有不倒的品牌或企业吗？绝对地说，没有；但是相对来说，是有的。有些品牌，具有高强度的抗打击能力，即使管理不畅、决策失误，在经济危机、对手恶意竞争的情况下，也不容易倒下。可口可乐的一个高管曾说：‘假如一夜之间可口可乐公司被大火烧个精光，无数的银行会抢着借钱给我们。’现在，我们要做一个这样的运动品牌，我的思考是——”

陈克点击鼠标，投影仪在屏幕上投射出两个大字：怒马！

怒，是一种不美好的情绪；怒，是一个不美丽的字眼；怒，意味着实际事务上的失败及情绪上的气急败坏。怒马，凭什么成为一个品牌的名字？霍爱华、林志强、王建相互交换了一个眼神，以示不可思议。阿伦把这一切看在眼里，心中并不担心，此前他也有过这样的诧异，但最终被陈克抽丝剥茧的分析说服。

陈克待几位老板平息下来，继续演说：“怒马是什么？就是最好的马！最强大的马！”

接着他在投影仪播放了一段影片，是从某电视剧上截下来的片段：古代战争中一个阵前对决的场面，某类似于张飞一样的战将一勒缰绳，战马双腿离地，发出嘶鸣之声……

陈克继续说道：“像这样的场景，相信每一个人都不陌生，可以这么说，怒马这个牌子的品牌形象很容易就‘物化’了，甚至是影像化了，非常便于消费者对它的理解和传播。这意味着什么？这意味着怒马非常容易完成进驻消费者心智的过程，具备了迅速崛起的条件。操作得好的话，只要半年甚至更短的时间，我们就能成为销售额排前几位的运动服饰领导品牌！”

霍爱华微微点头。他与林志强、王建的胃口都很大，不做就不做，一做便想要迅速做大。陈克这一段解说很是符合他们的胃口。

“现在我们要考虑的，就是消费者能不能接受‘怒马’这个牌子，也就是能不能接受它的品牌内涵。接下来我们重点讨论一下‘怒’这个字的含义。那么，看到‘怒’字，消费者仅仅想到的是那种很没有风度的愤怒和气急败坏吗？不，还有很多其他的含义，比如不表现在外表而是表现在心里的愤怒。”陈克继续说。

这时陈克点击鼠标，投影放出四个字：哀兵必胜！

“这个‘哀’字，指的就是心中的愤怒。心头的一股怒气，往往是我们最后得到胜利的力量源泉。三位老总，我不知道当初你们是怎么过来的，不过依据我的想象，你们的事业不会是一帆风顺，其中也经历了许多艰难，面对过很多挑战。而在每一次遇到困难的时候，你们在心里对自己说的不会是‘我一定可以的’，这种小清新式的励志太单薄，太脆弱。我更倾向于你们在心里边对自己说：**‘只有用最强悍的方式，才能做到最有效的励志！’**”

陈克点击鼠标，投影放出图片，是几年前热播的电视剧《亮剑》片段。王建听了微微点头，他受的触动最大。

36.我怒故我在

从心中的愤怒，陈克转入对青春运动品牌精神的探讨：“现在的运动品牌，在品牌精神的制造上大约可以划分为三种，第一种是时尚的，在文化上是走在最前面的；第二种是标榜年轻人的特立独行的；第三种是喊励志口号的。而我们怒马，对应的就是第三种——励志。”

“我们要做一个运动品牌，是说我们时尚好，还是标榜特立独行好，还是走励志路线好呢？这个问题见仁见智，我仅说说我的观点。哪条路线更好，我想先跟各位探讨一下我们的目标消费群体——年轻人的心理状态。

“由于种种因素，我国绝大多数的年轻人，要到二十五岁以后才真正掌握一门谋生手艺，端好一个饭碗。那么在此之前，他们是迷惘的，不知道以后自己吃哪碗饭，不知道自己的人生将会是辉煌的还是失败的。

“由于担心自己不能成功，所以就会产生第一个现象——特立独行。为什么要特立独行呢？就是说，我特立独行过，那么我的人生精彩过，辉煌过。但这些精彩与辉煌并不是建立在实际的成功基础上的。说得难听点，可能就是过把瘾再死，带着那么点想法。

“由于向往成功，所以就会产生第二种现象，那就是励志。所以要跟自己说：我是最棒的；我相信，我可以；我一定办得到。这是几乎每一个年轻人都存在的行为。我们也可以看到，在图书市场上，励志类的图书永远都是排行榜上的常胜将军。”

陈克点击鼠标，投影出来一堆励志畅销书的封面图片。接下来是几条标语以及运动品牌的口号。其他人都仔细地听着，时不时地点头。

陈克继续说：“如果跟同龄人取得了较大的优势，那就产生第三种现象——标榜成功。投射到广告宣传上，就是走时尚这条路线。”

“我相信，对于绝大多数年轻人来说，**标榜自己的特立独行或者成功展现时尚，在时间上在频率上都要远低于励志**。所以我认为，这三条路，走励志路线能够获得更大的销售额，也就是我们怒马将要走的路线。那么现在的年轻人究竟需要什么样的励志呢？我想那就是不被这个社会淘汰！

“前面我们说过，年轻人们很迷惘，不知道自己吃哪碗饭、不知道自己是否会度过失败的一生，他们担心被淘汰。所以，最好的励志，可能不是解决成功的问题，而是解决避免失败的问题！为此，我为我们的怒马拟了一个口号。”

陈克点击鼠标，投影出五个大字——我怒，故我在！

这句话源自法国哲学家笛卡尔的“我思，故我在”。这个“在”字，隐有“没被淘汰”“还存在”之意。

“我怒，故我不被淘汰，我在这里！只有活下来的，才是胜利的！真正的自豪，是建立在成功对失败的对比之上的。所以，怒马这个牌子，加上‘我怒，故我在’的口号，将给我们的消费者构筑最强大的心理享受！消费者将因为标榜自己的没有被淘汰，从而渲染出自己的成功而自豪，而感到幸福！

“从这一点说，在精神食粮的提供方面，我们将比竞争对手做得更好！所以，我们的怒马运动服、运动鞋这些产品，可以在定价上比竞争对手高出50%以上！他们卖两百，我们就卖三百！他们卖三百，我们就卖四百五！我们将获得暴利，而且是安全地获得暴利！”陈克说得慷慨激昂。

“好！”霍爱华鼓起掌来，林志强和王建也都鼓掌。商人嘛，无利不起早，听到有利润，而且是暴利，就都兴奋了。陶宏志和阿伦更是卖力鼓掌，增加气氛。

漫长的会议总让烟瘾者难以承受。乘着暴利的好消息，烟瘾最大的王建先点上了烟，陶宏志知趣地按下按钮，排气设备运转，嗡嗡作响，受此影响，霍爱华和林志强也随即点燃了烟。陶宏志掏出烟来，给阿伦一根。

“这样好吗？”阿伦显得有些拘谨。

陶宏志答说：“不必拘谨，没关系的。”

男人们动脑子的会议，烟卷往往是少不了的，虽说烟卷与智慧、会议并无逻辑关联，但事实就是这样。霍爱华更为这会议室装上了强大的排气设备。

陈克望着他们在下面吞云吐雾，一刹那里心中闪过许多想法，他决定也抽一根烟——大师多有所癖，我若显得离经叛道一点，或许更能凸显高手风范。陈克竟也掏出香烟，点上一根。

37.不败的基因流淌在血管里

另类与高手的差别，在于前者只能张扬自我，后者却能为自己的怪异行为做出合理的解释。只要能证明合理性，做什么都不要紧。

陈克对阿伦的眼色视而不见，只是说：“各位，接下来我准备说说男人为什么要抽烟，这可以帮助我们进一步理解怒马的精神内涵。”

陈克连抽了几大口烟，似是用行动证明抽烟的必要性，这才说道：“其实男人抽烟，不是说觉得抽烟的样子多帅多酷，而是因为抽烟对身体一点好处都没有。那么明知道没好处，为什么还这么干？因为要锻炼抗击打能力。男人是社会的强者，天经地义就是要养老婆孩子，要负担起很多责任，所以要有抗击打的能力。而在我们的下意识里，自我伤害越多，抗击打的能力就越强，锻炼出来的心理越强大！”

“可以说，吸烟对于很多人来说其实是一种励志，所以戒烟才那么难。这样我们也可以很容易地理解，为什么生活水平最高、福利水平最高的北欧国家的吸烟率那么低。从本质上说，香烟就是一种励志工具。怒马作为一种励志工具，那么它是不是也可以达到消费者想戒都戒不掉的高度呢？如果这个猜想是成立的，毫无疑问，世界就是我们的！”

至此，霍爱华等人热烈鼓掌。

陈克把烟蒂处理了，说：“吸烟有害健康，还污染环境，在此我做个公益宣传，如有可能，咱们就把烟戒了。只要深刻认识到，吸烟是为了进行自我伤害以达到励志的效果，并且学会用其他方式来实现励志，那么戒烟并不是一件很困难的事情。”

陈克说了一通励志，转入对“不败的基因”的探讨。

“我们已经证明了，怒马将能获得在一定时间内的成功，那么我们接下来要问：它能永远获得成功吗？我们来看这个词——”

陈克点击鼠标，投影仪投射出五个大字——品牌半衰期！

陈克解说道：“社会是在发展的，新鲜的事物不断地冒出来。长江后浪推前浪，前浪死在沙滩上。可以说，因为竞争对手的不断出现，也因为消费者喜欢体验新事物的心理，绝大多数品牌都在不断地进行衰退。就像放射性元素一样，不同的品牌有着不同的半衰期。要维持品牌的生命力，就要不断地打广告。可打广告也不能完全解决问题，有些品牌广告的作用力越来越低，最终无法挽回失败的局面。

“那么，我们的怒马命运将会怎么样呢？前面我们说过，怒是一种有效的激励方式。而随着我们年纪的增长，生活压力越来越大，要取得成功需要付出更多的努力。我相信，每当穿我们的怒马运动服饰消费者取得一个小小的成功的时候，他都会认为是怒这种心理带给了他成功，怒马在他的心里地位就更高一分。

“也就是说，我们没有品牌半衰期，反而有着品牌翻倍期，而且这个品牌作用力的翻倍期会越来越短！从这一点上说，当我们的怒马成长到一定阶段，我们就不需要打广告了，即使要打，那也是很低的广告投入！省下来的广告费可以拿来干什么？收购竞争对手！”

陈克刻画出来的这幅美丽图景，令得几位老板频频点头。阿伦在后面观察着几位老板的反应，很是高兴，冲着陈克竖起大拇指。

陈克又继续说到了抗经济危机的能力。

“众所周知，美国制度有缺陷，免不了十年一次经济危机，这也会波及我们。那美国经济危机，对我们是威胁还是机会呢？经济学家曾经发现一个现象：经济上升的时候，女人的裙子会变短；经济萧条的时候，女人的裙子会变长。这意味着什么呢？那就是每当经济环境不好的时候，人们的观念会趋向于保守。这样就减少了精神上的消费，特立独行之类的理念会收缩。很简单，口袋里没有钱了，还张扬什么？

“前边我们说过，**‘怒’就是为了向成功发起进攻所需要的心理状态，是走向成功的最好方式**。所以，当经济危机来临的时候，其他的运动品牌会受到很大的冲击，而我们怒马受到的冲击将会最小。或者我们可以美妙地想，当经济环境不好，人们对‘怒’这种心理产生需求，会促进我们怒马的销售。我们可以更美妙地想，什么时候经济危机来了，也就是我们打败竞争对手、收购竞争对手的时候了！”

听得前景如此美妙，无利不起早的霍爱华再次鼓掌，说：“好！”林志强、王建等也都鼓掌，相互交换眼神，共同表达对陈克的赞许。

最后陈克说到了“不败”的话题：“科技行业有个词叫作‘人体工学’，证明适合人的东西是有一定规范的。我们也可以这么认为，适合消费者的品牌精神，是有一定规范的，既然有规范，那么它就会是有限的！通过商标等知识产权的保护，我们就可以牢牢地抓住励志中的一个环节，进入一定领域内的垄断，没有竞争对手来跟我们竞争。从此，我们就可以真正做到永远不倒，从而实现不劳而获！”

垄断对于许多商人来说，那可是跟爹娘一样亲的词啊！霍爱华等人听得连连点头，脸带笑容。

“关于怒马的解释，到这里就结束了。请问各位有什么质疑的地方，我来做回答。”陈克做了很简短的收尾。

三位老总都满意地点了点头，集体鼓掌结束了这轮会议。

38.可行性计划是成功的路标

握手之后，陶宏志让阿伦与陈克暂且回去等消息，与霍爱华等人来到另一会议室开会。

霍爱华主持会议：“我们都听了运动品牌、正装品牌和女装品牌三个规划，那么到底选哪一个来继续探讨，你们都想好了吗？”

林志强答：“想好了。我觉得是今天的‘怒马’。”

王建说：“我也这么看。”

霍爱华说：“我也觉得‘怒马’不错，可以继续探讨。那按老规矩来，每人先说他一句好话。”

林志强说：“我之所以选今天的‘怒马’，主要是喜欢这个年轻人。没有理论指导的实践是盲目的实践，而这个年轻人正好有着一套可以自圆其说的理论。他做出来的东西是从这套理论中推导出来的，即使现在不够完美、不够优秀，也是可以修订、改进的。这就是我选它的理由。”

“那就是符合可持续发展战略、科学发展观了。”霍爱华笑笑，对坐旁边的美女说，“你林叔叔说的话一向都那么深奥，回头爸爸给你好好解释。”女儿睁着迷惘的眼睛点了点头。

王建说：“我之所以选今天的‘怒马’，也是喜欢这个年轻人，他的推导比较完整。就具体的创意而言，他所展示的并不比另外两家公司好，但是他给出了我们战胜对手的路线图，这很重要。我们现在才来做服装品牌的话，比竞争对手晚出发了十几年、几十年，光想着做好自己是不够的，更要找出战胜对手的机理所在。这就是我选它的原因。”

林志强对坐身边的美女说：“王叔叔说的听得明白吗？一个很大的计划不能

靠一两个创意支撑，得有完整的、严密的逻辑推理。首先得是理论上证明可行的，你才会深信；**深信了，你才能真正勇敢，勇气从来都不是凭空就可以来的**。市面上的那些大牌子，那都是一轮轮淘汰赛打过去剩下来的，哪个都不好惹，这个生意我们要做的话，肯定没那么顺利。所以我们要有理论依据、逻辑推理，做到刻骨铭心的深信，这样才能够在斗争到最艰苦的情况下坚持下去，最后才有可能赢。”

霍爱华也发言：“我也说说我的看法，为什么选择‘怒马’，我跟你们的着眼点一样，就是如何应对不可预见的未来。”

他把脸略略转过去，对女儿说：“未来有很多变化，谁都没办法琢磨，我们只能摸着石头过河。那我们怎么才能摸着摸着就赢了、把对手都打下去了呢？这就得做好最高层级的规划。”

他拿笔在纸上写下“品牌”“定位”“基因”几个字，解释说：“品牌理论研究自身形象，可以用来制订针对自身的运营规划；定位理论研究客户心智，可以用来制订针对客户的营销规划；基因理论研究竞争壁垒，可以用来制订针对对手的竞争规划；他们三位一体，共同构成一套完整的逻辑解析。这个年轻人对几种理论都非常熟悉，我们也可以认为，‘怒马’是他根据几大理论推导出来的，有足够的合理性。”

王建赞道：“老大说的太对了，我们的‘怒马’没有逻辑上的漏洞，下边的事情做好了肯定能赢。”

林志强说：“那我们就来探讨一下推广过程中的技术性问题吧。”

霍爱华说：“探讨什么呢？我想让这家广告公司回答我三个问题，第一，如何实现高定价及定多高的价合适；第二，如何控制客户，使客户不易流失；第三，如何迅速打开市场。你们觉得怎么样？”

林志强说：“我没意见。”

王建说：“我也同意。我要强调的是，第二个问题最重要，咱们做企业的，最大的顶层设计就是怎么活下去，活下去的续命机制有很多，控制客户不流失就是其中一种。”

决策就此做下。

霍爱华转对陶宏志说："那陶总就按这个办吧，让他们回答三个问题。至于费用，以这家公司的名气，给他们五十万应该很充分了吧？"

以下霍爱华又交代陶宏志，把商标、网址等注册下来。

陶宏志出去，办公室里剩下五人。霍爱华说："准备开什么课，你们也都想好了吗？"

上次三人聚首之时，霍爱华跟二人说，他们孩子都长大了，开始懂事了，那么应该逐渐传授给他们一些谋生的道理。建议用半年左右的时间，把孩子们组织起来办个班，由三人亲自给他们上课，每个人讲一两百小时。提议得到二人的一致认可。

林志强答："想好了，我准备讲经济规律、中国经济走向和政府关系处理。"

王建答："那我来讲强者的世界观，和如何领袖团队的课程。"

霍爱华说："那我就讲发展论、决策论和执行论吧。我们三个人比较起来，王建懂做人，我懂做事，志强懂政府，这样的课程设置，我觉得很好。"

这三门课学下来，在中国做生意就绰绰有余了。

霍爱华走到窗户边，望向汽车销售大厅里那些给他打工的女员工们，心中豪情澎湃：我的女儿，会比你们成功得多！

他可以直接告诉孩子什么是对的，学了就能成功。而其他人往往缺少成功者的引导，只能靠自己去判断该学什么、怎么学到，这微弱之处就是二者间最主要的区别，而不是起步资源。因为只要你有智慧、有能力，白手起家创下一份基业，也不过是三五年的事情。

下午陶宏志代表公司与阿伦签约。

阿伦相当得意，晚上请陈克吃蛇肉，陈克荤腥不忌，既到广东便入乡随俗。

"三位老板让咱们探讨三个问题，此后半年，每两个月来提案一次。"阿伦开心地说。

陈克听得光探讨三个问题就延续半年，诧异不已，说："这大老板真够沉得住气的。"

"这样保险嘛，"阿伦解释说，"像这种服饰品牌又没有什么技术，核心资产就是商标。商标的注册批复要很长时间，比如说你今天去国家商标局注册，最快得明年今天你才能拿到商标授权，时间跨度长容易出问题，要是发生什么意外商标被别人抢注了，你今天砸下去的广告费不等于别人的了吗？”

陈克说：“原来这么回事。”

阿伦又说：“再有，好计划都是改出来的，半年时间其实也不算多。”

饭桌上陈克自然不忘那最重要的事情：“老板，今天咱们打下五十万的江山，你说什么时候论功行赏？”

阿伦人逢喜事，出手大方：“等什么时候这五十万到账了，我马上给你发一万块钱奖金。”

“才这么点？老板，这有损你的光辉形象吧。你知道在我心里，你一直都是很豪爽的！我还记得，你常对我们说，做男人要大气！”陈克打趣道。

阿伦笑答：“我这也是为了你的幸福着想嘛，知道怎么才能幸福吗？知足常乐！一万块钱不少了，这五十万扣除房租水电，税款支出，各种损耗，来往路费，沟通成本，还有你们一帮人的吃喝拉撒，五险一金，能有多少利润？你这一万块钱至少相当于 10% 的利润提成了！”

第五章

位置

位置对了，不怕坐井观天

39．“厚积薄发”的一种解释

阿伦留在广州处理其他事，陈克自己先行回来。

周一早上，得到深圳提案成功的消息，周必成向陈克表达上司式的祝贺与关怀：“干得不错啊，这么难缠的客户你都拿下了。”

陈克答：“可能我跟他们口味比较对吧。”

周必成说：“你现在称得上是公司的顶梁柱了，以后得更加努力了。”

陈克答：“一定会的。”

接着周必成给陈克分配一个任务。有一客户名为“绿琦食品”，想要搞一系列的市场推广活动，提升品牌、提高市场占有率。去年底公司资深策划老康曾跟对方的营销总监吴总见过两次，即将进行到签约阶段，但因为老康年前辞职回老家发展去了，所以将此案子挪交给陈克，让陈克过两天再去跟对方吴总谈一次，把签约之事谈好。

分派了任务，周必成说：“有信心吗？”

上头如此问话，下头的标准回答是：“有！”陈克正是自信心爆棚之时，回答更是干脆利落。

周必成说：“只要用心，我相信你一定行的！”

周必成把相关文件发给陈克，让他去跟琳达和另一同事商量讨论，他们是一直跟这个项目的设计师和客服。

陈克阅读了相关文件，然后与两人开了个会，了解了项目的许多情况。回到工位上，琳达从网上给陈克发了条消息：“我见过他们吴总两次，总觉得他不够诚意。你最好心里有个数。”

林子大了，什么鸟都有，有的客户就是为了骗广告创意。许多企业都有诸如策划部、推广部、营销部这样的部门，干的活儿跟陈克是一样的。他们中的一部分自己干，另一部分可能只是制订大方向，具体实施请广告公司协作。这就给了某些企业策划部门骗取创意的可能，他们听取人家的创意，然后自己去实施。

陈克听了琳达的话，陈克心里留了个底。但他仔细研究了老康给做的策划案之后，心想：老康谈不下来恐怕是因为创意不够。

陈克与琳达修改了方案后，来见吴总。吴总办公地点在“绿琦食品”工厂厂部楼，装潢精美，可见是家小有实力的企业。陈克觉得这企业又不穷，不至于干骗创意那样的缺德事吧。

吴总长得挺喜感，胖乎乎的，陈克第一眼见他就想起了香港电影《唐伯虎点秋香》里的祝枝山。见面之初，陈克送给吴总一本《不败的基因——缔造百年品牌的低成本营销》。

“前两天你们周总跟我提起过这本书，这可是大师作品啊，回头我一定好好拜读。”吴总客气地说。

接着，陈克便给吴总及其带来的两个手下讲解了他们新修改的策划案。

吴总说：“陈经理，今天我听到的，跟原来从康策划那儿听到的是完全不同的两种感觉。康策划做的那叫专业，非常专业，可是**专业的策划谁都能做，要做得出彩就要剑走偏锋**，在座的谁不是专业人士，对吧？陈经理做的那就不同了，大师风范啊，一听就是天才想法……”

陈克佩服他的滔滔不绝如黄河之水，好不容易才轮到自己开口：“既然吴总你对这个方案没有意见，那接下来我们是不是该谈一下代理合同的事情了？”

吴总回应说：“那个不着急。你听我跟你说啊，你的想法很有创造力、很天才那是不用怀疑的，但关键是什么呢，就是有很多细节性的东西还没有落实，比如易拉宝、海报怎么设计，促销活动更具体地要怎么搞这些你得让我看到吧。这世界光有天才想法是不够的，牛顿几百年前就算出第一宇宙速度，但我们人类飞出地球也就是这几十年的事对吧？你们的方案很不错，我非常看好，非常有信心，所以呢，我建议你们回去把这个方案细节落实了，等我看到一个成熟的可执行的方案，我马上就跟你们签代理合同。”

陈克应道：“吴总，我想走到这一步我们应该签约了，签约以后我们双方合作会更加紧密一些，遇到什么问题也都方便坐在一起商量解决。不然这样一轮轮地修改、一轮轮细化下去，什么时候是个头啊？”

吴总说：“好事多磨嘛。好方案是修改出来的嘛。对于我们甲方来说，需要的不仅仅是一个天才的想法，更是一个可执行的方案，不可执行的话想法再好又有什么用……”

陈克说：“吴总，算起来我们已经来了三次，我想对于我们的创作实力，你也有了比较多的了解，那么接下来是不是应该由你们表达诚意了？”

吴总答道：“我们是非常有诚意的，如果没有诚意，我们怎么会一而再、再而三跟你们一起讨论这些事情？我们正在寻找一家创作实力强、性价比高、可以长期合作的广告公司，我认为你们非常适合。我们现在共同把这个项目做好、做完善了，那剩下的事情就都自然水到渠成了。”

陈克对吴总完全已经失望，懒得多费口舌，对随行的客服专员说：“你来跟吴总说吧。”然后去饮水机处取了一杯水，坐一旁静看吴总的表演。心想：以后一定要做名牌！**弱小者就要承担议价的损失**，这也是“厚积薄发”的一种解释。

谈判无果，陈克三人只好不情愿地走了。

吴总望着三人的背影，对两位手下说：“这个方案不错，我们下一阶段的推广就按这个走！”

40.维权就是维护自己

“我刚才跟‘绿琦食品’的吴总联系过了，他说不准备跟我们合作了，怎么回事？”次日陈克一到公司，周必成就把他叫去。

陈克答：“他们肯定不会跟我们合作的，本来就没诚意。”

周必成质疑：“不对啊，我们跟他一直谈得都挺好的，他们怎么可能没诚意？”

陈克答：“是挺好的，只要是你跟他谈方案怎么都行，可一说签约要钱就不干了。这种骗创意的事情多了去了。”

“你怎么能一张口就说人家客户骗创意呢？”周必成似对陈克的辩解不满，“多得罪人啊？你这话要是传出去了，以后哪家客户愿意找我们合作？”

陈克总不能把吴总的每一句话、每个表情都复述出来，好让周必成相信他的没诚意，只好重复说：“他们就是骗创意嘛。”

陈克的坚持令领导很生气："单子拿不下来，出了问题就赖在客户身上，你这种态度有问题。"

陈克只能重复阐述这个意思："我怎么说你才会明白呢？有些客户就是压根没想和我们合作，纯粹骗创意的。"

"陈克，"周必成呼他名字，语气婉转许多，"作为一个成熟的职场人士，都应该树立一种观念：**只为成功找方法，不为失败找借口**。合作都是双方的，如果最后没达成合作，客户的原因可能也有，但我们自己是不是做到了让人家挑不出毛病了呢？自己的工作没有做到位，这也是有的吧？"

陈克只能软下来："也许吧。"

得让陈克承认自己工作不到位致签约不成。周必成又说："对于我们这样的小公司来说，别说最后能跟人达成合作拿到钱，就是能找着有需求的客户、跟人坐在一起谈都不容易。每一个机会我们都应该珍惜。这样吧，你回去写一个报告，说明一下情况，也总结一下失败的教训，你看好不好？"

上面发话，底下若无绝对理由，是很难说"不"的。

第二天陈克写了一份报告交上去。

周必成看了后说陈克认识得不够深刻，让他继续修改。陈克使出吃奶的劲儿，终于把报告改好，心中愤愤不平：这哪是什么总结报告，分明是一检讨书。

这份"检讨书"次日便被派上用场。

董阳与设计师刘力刚将要去谈客户。周必成召开创意部会议，名曰"头脑风暴"，一起想办法。

"跟客户打交道，要注意的地方太多了，一不小心惹客户不高兴了，那你之前所做的努力就都白费了。客户就是我们的衣食父母，怎么样去见客户，用什么态度去和人家谈，和人家谈些什么，这些我们都得研究得特清楚。前天陈克去谈一客户，本来一直挺好的，结果最后还是闹翻了。关于这个问题，陈克写了一份报告来总结失败的教训，我希望大家都能听一听，尽量避免类似的错误。"周必成当着众人的面说。

转对陈克说："陈克，见客户要注意些什么，你都有哪些教训，给大家说一说吧。”

周必成脸上泛着得意，猫耍耗子式的。**有的人最大的毛病就是，从来掩饰不住得意的表情。**

一刹那间陈克脑海里闪过许多念头：你知道“绿琦食品”诚意不足所以派我去，以便制造我的失败；然后软硬兼施让我写“检讨”，以让我确认失败；现在召开会议“公开罪证”，是要宣扬我的失败、塑造我无能的形象，顺便羞辱我。好阴险！霍爱华那项目我拿下来了，你丢失颜面事小，怕我威胁到你创意总监的位子是真。现在你是想办法把我赶走吗？

陈克读多了史书、权术之书，很多事情都能往最坏的方向想过去。他坚信自己的判断是正确的，那就得勇敢维护自己的权益，绝不背无理由的黑锅。他本想大声呵责周必成，说我丢了单子要做检讨，你丢了又怎么样？但他忍住了，心智急转，想更温和的措辞来应对。陈克默然不语。

周必成有着主管威权，不怕陈克不就范，成竹在胸：“陈克，说说看？”

陈克想到了应对之词，说：“我看我就不必献丑了吧。要论行业经验，在座的谁能比我们周总多？要论对行业理解的深刻，谁又能比得过我们周总？周总入行这么多年，最后谈不下来的客户应该也不少，不如就由周总说说看，以前遇上过什么样奇葩的客户，最后又得出什么样的教训，拿出来跟我们一起分享，这样才会对我们的进步有最大的作用。”

“陈克，你这是什么意思？”周必成本想羞辱陈克一番，没想到美梦落空，登时恼羞成怒。在座的诸位都能从周必成的语气中感受到浓烈的火药味，本来走神的，现在也都留神察看二人表情。

陈克语气平静地说：“没别的意思，就是想跟您多学习学习。您的宝贵经验，我想在座的每一位也都愿意学习一下吧。”

“今天我们在谈你的问题。”周必成做贼心虚，见众人望着自己，更恼怒陈克的坏，大声说道。

陈克应道：“今天我们谈的是董阳他们的案子，怎么会是我的问题？如果是要谈见客户的经验教训，没有人比你更合适。为什么是谈我的问题？”

周必成使巧不成，只得暴力：“我让你说你就说，哪那么多废话！”

陈克应道："官大一级压死人啊？你让我们怎么样，我们就得怎么样是不是？"

周必成怒道："你这是什么态度？拿下霍总那个案子，就觉得了不起了是不是？我告诉你，你还差得远？现在还不是你骄傲的时候！"

陈克问："你从我哪句话看到我骄傲了？还有，霍总那个案子我根本就没张扬什么，是你拿出来说的，这算不算耿耿于怀？"

"谁耿耿于怀了？你存心捣乱是不是？散会！"周必成咆哮着，分明已失去了理智。

41.什么时候勇敢才有用

阿伦从广州出差回来，问起这一周来公司情况，王丽珊说："周必成和陈克打起来了。"

阿伦问："动手啊？"

王丽珊答："动口。"

阿伦回应："那就让他们动去吧。"

王丽珊问："公司里边吵吵闹闹的，好吗？"

阿伦答："生命在于运动嘛。最近我发现自己又长胖了点，今晚我们一起去健身中心好不好？"

王丽珊没有阿伦的洒脱，继续纠结道："如果闹到要我们出面的地步，我们帮谁？"

"那当然是得向着周必成。"阿伦淡淡地道。

王丽珊问："为什么啊？"

阿伦答："我一直觉得，**人少年得志的话就会自视过高，野心就会太大**，所以不能够让陈克进步得太快。任由他发展的话，用不了几天我们就满足不了他了，现在让周必成压制他一下挺好的。"

没人会在"精彩"待一辈子，不是被"精彩"淘汰，就是淘汰"精彩"。陈克是"精彩"不舍得淘汰的人，要多留他点时间，那现在就只有压制着他点。显然阿伦很懂得这个道理。

阿伦又说："当然了，这主要不是为了我们，而是为了陈克。"

"虚伪。非得把自己说那么高尚。"王丽珊笑着说。

阿伦笑答："我真就这么高尚。你想啊，飞蛾破茧而出，凤凰浴火重生，成长一定要有个过程。陈克现在很有想法，就是还有点浮，有人给他找找碴儿，他会做得更好。"

王丽珊说："净来虚的，你别干广告了，去写励志书卖吧。"

阿伦应道："别忘了，我们的企业文化是公司和员工一起成长，员工发展得好就是我们发展得好嘛。"

"少来！"王丽珊鄙夷地说。

阿伦见她不信，也鄙夷地说："头发长，见识短。"

王丽珊瞪眼嗔骂："再说我打你。"

阿伦问："铁拳还是粉拳？"夫妻相视而笑。

周必成对陈克的打击刚刚开始。陈克又接手了一个活儿，是新新果汁要做网络 flash 动画广告，让陈克给出脚本。陈克知道周必成找碴儿，挖空心思地写了出来，交了上去。岂料下班前，周必成把他叫过去说："这创意不行，你拿回去修改一下，明天一早交给我。"

陈克一肚子的气，回到住处对着电脑，挖空心思地想创意，弄到很晚才修改好。第二天把脚本提交给周必成，周必成看了，说："这创意还是不太行。"

陈克憋了一肚子的火，说："我觉得可以了。"

周必成笑笑以示轻蔑，说："创意行不行，不是你说了算的。"

陈克问："那你的意思是，你说了算？"

周必成说："创意行不行，你说了不算，我说了不算，客户说了才算。不过，我跟了'新新果汁'五年了，这个客户喜欢什么样的东西，我想我比你更清楚。"

陈克问："那你说，我这脚本应该怎么改？"

周必成答道："怎么改那得你自己想办法。这是你的工作，难道要我帮你做？"

陈克说："我写的你说不行，可怎么改你又不说，让我很难做吧？"

周必成应道："我有我自己的工作，我不可能给你太多培训。自己的事情，自己想办法解决吧。"

周必成再不理陈克，转头去看电脑，做自己的工作。陈克被晾在那里，心想这样下去自己会一天比一天艰难，唯有勇敢可以改变这困境。于是提高了声音说："你什么意思？"

周必成转过头来说："没什么意思，就是你写的创意不够，第一不够抓眼球，第二客户记不住。你说就你这创意，谁看了广告会愿意买？至于怎么改，自己回去想办法。"

陈克说："你故意整我是不是？"

看热闹并非陋习，而是掌握情报的必须，陈克这话引得众同事眼光全瞅这边。周必成被盯得不自然，依旧故作平静地回答说："我整你干什么？"

"既然这样，那咱们掰扯清楚了，凭什么我写的就创意不够。是不是非得人看了这广告就来买咱们产品才叫创意够？人家看了你几分钱的广告就来买你产品，还要成为你的长期客户，可能吗？你说我写的不行，那你写个脚本我看看，你要是真能做到让人一看广告就非要买你的产品，我把脑袋砍下来给你！你要是做不到，我也不要你砍脑袋，你这儿给我磕三个头！"陈克显然也生气了。

周必成被逼得也没有了退路，大声说："我对创作的事情负责，你得听我的，我让你改你就改。你真以为你写的东西很好？我告诉你，还差得远！你入行才多少时间？你碰到过多少客户？别以为你写了本书就以为自己了不起，能干就干不能干走人。"

"说来说去，你还是妒忌我出了本书！"陈克应道。

周必成回应："谁妒忌你？砸几万块钱下去，谁不能自费出版本书？你还真当自己了不起啊！以后有空多琢磨点工作的事情，别老想着爬格子赚稿费，你要真能把工作做好，谁也挑不着你毛病。"

陈克应道："你少给我扣帽子。咱们堂堂正正摆开车马来，你说我写得不行，那你就写一个我看看！"

"吵什么呢！无关的人干自己的活，你们两个跟我来。"激烈争吵把王丽珊引了出来。

问清楚事情来龙去脉，王丽珊查看了陈克提交的两份脚本，说：“陈克，我认为你第二次写得比第一次好，你说呢？”

陈克总不能说自己写的一次不如一次，只得答：“可以这么说。”

王丽珊又说：“那我们是不是也有理由相信，你第三次会比第二次写得更好？”

陈克这话答是也不对，答不是也不对，就沉默着。

王丽珊又说：“人在职场，要学会服从。”

陈克愤懑地望周必成一眼，发现他神情得意，心里说不出的愤怒。

王丽珊又说：“好了，咱们大事化小小事化了，你们回去吧，今天的事就算过去了，谁也别往心里去。”

待两人走出她办公室，王丽珊从网上给周必成说一句话：**“事不过三，下属如果三次做不好，那就是你的责任。”**

42.别人信任你，就有了市场号召力

王丽珊给这次争吵定了调，周必成大占上风。“事不过三”也成为他折腾陈克的指导思想，陈克每做一样东西，到了他眼里总是漏洞百出，让陈克改了再改。陈克唯有白天小心应对，夜晚加班赶活儿。其他同事知道周必成在收拾陈克，也都不敢跟他太过接近，让陈克颇感孤立。

这天下班，董阳跟陈克说：“咱哥俩好久没一块儿喝酒了，走，今天我请你！”

陈克感到被孤立许久，现在竟然有人愿意跟他亲近，很是高兴，说：“不醉不归。”

董阳答：“不醉不归就免了吧，我还得赶地铁回通州呢。”

去一家低档饭店，点的回锅肉、铁板牛柳等家常菜若干，要了几瓶啤酒。董阳说：“看样子，周必成不把你弄走是誓不罢休了。”

董阳如此描述，算是表明愿意站在陈克这边的立场了。陈克甚觉温暖，却又觉得无奈：“官大一级压死人。就算知道他要弄走我，我也没办法啊。”

董阳又说："小时候我爸常教育我，咱们不惹事，可是事情来了咱也不怕事。我爸还常跟我说，小人之所以要做小人，就是因为他不强大。所以只要你不怕他，跟他打，那就一定能打赢。"

陈克说："你倒是挺乐观的。"

董阳应道："我向来都很乐观。照我说，周必成你没必要怕他，只要你不是真的把事情给做砸了，他想弄走你那也没那么容易，毕竟咱公司还不是他说了算呢。就凭'怒马'那一单，伦哥两口子还是挺看重你的，真要是到了关键时候，他们也会帮你的。"

"不怕官，就怕管啊。说起来，顶头上司比老板更能要你命。"陈克无奈地说。

董阳说："我觉得你现在应该弄清楚两点。第一，没必要担心他出的招越来越损，使得你终于会有一天受不了了自己走人。他要整你，总得在公司的框架下搞，除了折腾你，多安排点活儿压死你，他其实也出不了什么招。第二，没必要担心自己待在这里永远被他压着。我还是那句话，小人都不强大，你逮着机会了跟他打，到时候卷铺盖走人的是他。"

陈克说："远景也许不错，不过现下这日子就惨了。与其赖这儿让人收拾，还真不如早走早解脱呢。"

董阳说："要走也得逮着机会了跟他干一仗再走。你就先忍着他吧。放心，他其实真出不了什么损招了，他真要是太过分了，我会站出来帮你说话的。"

陈克说："别啊，到时候他把我弄走了，接下来就收拾你了。"

董阳说："我还真不怕他。"

陈克举杯邀碰："我会记住你的好的！"

董阳的分析及愿意跟他站一边，让陈克赖在这里的勇气大增。他是不愿意离开"精彩"的，因为"怒马"项目给了他许多猜想，据说这会是个启动资本达几亿甚至十几亿的项目。所以他要赖在这里，论证"怒马"的可行性，等到"怒马"启动的那一天。可以想象，就凭一套"不败的基因"理论，加一个"怒马"成功案例，以后会有许多企业来找他做广告。那他就可以顺理成章地创立自己的事业了。

陈克在电脑写下"成体系理论 + 成功案例 = 市场号召力"几个字，更坚定了赖在这里的决心。当然，周必成对陈克的打击在继续。

这天下午，周必成把陈克与董阳叫过去，让董阳把他手上的一个活儿转给陈克做，另安排了一个任务给董阳。陈克明白，他是想多压点活给自己，让自己觉得累，觉得在这里待下去没意思，让自己主动走人。

回到工位上，董阳网上问陈克："忙得过来吗？"

陈克答："差不多吧。"

董阳说："刚周必成让我转给你的那个活儿，还是我帮你做吧，要不今晚你得熬夜。"

陈克答："那就谢谢了。"

下班之时，董阳对陈克说："那我先走了，今晚我开个夜车，明早上就能把案子做好给你，你就放心吧。"

董阳回到通州与人合租的家中，Susan 已经做好了晚饭等他。她是一年前跟董阳在一起的，在单位里她觉得董阳人品不错，跟他在一起也挺开心，尽管他没车没房，还是嫁给了他。她相信，两个人总比一个人力量要大，未来可以一起开创。当然，公司忌讳办公室恋情，为了饭碗，他们也一直没敢公布。

饭后董阳让 Susan 先睡，他要加班帮陈克"作案"。

Susan 惊讶："你帮他？现在周必成追着他打，谁离他近谁倒霉，人家躲还来不及呢你怎么往里凑？"

董阳应道："那又怎么了？最坏的结果也就是我走人吧？换个工作就是了，又不是找不着。咱们这行平均两年换个单位，说起来我都超平均分两倍了，也该走了。就算不走待着也没意思，你说我们现在，在一起跟做贼似的，有意思吗？"

"那你说，陈克跟周必成这么斗下去，最后谁会赢？"Susan 的好奇心也来了。

董阳答："这就复杂了，说不好。"

Susan 说："你连谁赢都猜不着就往里搭呀？"

董阳应道："就是因为猜不着那才往里搭啊。**想和人做兄弟就得趁人落难的时候，等人成功了也就不差你这个兄弟了**。"

一切变化皆因陈克写书而来，Susan 好奇问："要是写本书有那么大的好处，你怎么不自己也写一本？"

董阳答："你当编故事呢？那不只是一本书，更是一套理论，每一个字都是有道理的。说真的，十年时间我也不可能写得出来。人的天赋不一样，要走的路也不一样。"

"我觉得，还是离陈克远点好。"显然，Susan 还是不太理解董阳的话。

董阳没直接回应，而是说："最近咱们追的那部说刘邦的电视剧，我挺好奇的，就那么随便一查，发现不得了，当年跟他一块儿在芒砀山当土匪的沛县老乡，到最后只要没死，甭管什么歪瓜裂枣，都封侯了。"

Susan 问："那你意思是说，等哪天陈克自己干了，你也混个创业元老？"

董阳答："创业元老，基本上都有股份的，能弄个 5%，那日子就能过得很舒坦了。一家一百人的广告公司，5% 的股份至少也能当五百万使。五百万啊，就咱们这一个月几千块钱的工资，不得干到一百岁！"

Susan 说："噢！"

董阳又说："伦哥两口子不是专门从你这打听情况吗？方便的话，你得在他们面前多说说陈克的好话。我会让他知道你的功劳的。"

Susan 答："我会的。你选择了，就是我也选择了。"

43. 奖赏功臣，提拔能臣

阿伦出差广州，回来后召见陈克。阿伦早就说过要创办广州分公司，在陈克赢得"怒马"的单子后，这进程就加速了。召见陈克的第一句话便是："现在我们广州公司的手续都办好了，算是开张了，就是还缺点人手。我想问问，你能不能跟我过去？"

陈克是打定主意不走的，不过不妨听听老板口风，问："伦哥，有好处吗？"

阿伦答："当然有。我做人很公道，在人的问题上就两句话：**奖赏有功劳的人，提拔有能力的人**。我觉得你是个有能力的人，所以我广州公司创意总监的位子等着你。"

陈克追问："那这总监能多少钱？"

阿伦答："底薪一万，奖金能拿多少那就看你本事。"

陈克说："新公司开张，能有多少客户，没单子做我拿什么奖金。"

阿伦答："怎么没有？现在我们广东来的业务全部都划归广州公司，接着我们还会拉到越来越多的单子。你放心，伦哥的道德水平要远远高于同行业老板的平均水平，伦哥说了你过去有钱途，那你就肯定有钱途。"

陈克说："伦哥够意思我们一直都懂，可惜我家在北京，怕是去不了了。"

陈克可不是普通员工，身上系着阿伦最看重的"怒马"项目，若能把陈克弄过去，他不介意软硬兼施："这样不好吧？你说你有总监不当，留在这儿干什么？你不喜欢去广州，我不勉强你。可你要是留在这儿，那你就得好好干，别三天两头的跟人闹矛盾。"

陈克应道："伦哥，说话要凭良心啊，我从来没想过要跟谁闹矛盾。"

阿伦说："我知道你不想跟谁闹矛盾，可人家要来跟你闹矛盾你挡得住吗？从我的角度来讲，你留在这儿就是不行，公司团结协作的气氛都被你搞坏了。不如你跟我过去，到了那儿你是总监，谁还敢跟你闹矛盾是不是？"

陈克应道："伦哥，你明知道我是受害人，不同情我就算了，还追究我的责任，这不太好吧？"

阿伦答："没办法，**我要的是结果，公平不公平不是我考虑的，这是资本的意志**。这样吧，你也先别拒绝，回去好好想想，我总监的位置空着，非常欢迎你过去。"

陈克为依依把铁饭碗都扔了，哪能为区区一个总监就跑广州去。尽管如此，他还是说："好的，我先回去好好想想，不过你也别对我抱太大希望。"

接着阿伦召开公司全体会议，宣布广州分公司成立，众人鼓掌。阿伦对员工不错，员工们还是心底里为他欢喜的。

接着阿伦说现在广东那边来的业务，将逐步由广州公司接手，北京公司的业务将会大幅度下降，创意部将出现人员过多现象，所以希望有人随他去广州。阿伦知道，分公司开张，有老员工跟着过去帮助会很大。

"谁愿意跟我去广州，那就是对公司的一大贡献，以后有加薪、升职的机会优先考虑，远的不说了，别你们又说我乱开空头支票，谁跟我去广州，先发五千块钱安家费。”听到阿伦的话，众人哄笑。

“老板，我们这是要去砍人啊？黑社会电影里，黑帮成员砍人之前，先可以收上一大笔的安家费。”董阳不知死活地说。

“安家费不好听是吧，那就叫搬家费吧。我希望能够有人主动跟我过去，否则的话这里人多事少我们就得裁员了，说实在的，砸掉人家饭碗这种事情我是不愿意干的。”阿伦向来在公司不太严肃，对董阳的打岔不以为意。

阿伦说到此处，眼光扫过眼前每一个人。一个叫洪小明的设计师说：“赵总，我去。”他刚毕业半年，水平不高、根基不稳，假如此处裁员他肯定少不了，还不如现在跟着去广州，把饭碗保着再说。

又一个叫老宋的资深策划说：“那我也过去吧。”他妻子几个月前生孩子，他忙前忙后，精力不振，出了一个大漏子，要不是阿伦念他身处艰难，按惯例是要辞退的。现在公司有需要，他自该站出来为公司分忧。

阿伦说：“你是不是先跟家里人商量一下？”

老宋答：“不用，我老婆是福建人，她一直都念叨着回南方去，现在正好是个机会。”

又一个叫小何的说去，因为他喜欢体验不同地区的生活。接着阿伦吩咐周必成，整理好广东业务的相关文件，实现平稳过渡。

阿伦要把广东来的业务全部移过去，王丽珊说“怒马”是由陈克主笔的，他既留在北京，这单子是不是该留下。

阿伦答：“移过去，我亲自带着人做。”

王丽珊问：“你不是说，那几位大老板就好陈克这口吗？你做的人家能不能认，别把人家给得罪了，这没准以后是个大项目！”

阿伦答：“正因为重要，所以我得自己看着。陈克靠不住，没准哪天跳槽了，得防着这一点。”

阿伦临行前嘱咐王丽珊稳住陈克，若“怒马”提案失败，得靠他救场。果然，姜还是老的辣。

44.做公司不可缺少的人

一直以来，陈克都把“怒马”项目看作自己的护身符，有这案子在手，自己就是公司不可缺少的人，周必成就不敢太放肆，现在案子没了，可预见周必成将对自己全力出手。

一日下班后，陈克请董阳喝酒，说出想要跳槽的想法。他两年行业经验外加出版了专著，换个饭碗并不难。**不身处绝境，自然也没有殊死抵抗的勇气。**

董阳劝解他说：“你怎么这么快就退缩了？他强任他强，清风拂山岗，他横由他横，明月照大江。怕他干吗？”

陈克说：“你说的什么呀？听不懂。”

董阳答：“我觉得这世界很公道，‘自作孽，不可活’是永恒的真理。所以，你别看他今天蹦得欢，好日子不长。今天他对你的一切不公平，以后就是他被伦哥收拾的罪证。”

董阳一句话让陈克忽然想明白了许多道理。

陈克用平和心态承受着周必成的修理，享受这段暗无天日的时光之际，事情忽然有了变化，是他的书带来的。

这日陈克收到一条短信：“是陈克先生吗？我是唐汉广告公司北京分公司总经理助理周莎莎，我们总经理杨义信先生对您非常欣赏，想约您会晤一次。不知道您意下如何？”

来自公司外的一切变化对自己都是有利的，陈克高兴，连忙回短信说：“您好！我是陈克。能得到贵公司杨总的赏识非常荣幸。请问会晤的主要议题是？”

周莎莎答：“议题或与邀请您加入唐汉广告有关。若您有兴趣，我们可以商量一下会晤时间。”

陈克急切里没想清楚，跳槽对自己是有利还是无利，这个机会应该怎么利用，决定押后再说。于是他拨打对方电话——因双方未识，对方打电话过来不符合礼仪，更何况谈的还是“挖人”这样的商场大忌。短信拒绝对方则显得不够热心，互致礼貌后说："如果是跳槽的话，可能会涉及到方方面面的问题，我需要一点时间来考虑。这样吧，一周之内，我给你答复好吗？"

周莎莎答道："好的，如果你有什么新想法，随时跟我联络。"

周六依依来与陈克二人世界，陈克说起唐汉公司挖人之事。依依好奇："他们给多少钱啊？"

陈克答："短信里没说，这都是见面谈的事。"

依依问："那你估计他们能给多少？"

陈克答："跳槽一般要求工资涨 30% 以上，人家给多少估计也就按这个来的吧。"

依依问："那你准备去吗？"

陈克答："见面肯定是要去的，人家都邀请了。至于说跳槽嘛，那就得好好考虑考虑了。"

"你不是说现在周必成天天在收拾你吗，要能走的话在这儿受气干吗？何况你跳槽过去，人家还给你加工资呢。"依依觉得陈克不可思议。

陈克应道："加工资我当然想要，可我担心跳槽会失败。"

依依问："为什么啊？"

陈克答道："现在周必成收拾我，为什么啊，就因为他怕我抢他位子，想把我弄走。那我去了新单位，是不是也很有可能被顶头上司收拾？以我现在的资历，我过去了那肯定也是得从基层做起。天下乌鸦一般黑，那里的顶头上司就能容得下我？"

依依还是希望陈克去，说："你跳槽过去很可能被收拾，但也不一定；可你现在在这里，已经被收拾了。这么说来，跳总比不跳好吧？退一步来说，就算你跳过去了同样被人家收拾，可好歹拿到的工资比现在高吧？"

陈克答："虽然都是被收拾，可是情况还不太一样。我在这儿是老员工，周必成想赶我走，那就得有很充分的理由，得我出比较大的差错才行。可以说，只要我是铁了心要扎在这儿的话，饭碗还是能够保住的。可去了那边就不一样了，赶走一个新人当然比赶走一个老人简单得多。可以说，在那边人家要是收拾我的话，那我几乎百分之百会被赶走。"

依依还抱有幻想，说："那人家赶你走也得有个正当理由吧，你去了好好干，工作不出错的话想赶也赶不走你。”

陈克应道：“你说我这初来乍到的，得熟悉新单位的工作流程、企业文化，得熟悉人家的客户，得认识那么多的同事，出点差错那是难免的。我在这儿是老员工，周必成要收拾我出手就不敢那么狠，可到了新单位不一样，人家是怎么方便怎么来。”

“人生在于折腾，又想要升官发财，又想要一帆风顺，那怎么行？”依依还是心有不甘。

陈克答道：“人生肯定是要折腾的，不过怎么折怎么腾也得想清楚了再说吧？你说我跳到那边去，人家是既想收拾我，又敢收拾我，还能收拾我。你说我不死谁死？”

依依感到甚是可惜，说：“那你是决定不跳了，就一直留在这儿？”

陈克答：“我当然想跳。可是，如果我要跳，那就得是跳过去能直接向老总汇报的级别，至少不能是最基层的员工。如果是基层员工，人家觉得你弱，就会觉得能动你。可有级别后就不一样了，人家想惹你恐怕也不敢了。”

依依说：“可是你待在这儿，天天被周必成收拾，那什么时候是个头啊？”

陈克答：“先这样吧。”安全第一，陈克是这么想的。**在找着前进之路之前，无论多艰难，那也得保住饭碗再说**。

依依走后，陈克躺在床上，天马行空地想着，忽然诞生了一个想法：广东分公司把“怒马”的案子搞失败了，到时候公司将被迫要我重新接手这个案子。一旦“怒马”的案子重回我手，那我就是公司不可缺少的人。周必成想动我也不敢动我了，真把我逼走了老板还不扒了他的皮！

这不是陈克自我感觉良好，这事关思路的连贯性。陈克虽然只是写了简单的“我怒故我在——怒马运动服饰”这么一句话，背后却是很深远的思考，接手之人当然无法理解，要打动霍爱华等人可谓难于上青天。

鉴于“怒马”提案的不确定性，对于与杨义信的会面及跳槽之事，陈克的决定是拖。

次日早，陈克给周莎莎发短信：“最近单位事情比较多，也许半个月以后才能跟杨总见面。”

45.可以有矛盾，但不能起冲突

想到他们提案很可能会失败，陈克突然就有了底气，次日上班打开电脑，修改QQ签名：再也不能这样活。

董阳网上来问："敦刻尔克还是诺曼底？"敦刻尔克撤退、诺曼底登陆反攻是"二战"典故，董阳这是问陈克辞职走人还是跟周必成对抗。

陈克答："诺曼底。"

董阳说："老板不帮你，打了也输。"

陈克应道："我不一定要现在就赢。"

董阳说："这话听着挺有底气的。"

陈克回应一个色眯眯的网络表情。

董阳说："采访一下您，陈总，你怎么改变想法了？"

陈克答："他压着我打，损害的是我；如果我跟他对打，打得狠了损害的就会是公司。那么公司必然要站出来，为我主持公道。"

董阳提醒说："那你想清楚了，公司为止损，可以是帮你，也可能考虑裁掉你！"

陈克答："公司还不舍得裁我。"

董阳又说："若有必要的话，我站出来帮你说话。"

陈克回应："我跟他的私人恩怨，搭上你干吗？"

董阳答："如果我站出来，或许你现在就赢，日子好过点。"

陈克心中感激他的盛情，说："那你保重。"

次日周必成安排给陈克一个任务。陈克问："请问这个案子写得好还是不好，是以什么为标准？"

周必成答："当然是以客户满意为标准。"

陈克又说："如果我直接去面对客户，那我承诺我做的客户会满意。可关键是我现在只不过给你打个下手，并不直接接触客户，我怎么知道客户满意不满意？”

周必成答：“只要客户能满意，那我就满意。”

陈克说：“那就是说，无论我写得再好，只要你认为它是垃圾，它就是垃圾，对吧？”

“你怎么能这么说呢？”周必成急了。

陈克说：“既然这样的话，那这个活我不接！”

周必成不知道他哪来那么大的底气，说：“那你准备在这儿不干活白拿钱？”

陈克答：“那倒不敢。我只不过想跟你提个要求，这案子要写成什么样，你得树立一个标准，让我好有个参照，要不然我不好写。周总，我现在怀疑你用不公正的态度对待我！既然你用不公正的态度对我，那我干什么都是白干，还写什么呀我！”

众同事眼望这边。

既然陈克用那么强烈的字眼，周必成自也不能退让。于是吵了起来，声音越来越大。

“吵什么！像话吗？”终于把王丽珊引了出来。

董阳这时候说：“陈克在跟总监讨论，一个好案子的标准是什么。其实我们大家都认为，总监应该出台一个标准，一个案子写成什么样就合格，什么样就不合格。不然的话，我们确实不太好做事情。”

王丽珊呵责众人回去好好干活，把董阳叫去她办公室，笑问：“董阳，人家神仙打架，你凑什么热闹？”

董阳答：“最近总监对陈克不太公平，他今天对陈克不公平，说不定哪天也可以对我不公平，唇亡齿寒的道理我还是懂的，所以我得站出来说句话。”

王丽珊又说：“你这样做，就不怕跟周总监产生误会吗？”

“只要是为了公司好，有点小误会那也没什么。”董阳说得很大气。

董阳的态度改变了王丽珊对陈克的态度。王丽珊上网来跟阿伦说：“周必成跟陈克那事，董阳牵进来了。”

阿伦问：“他帮谁？”

王丽珊答："陈克。"

阿伦问："趋势呢？"

王丽珊答："会有越来越多的人站在陈克这边。我跟 Susan 打听情况，Susan 也说了不少陈克的好话。"

阿伦问："需要现在做决断了吗？"王丽珊答："我认为需要了，不然会影响公司的正常运营。"

"那你就做决断吧。"过了许久阿伦回了信息。

这个世界上，**大部分老板一边说要团结，一边希望下面的人斗。互相牵制着，公司才能走得长远。**要不然下边的人抱成一团，一起跳槽走了，或者独立创事业去了。让员工相互监督着，让他们不在安全状态下，他们就放不开胆，尽量少做有损公司利益之事。但是斗得太厉害了，就又不利于公司运作了。综合起来，有矛盾、无冲突，是老板理想的员工间的关系。一旦员工之间有剧烈冲突，老板会帮强的那方。这样拉大了双方的实力差距，矛盾虽然仍在，冲突已经消弭。

王丽珊把周必成叫去办公室，一顿臭骂。自此周必成不敢再无理折腾陈克，陈克的日子恢复正常。

46.优势引导胜利

十日后，是"精彩"去给霍爱华提案的日子。这一轮，"精彩"要回答一个问题："怒马"如何实现高定价、多高的定价最适合。

下午，陈克正在策划其他的市场方案时，王丽珊让他停下手里的一切活计，马上出差去广州。

"我现在这案子客户催得紧呢，这时候我怎么能走？"陈克开始摆架子了。

王丽珊说："你手里的活儿我会找别人接替你的，你就放心去吧，功劳不会少了你的。"

"王总，这事你们催那么急，打乱了我本来的很多计划，出差补助是不是按双倍来算？"看来是这次提案出问题了，陈克笑着说。

陈克连夜飞去广州，阿伦来接。次日去广州分公司，见办公面积跟北京差不多，员工正好十人，认识了此处负责创意的杨总监等人。阿伦介绍说："杨总监中途接手怒马这个项目，可能有些情况不是很熟悉，霍总他们更希望能听听你的想法……"

阿伦没好意思把他们的糗事说出。

原来，提案之日，霍爱华、林志强、王建三人带了五个孩子来听陈克演讲，谁料影都没见着，一肚子的火。没办法只好听别人开讲，没想到没听几句，霍爱华怒而起身，说："什么乱七八糟的！"

陶宏志回头跟阿伦说："你要害死我啊你！"

经百般求饶，说动陶宏志，陶宏志再说动几位老板，约下周五再来。

杨总监等人将若干创意与陈克说了，并再度演说了一遍。陈克听了觉得挺好，他入行时间短，在很多创作细节上其实远不如阿伦等人，自然也挑不出毛病。

私下里陈克对杨总监说："我觉得你们做得挺好的，要换我的话恐怕还得磨炼几年才能达到这水平。"

杨总监惨淡回应："你这么说我都不好意思了，败军之将，何以言勇？我们也觉得自己做得不差，可是广告得客户说好才是真的好。"

陈克说："我真觉得做得特别棒，不用修改了，过几天我就拿你们这套东西说去。"

"不改？那行吗？"杨总监不相信地问道。

其实很多时候，不在于说了什么，而在于怎么去说。陈克认为方案不必大改，只要由他出场，换一种演说风格即可。

阿伦迟疑："就拿这套东西去再说一遍，那是不是显得对人家不够尊重？"

陈克应道："赵总，你就信我吧！"

阿伦只得选择相信。

周五到了，霍爱华三人带了五个孩子又来了，显见是很看好陈克，希望孩子们能从陈克的演讲里学到什么。

霍爱华跟陈克握手时说："你的书写得真好，这根本不像一个二十多岁的年轻人写的，就像是一个见惯了风云变幻、历经了沧海桑田的老人写的。"

"是有历史感吗？"陈克解释说，"在做广告以前，我是做公务员的。政史不分家，所以我读的历史书比较多，受的影响比较大。历史很有趣，有很多看着马上就赢了，可一转眼就输了。所以我就想，为什么今天的优势不能引导出明天的胜利，又是什么决定最后胜利的因素呢？后来我做了广告，又把这个问题挪到商业上来。我一直在想，什么才是决定企业胜利的因素？什么才是决定企业永远不败的因素？带着这些问题，我写了这本书。"

霍爱华说："我们都很喜欢你，所以把孩子们也都叫过来了，让他们也领略一下大师的风采。"

被人称作大师，陈克受宠若惊，不过嘴上还是自信地说："相信我不会让你们失望的！"

强者之间不需要太多虚伪的谦虚表达。霍爱华说："好！"

讲演开始。

陈克登上讲坛，用坚毅的神态说道："要实现'怒马'的高定价，首先我们要研究人的心理！"

陈克把一只女性手包放到讲台上，说："这是我刚买的手包，无论从设计、材料、做工方面来看它都无可挑剔，它值多少钱呢？三百块钱。但是，如果它贴上了某些商标，它可能卖三千，也可能卖三万，还可能卖到三十万。非常不可思议！

"更可不可思议的是，就有一些女孩子，为了能买这么个本来就值三百块钱的东西，宁可省吃俭用好几年。这是为什么呢？这是因为，为了心理健康，每个人都需要或多或少地消费一些奢侈品，让他可以有'我辈岂是蓬篙人'的感觉，作为一种对自我的肯定，可以说是一种励志。那么，奢侈品对他来说就是一份成功证书。

"所以，'怒马'的产品形象就是成功证书，而我们的企业形象就是发证机关。市面上的一些运动品牌，只注重把产品打造成成功证书，却忽略了或者说不知道怎么解决发证机关的问题，这就是我们超越他们的机理所在……"

陈克的语气里总是充满信念，让听众生出许多遐想。他从人性特点、传播原理说起，逐步深入，把阿伦和杨总监等人所做的策划、设计方案很自然地引入进去，完美论证“怒马”运动服饰可以在卖高价前提下不损失销量。一切显得水到渠成，天衣无缝。

演讲结束，霍爱华等人热情鼓掌，竟然没提出任何问题来质询。

47.体力衰减，能力衰退

中午阿伦与陈克吃饭时，陈克提出了加薪申请。

阿伦问：“多少”

陈克答：“月薪一万。”

阿伦说：“加工资是应该的，可是一万有点多了，你也知道我们公司的情况，不可能给普通员工这个数字。”

陈克应道：“那就该由你来想办法了。现在有一家广告公司想挖我过去，按我的情况现在拿到七千也算正常，加上跳槽 30% 到 50% 的涨幅，可以认为他们既然想挖我，就预备了一万的月薪。”

阿伦问：“不会是唐汉广告想挖你吧？”

陈克答：“就是唐汉。人家是大公司，对我来说算挺不错的选择。再加上最近一段时间我在公司干得不算开心，所以多少有点想走的想法。不过我是个感恩的人，是伦哥你带我进这行的，只要伦哥你给个差不多的数，那我就不走了。”

阿伦回应说：“广州公司这边杨总监我使得不顺手，正好趁试用期给开了。你要是愿意的话，来当广州公司的总监吧，待遇方面你的这些要求都能满足。”

“伦哥，你又来了。”陈克笑道，“你知道我为什么会来北京的。我要是可以去广州，还不如留在老家呢，没准现在我都提副科了。”

“这件事情我得跟王总当面商量一下，这样吧，下周五我回北京，给你一个明确的答复。”阿伦心中考量是否要把周必成挪到广州，让陈克做他的位置。

陈克答说：“好，那就一言为定。唐汉那边也等着我答复呢。”

饭后阿伦给王丽珊电话，让她回广州一趟。很快，王丽珊飞到广州，看了看孩子，与阿伦商讨。阿伦把陈克的要求与自己的想法告诉了妻子。

王丽珊强烈反应："那怎么行？"

阿伦问："为什么不行？陈克这人能力挺不错，我一直想提拔他，可惜让他去广州他不去。"

王丽珊答："陈克入行还短。他来当总监，这行吗？"

陈克在品牌的底层设计与营销规划上有优势，但广告行业尤其是"精彩"的绝大部分业务，都是表层的操作。比如办一个活动、组织一个会议、做一些平面设计等，不需要多高深的智慧，更多的是需要耐心、细致或小型创意等。而这些，周必成早已用事实证明了他是一个优秀的人选。

阿伦应道："这个倒不用担心，他虽然现在看起来经验不太够，不过他进步得快。"

王丽珊又说："周必成没有大的过错，人家凭什么来广州？"

阿伦应道："他跟同事关系处得一塌糊涂，这还不算过错？我调他过来他还是总监，也不算亏待了他吧？"

王丽珊答说："反正我不同意！坚决不能让陈克当总监，你就不怕他成长起来，把咱公司给卷跑了？"

陈克还在普通职员的位置上，在被周必成打得五荤六素的情况下，竟然能让董阳、Susan 站在他这边，甚至跳出来帮他说话；而琳达新交的男朋友是陈克的哥们儿，这也是人所共知的。这号召力、这人缘太可怕，若让陈克得势，改天与下边合起伙来把客户卷跑，她王丽珊只好喝西北风了。

这行业里有很多创业是从挖东家墙脚开始的，当年她跟阿伦好上，花尽心思挖走了原公司的同事，生意就此开张。反过来看，周必成有点小气量、有点小阴险，坐在创意总监这个位置上，却是恰到好处。

阿伦答说："就为了你那么点小担心，有能力的人你故意不提拔，这想法有问题吧？"

王丽珊应道："这可是大问题。赚钱多少一回事，首先咱们得保证公司的安全！"

阿伦说："陈克以后会不会有把咱公司卷跑的想法，这不好说。但是你不能因为有这点担心就不用他。我记得以前一次跟陈克聊天，问他怎么连铁饭碗都不要了。他跟我说，我们这一代人都要转变观念，得学着在竞争中捧起铁饭碗。其实这对你我也一样，要想好好守住这家公司，就得有那种在竞争中控制住这家公司的观念。"

王丽珊应道："我跟你想法不一样，我没想要发多大的财，觉得这样就够了。我为什么要用一个可能把咱们公司卷跑的人？疑人不用，这可是最基本的用人原则！"

阿伦答说："很多年以前我听说过一句很悲凉的话：**我们必须不断地跑，才能留在原地**。你想过没有，我们的年龄在不断地增加，体力在不断地衰减；社会在不断地进步，我们的知识、观念也在不断地衰减。所以，就算你只是想守住这点基业，那也得不断地向前努力。你要相信，陈克的到来就是我们的运气，把他用好了，我们肯定有好处。你要是把他当成威胁，不重视他，以后被淘汰的就是你了。"

王丽珊想了许久，说："你要是把他带身边当广州的总监我同意，可放在北京不行，我的能力比不上你，我怕我看不住他！"

"那就学着点吧。"阿伦哈哈一笑。

48.新的生产工具

深圳之行证明了陈克的才华。董阳对陈克说："还是你行，你要是当咱公司的创意总监，一定能把咱公司带起来！"

陈克答说："这话可不能乱说。"

董阳应道："我可是认真的，改天我去跟伦哥说，应该提拔你。"

阿伦从广州回来，董阳去见他，说出了自己的想法。

阿伦说："公司提拔谁不提拔谁，这不是你该考虑的。"

董阳应道："决定权当然是在您和王总，但是我们提提建议也总可以吧？"

阿伦答："这事情根本就与你无关，你提这建议干什么？"

董阳应道："当然有关，一个好的总监，能给咱们公司带来更多的单子，我们当普通员工的多做些单子，奖金也能多拿点儿。这怎么会无关呢？"

"你对陈克就那么有信心？"阿伦反问道。

董阳答："我们一直都说，管理也是一种生产力；那么我们可不可以认为，陈克那套理论是一种新的生产工具？如果算是一种新的生产工具，那公司为什么不提拔他，然后大规模推广？"

他拿出一本书来，上面写着：在企业管理上，泰勒的"科学管理"是一次生产力革命，德鲁克的"管理"又是一次生产力革命，如此等等。阿伦看了，点了点头。

董阳说："既然陈克代表更高的生产力，那我们就得支持他。**越早使用先进的生产力，就能越早获得利益**。"

"你的话我会好好考虑的。"阿伦应付道。

董阳见阿伦没有与他深谈的意思，于是抛出犀利的话题："伦哥，最近陈克跟我说起过跳槽的事情。"

阿伦果然另眼相看："这属于打小报告吧？董阳，这不是你风格。"

董阳应道："伦哥，我来这儿打工，一是捧个饭碗，二也是寻找机会。所以，我得确保我跟对了老板。我觉得陈克是个人才，要是一个人才在咱们公司待不下去的话，那我觉得这公司也没什么前途了。我跟陈克说，要是哪天他走了，那我也不在这儿待了。"

董阳离去后，阿伦对王丽珊说："你看见了吧，要是我们不能做到开拓进取，对手不把我们挤垮，员工也得抛弃咱们了。"

王丽珊点了点头。

敲门声又响，周必成进来了，对阿伦说："赵总，最近陈克太不像话了。"

"这话听起来像打小报告啊。说吧，陈克怎么了？"阿伦讽刺道。

周必成答："他竟然在办公室里公然谈论跳槽，还鼓动同事跟他一起走。这种行为，我认为公司是不可以忍受的。"

阿伦问："那你想怎么样？"

周必成答："裁掉他，严肃我们公司的纪律。"

阿伦现在最担心的就是陈克走人，他对霍爱华那边无法交代，周必成算是踩痛他了。

“周总，最近一段时间，你把公司搞得鸡飞狗跳，破坏我们公司一直以来安定团结的大好局面，你说我是不是该裁掉你，严肃我们公司的纪律？”阿伦发怒了。

听得阿伦这语气，周必成不敢吭声。

待周必成心里五味杂陈过后，阿伦说：“公司决定调你去广州，做广州公司的创意总监。”

周必成问：“北京这边怎么办？”

阿伦告诉他答案：“北京这边就由陈克暂时代理。”

周必成知道他已经彻底失败了，说：“我能不去吗？你知道我孩子那么小，我哪离得开。公司要提拔陈克的话，可以考虑让他去嘛。”

阿伦说：“人家陈克家也在这边，既然他不去，那就只有你去了。”

周必成说：“可我孩子太小了，我真离不开。”

阿伦应道：“你要是实在离不开孩子，那你就从这儿辞职，另外找一家。北京广告公司那么多，对你来说应该不愁吧。”

“一定要去吗？没有商量的余地了？”周必成苦苦哀求。

“最近一段时间很多人都投诉你处事不公，我是不允许这样的事情发生的，谁敢这么干我就裁掉谁。不过我这人特别不喜欢砸人家饭碗，头半年老宋给我捅那么大一娄子我也忍了，现在我怎么可能不要你？我这人念旧，你说从我搞这家公司开始你就跟着我，想想感情也够深的。”阿伦意味深长地说。

周必成说：“那我去广州吧。”

阿伦说：“好，那你就半个月之内到广州，接下来你跟陈克交接一下工作吧。还有，安顿好家人的情绪。”

随即，阿伦公司宣布周必成调任广州，北京公司创意总监由陈克担任。出于习惯，按上回去霍爱华处提案时给的头衔，陈克被称为创意经理。

董阳前来索取拥抱：“恭喜啊，陈经理！”

陈克与他拥抱：“同喜，同喜！”

第六章

平台

平台有多大，路子就有多宽

49.什么样的铁才能打铁饭碗

陈克第一次当上了小头目，心中禁不住有点兴奋，马上给依依发短信通报此事。收获依依的祝贺："老公，你真棒。"约今夜见面，共进晚餐。

陈克回了家，在家门口遇到合租在隔壁房间的女孩，她正跟收破烂的进行一桩小小的交易。收破烂的把女孩的饮料瓶子一个个地扔进蛇皮袋里，口中数着二十三、二十四……按每个饮料瓶子一毛钱算，她收集的瓶子大约能卖五元。

陈克跟她打个招呼，然后回房拿了几个饮料瓶子给那女孩，顺便收获一句"谢谢"。这女孩虽然攒瓶子卖，却并非真的贫穷。

陈克觉得这是不明智的做法，攒瓶子费时间还费地方，许久的努力换来几元收入实在得不偿失。要知道，人是有调节能力的。攒饮料瓶子卖钱，何不少买瓶果汁？那便不用受这攒瓶子之苦了。陈克从不像其他人暗地里接私活、搞兼职，辛辛苦苦挣那点钱供消费，还不如一顿饭花一块钱啃两个馒头，省下时间来研究有用。当然了，希望通过兼职培养自己的客户群，拓展自己独立性的除外。

陈克回到房间又想，身处奋斗期的人们对未来都有许多担忧，因而会有意无意地控制自己的行为习惯，其中包括防止挥霍、养成节俭习惯。**有时候人突然变得很节省，并不是为了省点钱，而是觉得自己得做些事情来**。

依依下班过来，两人去吃饭，陈克提议说吃火锅，弄个鸳鸯锅底，这才是夫妻该办的事情。饭桌上说起升职之事，陈克说他工资涨至一万，按业绩另有奖金、提成等，未来一年挣到二十万应该不成问题。

陈克说："二十万来了，二百万还会远吗？不如待会儿我们吃完饭上你家去，我跟你爸说：'陈克是潜力股，您请赶紧下定，晚了就让别人抢跑了，还是乖乖地把你女儿送过来吧。'"

"真是饱暖思淫欲呀！"依依笑骂，"你这才刚刚升了个官涨了点工资就了不起了，离你承诺的三十万年收入还差老远呢，这就想把我接过去了。"

陈克说："行，那等明年我三十万的年收入了，八抬大轿地把你给抬过来。"

夫妻打情骂俏过一阵，依依说："其实我觉得我们这样做周末夫妻挺好的，两个人天天待在一起肯定得互相影响，不如就平时分开了过。我跟你说，我正准备报几个班呢。"

陈克问："什么班？"

依依答："一个是财务的，一个是人力资源方面的。我不想再做行政了，觉得没什么技术含量，所以我想往财务或者人力资源那方面转。现在报几个班来上着，过些日子我就去考一个注册会计师证和人力资源管理师的证。我们现在还年轻，得为以后的事情多打算打算是吧。对了，昨晚上我给自己定了一个目标，希望能够在三十五岁的时候做到财务经理或者人力资源经理。"

陈克嘻嘻一笑，说："我老婆有志气！"

依依说："我说正经的。"

陈克答："我也说正经的，我非常支持你这样做。你学好了，以后咱要是开夫妻店了那也方便，你看你学的行政、财务、人力资源这些叫支撑系统，我搞的那叫业务系统，相当互补，那咱这夫妻分工就非常科学。"

依依突然想起个事，说："对了，唐汉广告公司不是说想挖你吗？"

陈克答："我还没想好去不去。"

依依说："原来你不去是担心职位低容易被人排挤，可现在你升职了，他们要是挖你的话，是不是也可以给你个管理岗位？那么说，你现在是不是可以考虑跳槽了？"

陈克答："这是个大问题，我还没想太明白。今晚咱只管吃喝玩乐，不管它了。"

饭后送依依回家，陈克回到小房间里，思考起如何应对跳槽之事来。思考许久，突有感触，从电脑里找出一个文件，那还是他刚进"精彩"没多久写的《铁饭碗战略》：

> 我应该积累一些能力，这能力首先是普适的、通用的，不因为我换了工作单位、工作岗位而减少，不因为科技进步、社会变迁而失效；这能力应该是易于被认知的，不因为缺少伯乐、知音而无人赏识。这能力是公认的，即便是敌对之人也不能够否认。我应该积累一些资源，

这资源最好是通用的，比如通货（钱），如果不是钱的形式存在，也应该是适用性很强的。因此，我应该拥有名气、可量化的能力……

陈克思路渐清：为职业安全性，我不能仅当好广告技术人员，更要学习管理——这是通用性更强的能力。跳槽易失败，为确保我能介入管理，目前我应好好待在这个岗位上！

50.代价最小的成长方式

陈克的想法成熟了，就联络了唐汉广告公司的周莎莎。

按约定时间，陈克来到“北京唐汉”的办公地点，是地处海淀的一幢四层小楼，小楼虽不起眼，可地皮却是价值非常。陈克不禁想：老牌富翁们光房地产的升值就赚进不少，真是发财要趁早啊。

去前台询问，很快周莎莎前来接待。

“在见我们杨总以前，我可否带你参观一下我们公司？”周莎莎热情地说。

探寻一下大公司的神秘，陈克当然乐意。

周莎莎边带陈克参观边介绍公司的大致情况，最后把陈克带进杨义信的办公室。

杨义信来跟陈克握手，相当热情。**与人交往一要展示友善，二要展示强大**。陈克自然也呈上新印制的名片，头衔创意经理——要挖我，得按照经理的待遇来挖。

话入正题，杨义信说：“你的书我看了好几遍，写得相当不错。关于如何给企业寻找不败的基因，如何在营销中注入不败的基因，你的观点给了我很多启发。甚至可以说，在一些问题上，让我有一种豁然开朗的感觉。”

“杨总，您过奖了。”

“我说的都是心里话，书确实写得不错。连我们唐总都给你写了序言，我们唐总可是不轻易给人写序的。”

“谢谢。”陈克平静地说。

“前些日子我回总部开会的时候，唐总跟我说，像你这样的人才，应该吸纳到我们公司里边来。”

陈克应道：“要是能够加入唐汉广告这样的大公司，我当然是非常乐意。据说业内有一句话说：加入‘唐汉’，人生就成功了一半。”

杨义信转对周莎莎说：“是否由你来介绍一下情况？”

周莎莎早做好了准备，说：“陈经理，根据你的个人情况，我们为你提供的岗位是项目经理，你将带领的团队规模在十个人左右，应该跟你现在的差不多。这个岗位的基本月薪是一万五千元，另外根据业绩情况有奖金。在薪水待遇上在我们跟业内其他一些公司可能相差不大，但在员工的个人发展上我们做得可能更好一些。

“我们有一套很科学的选拔制度，只要你有足够的能力，完全可以在一年之内从基础岗位做到副总裁级别的高管。这也是许多优秀人才选择‘唐汉’、留在‘唐汉’的重要原因所在。你知道，在很多公司想要升职是非常艰难的，不光要有足够的能力，还得靠多年的媳妇熬成婆。我们认为，您加入‘唐汉’是个很不错的选择。”

一年做到副总裁！陈克心念微微而动，但很快就平静下来：哪有那么容易？真要有那个能力，恐怕给自己定的目标又不是副总裁了。他今天此行的目的，不是找个槽来跳，而是要跟“唐汉广告”搞好关系，给自己寻一条后路。

“杨总，非常感谢你们给我开出了这么好的条件。只不过，我感觉自己现在就加入‘唐汉’的话，条件还不成熟。”陈克谦虚地说。

“哦？”杨义信疑问，“说说看？”

陈克答：“一方面我现在老板对我非常不错，要让我现在就离开他的话不太好开口；另一方面，我最近觉得我写的书里边有很多漏洞，希望在比较安定的环境下做一些修正。”

杨义信应道：“世界上不存在完美的东西，你的理论已经很不错了，一些细节上的不完美也不必苛求太多。我觉得，你现在最需要的就是大量的实战操作。据我们所了解的，你现在所在的公司不大，客户相应也不会多，这对于你的成长来说可能是个遗憾。而我们恰好有大量的客户，来这儿对你的职业生涯来说应该有更大的帮助。”

陈克答：“我倒是觉得，现阶段我还是应该做一些纯理论探讨的事情。”

杨义信回应：“不应该太多地沉浸在理论上，那样不好。”停顿了一下，又说：“我给你讲个故事吧，你之前或许听过的。”

陈克说：“请讲。”

杨义信讲起故事来：“战国的时候，赵国有个年轻人叫赵括，他很喜欢军事，也读了很多兵书，在怎么排兵布阵怎么打仗上，谁也说不过他。赵王听说他很有才，就派他去打仗。赵括很高兴，接受了这个任务。可他到了战场才发现不是那么回事，很快就输了，而且输得很惨，几十万大军全军覆没，连自己的命也搭了进去。这一战是长平之战，这个故事叫‘纸上谈兵’。”

陈克点点头。

杨义信说：“我给你讲这个故事，当然不是说你夸夸其谈，而是说从理论知识到真正的智慧，是有一段差距的。理论如果不能和实践相结合，那就沦为纸上谈兵了。你应该知道，我们‘唐汉’每年为上百家客户服务，可以说，这里会是你更好的平台。”

陈克想了想，回应道：“那我也讲一个‘纸上谈兵’的故事吧。”

杨义信好奇：“还有第二个‘纸上谈兵’的故事吗？”

“春秋时期有另外一个年轻人也很喜欢军事，可是他觉得看到的兵书不够好，决定自己写一部更好的。从十九岁到三十一岁，他用了十二年写出了他的兵法，因为他叫孙武，就把这部兵法叫《孙子兵法》。就是靠这部兵法，他当上了吴国的兵马大元帅，第一次出战就赢得很漂亮。他带三万人马，孤军深入千里，两年转战打败了楚国六十万大军，还攻下楚国的都城。现在，我们把孙武尊称为‘兵圣’。”陈克笑着说。

原来这才是“纸上谈兵”的正解！当“纸上谈兵”蒙冤几千年，被陈克几句话平反，杨义信小小地觉得震撼，以他的智慧，很快察觉出两个“纸上谈兵”故事的差别：赵括谈的兵书是别人写的，而孙武谈的兵书是自己写的。陈克的“兵书”也是自己写的，如此人才，岂能不招录进来！

杨义信正要开口，陈克又说："我确实非常希望能够加入'唐汉'工作。但也因为期待，所以更慎重。怕自己水平不够，一进来就做砸了，公司对我失去信心。我觉得'纸上谈兵'挺好的，不仅成长的代价小，而且也很有效。你看那些军事家，很多都可以说是死人堆里爬出来的，成长代价非常大，可到最后水平还都一般。反过来看孙武和韩信，一样都是写兵法出身，一出手就能当兵马大元帅。历史上最能打的恐怕就是这两位了，只有他们真正做到了百战百胜。"

杨义信感到陈克这一席话让他受益良多，点了点头。

陈克又说："改进我这套理论，可能需要一些时间。我想稍晚再来谈换工作的事情，也许得半年以后了。"

"唐汉广告随时欢迎你进来！"杨义信说。

51.不唯上不唯下，唯自己的立场

陈克新官上任没几天，就遇上了事情。

发工资时，众人发现以往的车补、餐补、话费补没了，少了整整三百元。取消这几项补贴，王丽珊实是有不得已的苦衷，阿伦开设广州公司后，北京公司的业务少了很多，本来公司盈利就不多，这样一来公司迅速跌落到盈亏点。

董阳来跟陈克说："总监，你现在是我们的头儿了，有些事情得你出面。你说我这个月跟上个月一样卖力，凭什么要少三百块钱？

刘力刚也说："弟兄们还得给你干活呢！"

纵然没想好是不是该去争取，但总得先答应下来，还得表现得痛快，陈克回应说："弟兄们的事就是我的事，这三百块我肯定会跟上边说。但是怎么说，你们得容我想想。"

见着依依，陈克说起公司取消几项补贴之事，问依依有什么意见。依依答说："人家老板提拔你，那你当然得站老板立场上帮人家说话。你现在不是普通员工了，大小也算个管理人员吧。"

陈克反问："可你就不觉得，我一个破打工的应该跟老板站不同立场上干吗？话说这么一调整，我也少了三百块钱。”

依依说：“瞧你小气的，你现在都月入过万了，还纠结那三百块钱呢？照我说，你现在就得好好听老板的话，先把这位置给坐稳了。别人家老板一看你这人不上路，把你拼死拼活得来的总监给削了，亏不亏呀你。如果我是你，我就帮着老板安抚下边人的情绪，别影响了工作。”

陈克一副恍然大悟的样子：“说得对啊，老婆真乃神人也。可你说的那月入过万我得下个月才开始拿，本月你丈夫比上月少收入三百，怎么办？”

依依笑答：“三百块钱是吧，我补给你。行了，别纠结了。”

依依真的从钱包取出三百元塞入陈克口袋，陈克感动地说：“姑娘，小生我不会卖艺。”

但陈克并没有那么简单地接受了依依的意见。陈克一个人躺在床上，想了许多——

> 忠诚是一种美德，但忠诚绝不意味着就要当狗腿子，帮老板盘剥下属，若我的管理能力表现为“助纣为虐”的能力，那等哪天我离开公司或者公司倒闭，我的资源与能力也将清零。这对我人生进步一点作用也没有。
>
> 新官上任不能什么都不做，要么给下属好处，要么给下属坏处，否则会被理解为可有可无的人。若属于空降而来的，底下人暗流涌动，各种不服，只有找个人宰了立威。

但陈克本就是搞掉上司上位的，风头正盛，自然无须立威。要考虑的是如何带给下属好处，以便日后他另立山头时，这些人能为自己所用。

陈克的想法渐渐奠定：不作为普通员工跟老板产生劳资对立视角，不做老板的爪牙参与盘剥普通员工。不代表上面人的利益，也不代表下面人的利益，而是作为一个中间者，促进上下双方的合作，这是自己的分工所在。这会是对自己最有利的，也是对企业最有利的。不在其位，不谋其政，自己不该去操老板的心；在其位，谋其政，自己就该做好自己的中层，沟通上下。

思前想后，陈克决定代表众人去跟老板就三百元补贴进行谈判，如果争取得来，说明这三百元就是该发的；如果争取不来，说明这三百元就是可以不发的。存在即合理。

虽然认定了自己的立场，决意要去争取，但顺手收获点人心总还是要的。次日，趁着王丽珊外出见客户，陈克把人召集起来开会。事关大家的福利，其他部门的人也来了。

陈克问："昨天董阳说，让我去跟老板把这三百块钱补贴给要回来，你们怎么看？"

众人自然是七嘴八舌地让陈克去。跟老板要钱如捻虎须，有人替自己出头何乐不为。

待众人发表过意见一轮，收获个众望所归的印象，陈克说道："哎呀，老板刚提拔我，对我那么大的期望，可我这还没给他们做贡献呢，先给他们添堵了。真把他们惹不高兴了，可这创意经理的帽子就没了。"

刘力刚说："总监，当官不为民做主，不如回家卖红薯。"

陈克应道："这位兄弟说得好。我在咱们公司，那就得代表广大兄弟姐妹们的利益，那为了大家伙儿，我这就豁出去了，献身给你们。就算拼着这创意经理不当了，怎么也得帮兄弟姐妹们把这三百块钱给要回来——董阳，来一段给我送行！"

董阳站起来摆个姿势，吟道："风萧萧兮易水寒，壮士一去兮不复返。"

陈克又说："决心我就表到这儿了，事情能不能够做成，那还得看策略。所以我在这儿拜托大家一件事情，就是多帮我想点儿理由。不然老板问起来，我也不好应对。"

52. 调节机能

"王总，我今天是代表各位同事来跟您探讨一下，停发三百块钱补贴是否有足够的合理性，以及足够的必要性。"做好了准备，陈克就来见王丽珊。

"那你个人的态度呢？"原来是来要钱的，王丽珊冷冷地说。

陈克答："我当然希望多发点钱。"

王丽珊问："难道你就没觉得，管理层应该站在公司的立场上吗？如果他们跟你提意见了，你就应该跟他们解释，说现在公司遇到了困难，业务严重不足，每一个人都应该自觉地为公司分忧。这才是你更应该做的，对吧？你现在跑过来跟我说这些，马上就让我想到公司提拔你到底是不是一个正确的决定。"

"王总您不该怀疑我的立场啊！"陈克解释说，"我冒着被您批一顿的危险来这儿说事，肯定是想为公司分忧的啊。我不是不可以安抚他们的情绪，关键这涉及到钱的事，无论我怎么说他们也听不进去，这跟我说话的本事没关系。这三百块钱既然发起来了，没有太大的理由那不该扣，扣了他们就会不满。按大禹治水的经验，堵不如疏，所以我还得来跟您争取。"

"既然这样，那我们就来说说停发补贴的合理性。"王丽珊问道，"其实谈工资的时候，并没有说到补贴，补贴是工资以外额外发给大家的。既然是额外的，就算现在停发了也不能说是公司苛刻员工之类的吧？"

陈克应道："那这三百块钱补贴怎么来的呢？当时我们业务很饱满的时候经常加班，赵总说每人补助三百，什么加班打车、加班餐补、打私人电话办公司的事之类的一下给算了。所以说，它基本算是一种办公支出，算不上什么额外的奖励。既然一直发着，那现在没有太大的理由，就先别急于取消。"

王丽珊回应："你也说到了其实这是因为加班而来，现在我们业务不饱满了，加班也少了，那这补贴是不是也可以取消了？"

陈克应道："咱们业务不饱满，那是办分公司把业务挪广州去了，既然不是因为他们的错，那就不该由他们承担。"

这样扯下去是扯不出结果的。陈克想了想，转而说："王总，咱们还是来说说必要性吧。在此之前，我想给您讲一故事。"

王丽珊说："说吧。"

陈克开讲："《庄子》上记载了一个故事：养猴子的人对猴子说，现在咱们穷了粮食不够了，以后每天早上吃三颗橡子，晚上吃四颗，怎么样？猴子一听非常生气，叫嚷嚷说太少了，早上吃的还没晚上多呢。养猴子的人赶紧改口说，那以后每天早上吃四颗，晚上吃三颗，怎么样？猴子一听就高兴了，觉得早上吃的比晚上的多，他们的争取胜利了。”

王丽珊问："这就是成语‘朝三暮四’的典故？”

陈克答："对。”

王丽珊问："挺有意思的哈，‘耍猴’是不是也是这意思？”

“不，‘耍猴’指的是马戏团动物表演那种，”陈克忙解释了说，“公司每个月都得花很多钱，但至于怎么花、哪里花得多、哪里花得少，您有很大的调节空间。公司要节省开支，您可以从很多方面着手，所以也没必要首先在补贴上开刀。职工们就对收入最敏感，您这样一来搞得人心惶惶，还以为公司没法待了呢。”

王丽珊想念着“朝三暮四”故事里的道理，对陈克说："我考虑一下。”

回头王丽珊在网上把这事跟阿伦说了。阿伦回应说："打工仔挺可怜的，我看你就别动这三百块钱的心思了，打击到士气就不好了。咱们能不能发大财，恐怕也不靠克扣这么点小钱吧？”

阿伦还做着发大财的美梦，可王丽珊却只想要现实地守住这小小基业，回复说："这也不省，那也不省，公司下个月就能报一亏损出来了！”

阿伦回应："业务不足只是暂时的，等广州这边安定下来，我回去帮你把业务做起来。”

王丽珊说："说得轻巧，业务想来就来呀？”

阿伦回应："要不你考虑一下搜索营销吧，你不是跟踪观察了很久吗？有心思多想办法开拓业务，总比打克扣员工的主意要好。公司赚钱还得靠大伙儿卖力呢，哪能得罪了？再说了，陈克既然新官上任就摊上这事，得给他个面子，不然以后他不好发号施令。”

随后王丽珊召见陈克，说："你真觉得我们很有必要发这三百块钱吗？”

陈克看出王丽珊有让步的意思，答说："能发那还是发了吧。回头我再告诉他们公司现在状况并不好，让他们理解公司的难处，也理解到王总您够意思，关键是学会感恩。这也是我的角色要求和职责所在，这工作我肯定会做好。”

王丽珊点了点头。

陈克进而安慰王丽珊："朝四暮三嘛，现在发这三百块钱，其实也并不妨碍你节约成本的计划。”

王丽珊点了点头。

53.不叫管理，而叫经营

一日，陈进军来京参加一个行业论坛，约陈克见面。

夜晚陈克买了蚕豆、炸花生米与一箱听装啤酒，来到陈进军的客房，见面了说："住两百元一晚的酒店，吃十块钱一斤的花生米，你可真想得出。"

陈进军笑答："以我现在的地位，还需要喝五粮液、吃鲍鱼来证明自己吗？要说下酒，没什么比花生米更合适。"

陈克唯有臣服："牛，财大气粗心态就是跟咱穷人不一样。对了，上回弄的那两千万花完没？"

陈进军答："花得差不多了，不过不要紧，白哥说了，千金散尽还复来。最近我们正准备讲一个新的故事，再找个财主要几千万花花。"

"朱门酒肉臭啊你！"陈克感慨道。

推杯换盏之间，陈进军也问陈克的近况。陈克告知升职之事，陈进军肃然起敬："失敬了，陈总！"

"别损我了你。"陈克对刚过去的要补贴之事，是对是错仍是把握不准，就咨询了陈进军。

陈进军答："这是什么芝麻绿豆大的事？是对是错你不用想了，你只要记住，小事不分对错。"见陈克茫然，解释说：**"假如你手上有一百万，省一百块钱跟浪费了一百块钱是一样的。"**

陈克答："我跟你不一样。我刚开始学管理，该站什么样的立场，该扮演什么样的角色，有很多问题都还不懂，所以得分清楚了。"

陈进军哈哈地笑，而后说："我就烦你们这样的。给人使个绊子、打人个小报告就以为自己玩的是办公室政治；手底下有那么三五个人，就把自己当管理者。也不想想看，政治是你玩的吗，就那么个猪头小队长的角色，也好意思说管理？"

陈克正色说道："你这话深深地伤害了我们基层管理工作者的感情。我代表全世界手底下只有三五个人的基层管理者，对你表达最严正的抗议，并诅咒你喝个凉水也塞牙。就许你们拿着投资人的钱上千万地烧着玩，还不让我们穷人家也问鼎一下管理？"

"问鼎"源自春秋战国时的一个典故，有"做自己不该做的"的韵味。陈进军喝酒吃花生米，颇是小笑了一轮，说："我不建议你把自己当管理者，也不建议你用'管理'这个词，这对你的成长不但没用，恐怕还有害。"

陈克听得里面似有文章，说："能说仔细些吗？"

陈进军续道："管理这个词在别的地方我不知道，可在咱们国家，老让人有一种阶层的味道。我一听你说立场、角色这些，就觉得你的心态不对了。记住，**成功的人要想怎么去创造利益，而不是思考怎么分配利益**。像你这样，一家小公司的小头目，手底下几个人，分什么利益啊，赶紧给你老板创造利益去，不卖点力干活，弄不好饭碗都没了。所以说，我非常不希望你用'管理'这个词来指导你的行动。"

陈克问："不用'管理'，那用什么？"

陈进军答："用'经营'。'管理'这个词，也容易让人想到下边的人是懒的、笨的、贪的、坏的，所以得限制他们，维护正常秩序；而'经营'这个词，容易让你想到自己抓了一把好牌想着怎么样打得更好。"

陈克点了点头。

陈进军问："你这么一升职，老板给你涨多少钱？"

陈克答："原来四千，现在一万。"

陈进军说："一般基层升职涨工资，也就涨为原来的百分之一百五吧？你够奇葩的，一涨就是二百五……"

陈克叫唤："按估值算你都是亿万富翁了吧，注意身份啊，这种顺口讨便宜的事你还干啊你？"

陈进军哈哈一笑，继续说："那你想，凭什么你一被提拔就涨那么多工资，是你的能力一夜之间就能涨二百五吗？显然不是。是因为你能使用的资源多了，你就变得重要了。你原来能使唤的只有自己，现在你能使唤一个部门的人。原来干得好干得坏差别不太大，现在干得好干得坏，影响的就是整个部门了。所以，你要升职，首先应该想到的是带得动那么多资源吗？要是你带不动的话，很可能就会‘不升职穷死，升职了累死’。”

陈克点了点头。

陈进军续道：“然后你该想的是，应该怎么样提高资源的使用效率，应该怎么样让手下的资源能够发挥出更大的效力，这就是经营。还有，人每前进一步都意味着巨大的学习成本，现在有老板给你掏学费，你得想好了，在这位置上你要学到些什么，做些什么。

“想象一下你能动用那么多的资源，你就会想要去当好一个经营者，学会怎么使资源发挥出最大的效力，然后你就会越来越聪明，以后无论走到哪都有一口饭吃。如果你老想着自己是人上人，慢慢地你就会把自己定位成老板的狗腿子，干些欺上昧下的事情。等哪天你离开这家公司了，你说你能落下什么？”

这一夜陈进军给陈克讲了若干经营管理上的案例与道理，陈克收获颇多。

次日一早，陈克来到公司，坐在以前周必成坐的位置上，心想：我要利用这个平台，提升自己的经营能力，使资源产生更大的效力……

54.行使公共职能

公司新接手了一个案子，从以往几次打交道的经验来看，这客户非常难缠。为此，陈克组织头脑风暴会议，四个下属外加一位客服瑞贝卡与会。

“补贴大家都拿到了吗？”会议伊始，陈克就问大家。

众人纷纷表示钱已收到。看来王丽珊决定答应补发补贴，果然雷厉风行。

董阳说：“总监，你这儿邀功呢？咱们没忘记你的功劳，你也犯不着提醒咱们。”

陈克呵呵一笑，说：“总之，我坐在这个位置上，肯定是想着为弟兄们谋福利的。”

会议进行许久，陈克说：“方案咱们讨论得差不多了，接下来就是考虑东西做出来以后怎么跟客户说的问题。这个客户以前琳达跟他们打过两次交道，非常难缠，让琳达来来回回地修改了十几稿才定下来。琳达，是这样吧？”

琳达应道：“客户他根本就不知道自己要什么，瞎折腾我们。他让我从红色改成绿色，从绿色改成蓝色，翻来覆去地折腾，折腾来折腾去，最后又改成了红色。要不是客户是上帝，我早就开骂了。”

陈克安慰说：“客户要是什么都知道，那也不请我们了，这点就请理解吧。当然了，我们也得想办法。别老是念叨着什么‘客户虐我千百遍，我待客户如初恋’。得想办法让他客户不虐我们千百遍，一次通过。”

琳达答说：“我倒是想，可客户都一样，净会挑刺。”

陈克应道：“那种故意折腾我们乙方的变态不是没有，但少得可以忽略不计。我认为，主要还是沟通的方式出了问题。所以，今天我们大家一起来帮你想办法，怎么样实现有效沟通，怎么样才能一次通过。”

琳达问：“那你说，我得怎么样跟甲方沟通？”

陈克答：“说实在的，我也不知道。不过，**沟通其实就是对人的满足，想让人满足就要先了解他们的特点与需求**。瑞贝卡，你跟客户打交道比我们多了，你说说看，这客户为什么折腾我们？”

瑞贝卡答：“我觉得客户不可能不挑刺，他也跟咱们一样就是打工的，他得发表点自己的意见，以显示出他是带着思考来工作的。另外，他也确实不知道自己要什么，所以就得让你出很多个效果，然后选择一个他看得上的，这样可以降低风险。”

“瑞贝卡说得很有道理。”陈克点点头道。

瑞贝卡说：“所以，没办法，人家是客户，说让咱们改，咱们就改呗。”

陈克应道：“不，不能惯客户这个毛病。以前周总监在这儿的时候，面对客户的这些无理要求，总是尽可能地满足。满足客户那肯定是要的，关键是怎么满足。说实在的，这样一遍遍地折腾，客户自己也很耗费时间，他肯定觉得我们的创作水平低。所以，大家都要用最快的时间征服客户，最好一次通过。我希望，从此以后我们再也没有加班！”

董阳说：“我出个馊主意。比方咱们觉得这个图整红色是最恰当的，那咱们就好好地出张红色的图，再整张蓝色或者绿色的烂图同时给他看，让他第一印象就觉得红色的挺好。你们说这样行吗？”

瑞贝卡答：“这样恐怕也不太行吧。”

陈克希望发挥每一个人的智慧来解决问题，只靠他自己，他哪那么多智慧？于是转身对文案杨禹说：“你说说看。”

杨禹应道：“我觉得跟客户解说方案的时候，最重要的是态度得够坚决。因为他可能没有你那么专业，所以他不知道什么是好的，于是他看你态度多坚决，来判断这方案好不好。如果他问绿色会不会更好，你不能试给他看，就得态度很坚决地说只能用红色。你够坚决了，他也就信了。”

陈克说：“我觉得杨禹这话真有道理，各位你们觉得怎么样？”

众人默不作声，那就是不反对了。

陈克问董阳：“你也说说看？”

董阳说：“这里边有一个定量分析和定性分析的问题。比如说一张图画成红色，我们跟客户说这样很大气、很贴近女性客户群的审美需求，这叫定性分析，其实不好，要搞就搞定量分析。你无论说什么，最后都要落到销售上，体现为一个数字。比如跟客户说，如果画成了红色，就会很吸引人，能够增加 20% 的关注，提升 15% 的购物欲望，增加 10% 的销售，画成其他颜色就做不到。具体语言怎么组织，大家都懂的，我就不废话了。”

陈克说：“董阳说得太有道理了，我相信对每一个人启发都很大。”

会议最后，陈克说：“这样吧，我给大家布置一个作业，题目叫《如何有效说服客户减少修改》。大家写好了传给我。到时候我们整合大家的智慧，一起进步。”

55. 打造学习型组织

公司又接了个新单子。

大爱手机是一个新手机牌子，想乘着智能手机市场扩大之时做起来，由于厂商推广费用有限，既没成立自己的广告推广部门，也没找大广告机构，而是找了“精彩”这个小广告公司合作。现在“精彩”要做的，是创作广告语，并制作Flash动画广告，在网站上投放。

“弟兄们，今天我们来讨论一下大爱手机的产品口号。我觉得，一条好的广告语首先要符合消费者对产品的感觉。那么，现在我们就要把对大爱手机的感觉找出来，大伙儿都说说看，你们的直观感受是什么。”陈克又开始主持头脑风暴会议。

董阳首先发言：“五个字，城乡结合部！”

琳达也说：“山寨。”

刘力刚想了想，说：“奇葩。”

合适的词汇都被说了，杨禹没有更好的表述，咬牙说道：“土鳖。”

便是在这时候，出去拜访客户的王丽珊竟奇迹般地出现在会议室，笑问：“说什么呢，那么高兴？哪家客户土鳖？”

众人吓得默不作声。

陈克应道：“我们在商量大爱手机的广告词呢，等开完会我再跟您聊这事好吗？”

“好。”说完王丽珊转身离去。

陈克笑吟吟地说：“太坏了你们，哪能那么说人家呢。**判断一个人是好人还是坏人，就要看他对待弱者的态度**。好人看到弱者想到的是要帮助他，坏人看到弱者想到的是欺负他。瞧瞧你们，怎么损人家，土鳖这样骂人的话都出来了。”

因王丽珊之故，众人还是情绪不高的样子。于是陈克说：“说起来，大爱手机这牌子还真够土鳖的。大家有什么尽管说，王总那里我去解释。下边我们来研究一下，这手机到底怎么包装，卖给谁最合适。”

董阳说：“山寨手机嘛，本来就是卖给四五线城市、城乡结合部的，那当然是顺着他们的意思，按他们的需要进行包装。”

真理因辩论而明。陈克说：“谁给来个反对观点？”

琳达说：“我觉得次序应该反过来，要按照品牌特点进行包装，然后再去研究卖给谁。既然大家都说这牌子有点土，那就包装得土一点，然后卖给客户。至于说是不是卖给城乡结合部，那倒不一定。人家现在是山寨，肯定想着以后就不是山寨了。目标受众是城里人，都市白领，甚至是收入最高的那群人。”

琳达表述得有点拗口，陈克解释说："琳达说得也有道理，大爱手机听起来土，没准正好可以卖给城里人，尤其是高收入人群。有个段子说的好：现在乡下人好不容易吃上肉了，城里人却喜欢吃素了；乡下人好不容易穿上漂亮衣服了，城里人又喜欢不穿衣服了；乡下人好不容易娶上媳妇了，城里人又喜欢休妻了。就大爱这个牌子，我们往土了去包装，没准可以卖得更好呢。”

董阳说："我刚想到句词——大爱，天长地久！咱们就打爱情牌，够土吧。”

“谁给来个反对意见？”陈克说。

见没人主动，于是陈克开始点名。

被点名的杨禹说："我觉得打爱情牌挺好的，就是这话念起来深沉，气势不够。是不是可以改成‘一生大爱，天长地久’？”

董阳说："真正的爱，不在乎爱得有多大有多强有多深，关键是专一。我看干脆再加个一字——一生一大爱，天长地久。”

刘力刚发表意见说："这话感觉挺好。一生一大爱，地久天长。还让人感觉一辈子用一个大爱手机，说明什么，质量好啊。”

在陈克的宽松气氛下，众人无所禁忌，思维活跃，很快讨论出公认可行的方案来。以下陈克安排工作。让设计师以忠贞专一的爱情为元素进行创作，包括平面图片和Flash动画、手机开机与待机图片，以及手机背壳设计等。让董阳写相关文案，提请客户对这牌子形象进行大变身，这样公司也可以拿到更多业务。

董阳说："领导，你光安排我们干活了，你干吗啊？”

陈克应道："你这话问得真没水平，我现在都领导了我还干活啊？我当然是光动嘴皮子不动手了。你给我认真点，加个班什么的，赶紧把东西给我做出来，否则我拿你是问。”

董阳说："哟，好大官威啊！”

会议完事，陈克来见王丽珊。

王丽珊说："每个人都有自己的管理风格，所以你怎么做我也不好过问太多。可是今天你们这样说话我感觉就不对，你们怎么可以用‘土鳖’这样的词来形容客户呢？要是我刚好带客户过来，让客户听到了，人家会怎么想？”

陈克应道：“今天这事他们确实说的有点损，不过王总可以放心，以后他们不会这样了。”

王丽珊说：“客户是上帝，对待工作要认真一点。”

陈克说：“领导，看你这话说的，我们可是很认真地工作的，我们只是活泼一些。”

王丽珊问：“说客户是土鳖，这就是活泼吗？”

“王总这篇咱就翻过去了，别惦记了吧，”陈克说，“他们偶尔把话说得有点重其实也不必追究太多。只有百无禁忌，气氛才会宽松，心情愉快了才有创意。以前周总监总是板着个脸，每次头脑风暴大家就是干坐着，哪有什么风暴可言？咱们现在要打造学习型组织、成长型机构，气氛稍微宽松一点也挺好的。”

56.提升观念才能赢

在此平台上思考、实践、提升经营管理能力，对陈克的成长来说非常有效，但接着发生的一件事情，让他思考是否该在奋斗的道路上拐个弯。

一日陈克接到电话，是周莎莎打来的，说唐汉不日来京，邀陈克见面。

唐汉为他的书作序，诚意相邀，岂能不见？约下时间，挂了电话，陈克心想：莫非是唐汉亲自来邀我加盟？不管他开出什么样的条件，我都不当场做决定。

到了那天，周莎莎开车来接，陈克终于见到了唐汉。跟在唐汉身边的是他的儿子，年纪青涩，好像是个大学生。成功人士们出席一些场合，方便的话往往带上孩子，这是最好的教育环境。

见面伊始，陈克表达了对唐汉的仰慕，唐汉也表达了对陈克的欣赏。陈克拿出《唐汉论广告》索取签名，唐汉顺手一翻，见密密麻麻写许多心得批注，就转身对儿子说：“这才是读书嘛。”

他要给儿子灌输敬仰智慧的理念，孩子也拿出一本《不败的基因——缔造百年品牌的低成本营销》，索取陈克的签名。

以下吃吃喝喝，谈天说地。

唐汉说：“一直以来我都有个心愿，就是把我们唐汉广告做成一家国际化的公司，去纽约、伦敦、东京这些地方开分公司，可是我又担心失败。你写过《不败的基因——缔造百年品牌的低成本营销》，对控制风险应该有自己独到的认识，我想听听你的看法。”

“从创作实力来看，唐汉广告已经是全球顶尖的公司。不过，要说现在就去纽约开分公司的话，恐怕时机上还不够成熟。因为你们的创作实力客观上很强，但主观上还没被广泛认可，尤其是在国外。所以，我建议再等一等。”陈克略作思考回答道。

唐汉问儿子：“陈经理说，外国企业不认可我们的实力，这是为什么？”

儿子仔细思考了，回答说：“这是因为商业竞争的高度决定了广告的高度，就像那些书里写的，八十年代我们的厂商只会抓生产，九十年代抓质量，现在才开始关注营销。如果我们去纽约的话，那里的客户容易有一种看法，觉得经济落后的地区很难出广告大师，不会选择跟我们合作。”

“**一切竞争，归根结底都是观念的竞争**。回答得很好。”唐汉夸赞了儿子。

“那你认为，我们要等到什么时候？”唐汉转而问陈克。

陈克答道：“那就等什么时候外国承认我们的经济够发达了，商业竞争够高度了，再去做国际化的事情。这个标志就是我们的国产品牌风行世界。从路径上来说，你们跟随着我们的国产品牌进入世界是成本最小的。就好像那些4A公司，他们的雇主进入中国了，他们跟着也就进来了。”

唐汉点点头，说：“一直以来我也是这么想的。不过因为你，我现在有了新的想法。”

陈克问：“因为我？”

唐汉答：“上回你跟我们的杨总见面，提到了一个词，叫‘实验室能力’。所以，我现在想成立一个新的部门，就叫品牌实验室。就像那个贝尔实验室、IBM实验室那样，只不过我们研究的是广告的科学。这个部门的任务就是，在服务客户的同时，提炼最新的营销观念，做最先进的营销理论。我希望世界上最先进的营销观念出自我们的实验室，其他广告公司在做案子的时候，引用的不再是品牌，不再是定位，而是由我们提出的新观念。”

真是充满想象力的计划。此计划若能实现，唐汉广告将站在行业巅峰，国际化过程中的一切问题也都是可以解决的问题。陈克表达他的佩服之情。

唐汉又说：“我当然可以拿五百万去纽约开家分公司，可这样做的结果很可能是连裤衩都输掉。用钱来推品牌不如用观念来推品牌，便宜好用，所以我会成立品牌实验室。如果我们成立这样一个部门的话，我希望由你来领导。”

陈克谦虚：“你们那儿人才济济，恐怕还用不到我吧？”

唐汉答：“我们公司人才虽然也不少，但是要说谁能比你更合适，那我倒没发现。第一，你有做理论的天资；第二，你沉得下心来。人都得先看到好处，然后才会去拼命。做理论、提升观念的好处，没多少人能比你看得更清楚。”

陈克点点头。

唐汉继续说道：“我对这个部门寄予厚望，定为一级部门，直接向我汇报。在这里，你可以接触到很多客户，包括各行各业的，可以实践你的一整套理论。我想这对你来说是非常有好处的。”

陈克沉浸在想象中，说了一句没什么营养的话：“是吗？”

唐汉又说：“至于酬劳，那就先定个年薪四十万吧。这个职位最大的特点就是发展空间很大，如果你能带领这个部门实现理念上的重大突破，那么我们在开拓新客户和国际化上都会顺利很多。就凭这样的贡献，你完全够资格获得我们的股份，成为我们的合伙人。”

57.学会拿订单是最大的修炼

唐汉的盛情邀请，以及不低于四十万元的年薪让陈克心动，他决心跳槽，然后把想法告诉了依依。

“只要是你做的决定，我都支持。”依依坚定地说。

陈克问：“这么乖？”

依依语带幸福地回答："当然。因为我知道无论你做什么都是为我好。"

陈克评价说："很好。当你失去思考时，咱们就统一思想了，这比两个人互相为对方着想效率高得多。"

依依又说："不过，如果你有什么事情犹豫不决，也都可以找我商量，你智者千虑必有一失，我愚者千虑必有一得吧，没准什么时候我能看到你的盲点。"

陈克笑道："哟，这话说得挺牛的，你知不知道你冒犯了我堂堂一家之长的威严了？去把家法拿过来！"

但接下来发生的事情改变了陈克跳槽的念头。

为开拓新业务，王丽珊把眼光投向搜索营销。比方说，公司买下"VI"这个关键字，别人搜索"VI""VI 设计"等之时，"精彩"广告的链接就会出现在第一页的搜索结果上，给钱越多排名就越靠前。而每当有人点公司网站链接时，公司将向搜索商支付几角钱到几元钱不等。

王丽珊告知陈克这想法，陈克问："这有用吗？"

王丽珊答："从两年前我就开始跟踪观察，我发现有几家公司一直在做。这说明搜索营销肯定是有效果的，要不然他们做不下去肯定就停了。"

陈克说："既然有效果，那咱们确实可以尝试一下。"

王丽珊说："过去一个月，我们花了两万块钱在这上边，但是没有效果，连电话打进来的都不多，这可能是因为我不懂得操作。所以，接下来我想让你试试。"

陈克当然高兴："我尽力而为！"

王丽珊给了陈克一个搜索营销的帐号，里边充值了两万元。

许多人都听说过一句话：80% 的老板是销售员出身。**订单永远是生意的核心，谁能获得订单，谁就控制了生意**。拿公款学习拿订单的能力，这可是美得不能再美的差事，陈克泡了杯咖啡，把自己扔进幸福里沉浸了三分钟。

陈克把董阳叫来，跟他说了此事。

两人一起想办法，定下规划，购买了"营销""广告""整合传播"等若干关键词。静待公司业务电话响起，可大半天过去，电话一个也无。再查余额，发现这一天搜索营销便花去了近千元，二人心疼不已。该购买什么样的关键词？该用多少价格去买……一连串的问题让陈克迷惑不已。接下来便是在心里感叹：难啊！

下班后，两人坐在一起加班研究。陈克搜索“营销策划”，页面出来十几家设计公司、广告公司的链接，说：“假如你是客户，你一眼看到那么多的广告公司，你会怎么选择？”

董阳想了想，答说：“要是我的话，看哪个顺眼先点哪个。当然了，每个都会点开，花钱做广告自然要货比三家。”

陈克又问：“那这些网站你都点开了，你会选哪个？”

董阳答：“当然是哪个顺眼我选哪个，不过也可能一个都不选。”

陈克问：“为什么？”

董阳答：“你想啊，北京哪幢写字楼里没有几家广告公司。人家要找人合作，没准门对面就是，干吗找我们？”

陈克仔细想想，答说：“你这话真是一语惊醒梦中人，对我启发太大了。我决定请你喝酒！”

然后陈克与董阳去了常去的那家店，一顿酒肉。彼此都觉得是创立事业的助手，关系一直处得很好。

回到家中，陈克重新思考跳槽之事——

若我去唐汉公司，那里人才济济、分工明确，我难以跨越职位去做其他的事，我提高的只是广告传播的专业技能；而我留在“精彩”，却可以方便学习经营管理，方便学习拿订单。我的人生已经进入了新的境界。以往是学习广告传播技能、积累经验为保住饭碗而努力，现在起却是为创业而来。

如何拿到订单，才是一个创业者最应该学到的东西，无疑“精彩”给了我最好的机会；今天我接触到了搜索营销，或许接着我会接触其他拿订单的方式。现在正是我能力快速提升的时刻，我不应该离开！我在“精彩”走到这一步不容易，岂能轻易放弃？即便有一天我会离开，但在离开之前，把这个平台给我的资源用尽再说。这里是我最好的学习平台，这里是我最好的实验场所，就让“精彩”继续给我缴学费吧！

决定做下，陈克给唐汉发了一条短信，婉言谢绝加盟之事。

过一会儿，唐汉回复短信说：“好，那就等日后有缘再合作吧。”

谢绝一份年薪四十万的差事，陈克多少觉得有点心疼。为尽快平复心情，陈克需要用更多的形式来说服自己这决定正确，随手拿笔在纸上默写了两句诗：

莫道昆明湖水浅，观鱼胜过富春江。

写罢，自言自语：“我太有才了我，这字真漂亮，王羲之也就差不多这水平吧。”

第七章
资源

能调动多少资源，就能成多大事

58.世界永远不缺机会

公司业务量的不足，让陈克得以有足够时间去思考搜索营销的问题。而当他有所收获的时候，改变了奋斗规划，决定创业。

陈克早就考虑过以“怒马”为契机创业，但因觉得自己能力、资源储备不足而放弃。他担心自己太早投入到创业中，马上面临的就是拉客户、找资金、治理团队等问题。能力、资源储备不足就会左支右绌，若困在里面出不来，可能这辈子就是个小业主的格局，陷入陈局长所说的“低水平奋斗陷阱”。

接连多日的思考，让他确立了两个想法：

一是“变化”可为新的财富拥有者提供机会。中国 GDP 平均增速 8% 以上、新鲜事物不断涌现出来，可以说在中国遍地都是机会，今天放弃“怒马”，明日自有红马、白马来袭，不必介怀；不必轻信“机不可失，时不再来”之类话语，进一步说，一个人能力越高，机会就会越多。高到一定程度，就不需要天赋机会，可以自己制造。

二是当今社会商业很复杂，作为企业掌舵人需要掌握产品开发、团队管理、营销战略、销售技巧等多种知识，要深懂与产业链各方合作之道，这也是很多人发出“阶层固化”之类的悲观念想的原因所在。自己该正视这现实，努力提高自己的资源与能力积累。**做好准备了再出发，才能跑得更快**，这是后发制人的机理所在。

生意的核心是订单。陈克不敢以“怒马”为契机创业，自然是怕后续的订单跟不上。获得客户是艰难的，获得长期客户更难上加难，像阿伦在这行业打拼十几年，其实也就获得两个大客户而已。这背后有着诸多努力，不知道花费多少努力，才跟人建立起稳定的利益链条。因为客户难得，往往需要花很长时间来培养，因此在这行要迅速崛起是很难的。但搜索营销让陈克看到了迅速崛起的可能——只要花钱，就可以马上把自己推到有需求的客户面前！

搜索引擎可以提供公平的平台，陈克可以靠它实现自己的梦想！思考良久陈克对自己说：如果霍爱华上了“怒马”项目，我抓住这一个客户或许就能做起来；即便不上，只要我能从搜索营销中杀出一条血路，那我依然可以成功！这一步我走定了！

为统一思想，陈克给依依讲解了自己的计划，着重渲染了“怒马”项目。

依依质疑：“你不是说他们那运动品牌的负责人是你老板的铁哥们儿吗？”

陈克答：“他就一打工的，做不了主，只要我能说服几位大老板，‘怒马’就是我的。我现在有理论了，就缺一个案例，要是我把‘怒马’做大了，我的名字就会响遍中国商界。到那时候，有多少企业请我做广告，那可就说不清楚了。你也别去工作了，每天就住在咱们家的别墅里数钱玩儿。”

依依倒没有去憧憬富家太太的生活，问：“那现在我可以为你做些什么呢？”

陈克想了想，回答说：“不要怀孕。”

依依笑道：“行啊，从今天起你就戒色了——放开我！陈小克出来了！”

做好计划，陈克来到王丽珊的办公室，说：“王总，今天我想找你谈谈我对搜索营销的一些研究。”

王丽珊正寄望搜索营销上的突破，大喜道：“说说看。”

陈克上网搜索出若干广告公司的链接，说：“搜索营销的作用，就是把我们展示在客户面前，到这一步它的使命就完成了，剩下的就看我们能不能抓住客户了。也就是说，如果我们吸引客户的能力不够，就算我们每天在这儿花一百万，也一个客户都捞不着。”

王丽珊点点头：“继续说。”

陈克解说道：“中国有几万家广告公司，试问哪家客户不认识十家八家广告公司？又有几家不号称自己是专业的？客户有现成的人脉资源为什么不用，为什么要上网搜索？为什么要来找我们？尤其是对外地的客户来说，人家为什么千里迢迢跑北京来找我们？”

停顿下来待王丽珊思考一下，陈克继续说：“如果人家来找我们，唯一的解释就是我们做得比人家的好，可是这一点在我们公司网站上并没有体现出来。所以说，如果我们要靠搜索营销来获得客户，首先要做的就是改造公司的网站。让人一登录我们公司的网站，马上就有跟我们进一步接触的冲动。”

王丽珊问：“那你准备怎么改造？”

陈克答：“这可能是一个比较大的规划，有些想法还需要一些时间来考虑。我想等‘怒马’的第三次提案过后再跟您汇报，您看成吗？”

王丽珊答：“好，那你就先把‘怒马’案子弄好再说吧。”

59.你想赢，别人就觉得你能赢

这一轮要回答的问题是：“怒马如何控制客户，才能使客户不易流失。”

要回答“怒马如何控制客户”，得从多方面着手。诸如电视广告创意、门店设计、货品陈列、新闻公关、活动策划等，得做出一系列努力。这也就要求创意部每位成员都要参与其中创作。

为此陈克决定做一次业务培训。

“当时周总监去提案失败了，人家为什么会再给我们一个机会呢，就是因为大家手上的这本《不败的基因——缔造百年品牌的低成本营销》。据说霍总看了这本书非常喜欢，希望我们能给这个品牌奠定不败的地位。也就是说，客户承认的不败的因素，是由这套理论推导出来的东西。那么我们的创作就必须从这套理论出发，所以我们每个人都得树立这样的理念。今天我来给大家讲讲‘不败的基因’这套理论……”陈克开始长篇大论。

开设这次业务培训，是陈克创业路上的重要一环。创业往往自开张时就赔钱，成功的标志是在本钱赔光之前，实现收支平衡。要降低创业风险，一是要提高经营能力，使自己在创业过程中少犯错、降低试错成本；二是有足够的资源，所以他的战略任务是要以“精彩”为根据地，获得足够的业界资源、足够的名誉以及足够的追随者。

而目前所做的，便是要获得追随者。陈克假若现在跳出去创业，靠自己砸钱招人磨合团队，那花费就大了去了。因此，他要先做“教父”，培养“弟子”，向众同事推广他的思想，只要别人接受他的思想，就会成为他的追随者。在他有需要的时候，可以用最短的时间挖别人过来为自己服务。所以，这次创意部的培训，陈克同样把其他部门的人员都叫上了。

陈克说了会儿枯燥的理论，就自我吹嘘说："大家要对这套理论有足够的信心，为什么，因为它必胜！霍总握着我的手说，用不了多久，我就会成为中国最出色的广告大师！"

陈克模仿着当时的情景去握瑞贝卡的手，瑞贝卡挣脱，说："讨厌啊你。"陈克吹了个口哨。这不是他好色，男女同事间偶尔的打情骂俏能促进感情。

陈克说："瑞贝卡、瑟琳娜两位美女，我跟你们说，你们在跟客户打交道的时候，可以跟他们说，我们这个团队有一个秘密武器，叫'不败的基因'。做好了品牌可以控制客户，减少客户的流失；而找到不败的基因，在跟对手的竞争中，能始终处于不败之地。"

瑟琳娜问："行不行啊？"每个岗位都有自己的作业规范，瑟琳娜想问，在做电话销售时说这些是否符合规矩。

陈克答："绝对可以！霍总他们那么大的老板我都能拿下，何况你们电话销售能联系到的那些小公司。为什么呢？我这套东西跟别人有足够的差异性。我举个例子，你现在手上有一台笔记本电脑，我现在送你一台超级本，或者一台平板电脑，你选哪样？"

瑟琳娜答："平板。"

陈克说："这就对了。因为**当给你的东西和你拥有的东西差别不大时，你就对它失去了兴趣**。只要你有足够的差异性，那么客户就会优先选择你。只要你这么干，你的业绩肯定能比现在翻好多倍，奖金翻好多倍。那票子数着，心里多美啊。"

搞办公室政治，可以是称兄道弟、拉帮结派、打压异己，还可以是宣扬自己的思想。陈克开会，并公然让电话销售、客服人员推销他的思想，这很快传到王丽珊耳中。若放任陈克这样搞，公司所有人都会成为他的追随者。

王丽珊把陈克叫过去，说："你要明确自己的定位，你是创意部的负责人，负责创作，那么你的业务培训只能限于创意部的人员参加！"

60. 一个人是兵，一群人才是阵

培训过后，便是作业了。

“各位兄弟还有各位美女，如何控制客户是最考究我们广告人功底的。也可以说，在回答霍总的三个问题中，这是最困难的一个问题，客户也会用最挑剔的眼光来看待我们这次的作品。但是，只要我们心里惦记着给‘怒马’挖掘出更多‘不败的基因’，用‘不败的基因’这一套理论来指导我们的创作，那么我们就一定会胜利……”在开始作业之先，陈克召开了创意部的动员会议。

董阳凑趣说：“领导说得太棒了，鼓掌。”

这时候王丽珊进了会议室，问：“又开会呢？我来旁听方便吗？”

陈克应道：“王总，您来得真是太好了。我们马上要开始‘怒马’第二个问题的创作，可能会遇到比较多的困难，您要是能来给我们做些指示，鼓励一下我们，那就太好了！”

王丽珊说：“陈总监，我一直在想，你的会是不是开得太多了？偶尔开些会可以促进沟通这是需要的，可是开太多的会一方面占用太多的时间，另一方面其实也让人变得懒惰了。以前周总监在的时候，一个月就有两三次头脑风暴，可我看你现在天天都在开会。结果怎么样？周总监在的时候业务多好？你天天开会开出业务来了吗？事情是做出来的，不是开会开出来的。”

公司业务不足，把责任归到创意部头上，那便是强词夺理了。

王丽珊向众人训话说：“既然陈总监让我说，那我也说几句。我们都想要做事情，都想要成功，那么怎么才能成功呢？我觉得有两点。第一，要努力，一个好的策划案不是一下想出来的，而是慢慢试出来的。没有大量的投入，怎么可能做得出一个好案子？所以我的建议是，不要害怕失败，也别想太多，马上行动！我说的第二点，就是要注重团队合作！事情不是一个人做的，它需要我们大家一起努力……”

陈克边听着王丽珊的训话，心里想着：“看来老板对我有很多猜忌了。”

待王丽珊训话完，陈克说："王总说的太对了，事情是做出来的。那么，从现在起，我们开始把全副精力投入到'怒马'项目中！"

两周后，陈克赴深圳，为霍爱华等人讲解"怒马如何实现高定价"。获得霍爱华等人的一致认可。

回到北京，陈克召开策划部的会议，向众人宣讲提案过程，并说："谁给了你饭碗？归根结底，不是老板，而是我们自己。我们凭什么挣工资吃饭，两个字：技术！我们都是吃技术饭的！越来越多的事实说明，我们之所以有别于其他广告公司，是因为我们对'不败的基因'的研究。这是我们有别于其他广告公司的本质所在，也是我们的铁饭碗所在！"

生意围绕订单而存在，要么去拉订单，要么完成订单，谁能带来单子谁就是老大。陈克这话有着那么点意思，是说我能用技术拉来单子，以后我才是老大，你们要做好跟我走的心理准备。

很快王丽珊做出回应，召开公司全体会议，这也是公司成立以来的第一次全体会议。

上回陈克带着做了大爱手机的网络 flash 广告，并提出诸多营销建议，现在有了反馈，对方追加若干策划、设计项目。

王丽珊介绍了情况，说道："大爱手机项目的成功，在座每一个人都有贡献。首先我们要表扬创意部，是他们的出色方案赢得了客户的赞赏。当然，我们更要看到其他部门所做出的贡献，如果不是我们销售部的瑟琳娜，我们可能永远接触不到这家客户；如果不是客服瑞贝卡跟对方做了那么多沟通，我们就不能了解到那么多的情况、掌握那么多的资料，也很难让客户对我们有那么高的评价；还有我们的媒介，拿到了那么低的折扣，这让客户非常认同我们的能力；还有我们的文秘、财务等等，也都为这个项目做出了不可忽略的贡献，这一份成绩属于我们在座的每一个人！"

感受到自己的重要性，在座每个人都甚觉荣耀。也或许有骄傲之人会想："这活儿干得漂亮，功劳主要在我！陈克算个屁！"

王丽珊继续说："这个事实告诉了我们什么道理呢？就是团队！**团队合作是成功的基础**。只有依靠团队，我们才能够成功！众所周知，现代商业社会分工非常复杂，没有哪一件事情是只有一个人做的，也不是哪一个英雄人物可以独立完成的，它需要我们大家一起努力。所以要想成功就要有一个必然的要求——发扬团队精神……”

陈克饶有兴致地聆听王丽珊训话。这年头谁不知道做事情要团队合作，重复描述这观念简直就是废话。陈克知道王丽珊是醉翁之意不在酒，实际上是说："你们要跟我合作！认清楚，谁是这里的老大！"

这会议，当然是针对陈克而来。

61.因人成事，跟对老板

陈克与王丽珊的这些举动虽然不明显，但众人都能感觉到，陈克的逐渐壮大引起了老板的猜忌，并将这一切归结为常见的四个字：职场斗争。

那天琳达回去说："最近我们公司里斗得可厉害了。"

傅军问："谁跟谁斗？"

琳达说："你哥们儿陈克和老板。"

傅军说："一个打工的，一个老板，级别都不一样，怎么斗？"

琳达说："怎么不能斗，自古以来，皇帝都要跟宰相斗，皇帝要的是江山，宰相要的是百姓，这是本质的矛盾，你做文化的总该知道吧？一样，哪儿的老板不得跟下边的高管斗？"

傅军问："陈克那小子怎么就把你们老板给招惹上了？"

琳达答："最近有陈克带着，我们把活做得挺漂亮的，好几个客户都给我们追加了业务。再加上运动品牌那案子，他也算贡献不小了。你们男人就这德性，出点小成绩，野心就起来了，老板能不担心吗？就怕他哪天出去自己做，把单子带走，把人也带走。你说要是哪天陈克出去自己做了，我是留在公司还是跟他走？"

陈克是他好兄弟，傅军不假思索回答说："那当然是跟陈克走。"

琳达问："这样好吗？'精彩'虽然不怎么样，可是盈利还是保证的。要是跟陈克的话，那谁知道。没听说过吗，80% 的公司是在创业第一年就死掉的。”

“你要对陈克有信心！”傅军说，“我记得陈克跟我说过，这行要出大名、要当大师，就得有自己的著作，就跟那教授要评职称、选院士就得去学术期刊发表论文一样。你们赵总的格局恐怕就是个小老板了，可陈克以后就说不好，以后他能比你现在老板强多了，跟他混是更好的选择。我跟你说个事，陈克的书开头印的一万册卖完了，刚又加印了八千册。”

琳达说：“是吗？我怎么没觉得有多好？”

傅军又说：“确实，那书写的不是什么放之四海皆准的定理，也不见得水平就有多高，但它既然出现了，这世界总会有它的一席之地。不需要很多，只要合了一两个大老板的口味，他就能起来了。”

琳达说：“这倒是。”

傅军继续劝说：“你想啊，你跟你们老板混，人家发达了也不会记着你的好。你哪天干不动了一样裁你。陈克跟咱关系不一样，他要是做起来了，你跟着他混那就是捧一铁饭碗。说句没志气的话，我觉得我们俩都属于那种因人成事类型的，要是没跟对人，恐怕做不出什么大成就来；要是跟对了人，也能有所作为。就凭陈克的前景，还有他跟我的关系，如果你们公司有什么变动，你应该坚定不移地站在陈克这边！”

琳达若有所思地点了点头。

为了加强彼此的关系，傅军致电陈克，约周末共进晚餐，要带家属。

周六傍晚四人饭馆见着，陈克问：“今天怎么这么好，请我吃饭？”

傅军答：“说这话真没风度，这种场合你应该这么说——兄弟，你能记得我我非常地感动，这顿饭我请了，你要是敢跟我抢买单我跟你急！”

陈克说：“那咱们换种思路，你作为一个图书策划人，今天请作者吃饭，是不是应该由你们单位报销？”

傅军答：“得了吧，就你写的那东西，就四个字：出版毒药。”

相互揶揄一番，话题转入陈克的书，傅军告知加印的消息，问他这书有没有带来积极影响，比如有老板看了他书让他做广告。

陈克答：“倒是有一个，做食品的，刚开始接洽，也不知道能不能成。”

傅军说："有苗头就好，星星之火，可以燎原。兄弟，你能行，我信你！来一个！"举起啤酒杯与陈克庆祝开头的顺利。

吃饭中傅军说起来意：现在跟他合租的同事买了房装修好了，下个月就搬走，希望到时候陈克搬过来，两人合租可比外头招来的人舒服多了。

陈克迟疑说："可我现在那边住着挺好的，稳定下来了就不想挪窝了。"

傅军说："别啊，我这么有诚意请你吃饭，你怎么能就这样拒绝我。这样，吃完饭上我们那儿去看看，要是喜欢你就搬过来，好吧？"

饭后四人来到傅军住处，傅军给陈克介绍跟他合租的同事王哥。进入王哥的房间去看。那房间是主卧，十来平方米大，带独立卫生间。对许多北漂青年们来说，能在如此繁华地段住上这样一间主卧，也算很了不起了。

傅军带他参观了卫生间说："这浴室还算可以吧，特别适合你们这样的小情侣。洗个澡搓个背什么的非常方便，咋样，考虑考虑？对了，这房子是王哥他姑家的，都是熟人，不会跟中介似的年年给你加价，没那么多乱七八糟的事儿，这儿住着舒服。"

陈克说："条件倒是不错，就是离我单位远了点。"

傅军说："能有多远？在北京只要通地铁的地方都不远。"

陈克说："我这人吧就喜欢走路上班。"

傅军凑他耳边说："你说你们这行隔三差五的加班到半夜，琳达回来路上多不安全？要是你搬过来，以后琳达加夜班回来也就不用担心安全问题了。"

陈克说："你让我想想。"

傅军说："想什么啊？就这么定了！"

"那行，兄弟邀请我总得答应，什么时候王哥搬走我就搬过来。"陈克仔细琢磨了一下，答复道。

62.要专业，更要职业

现代企业为自身安全性考虑，积极掌控与客户沟通的管道，于是强调品牌运营，要实现"客户冲着公司的牌子选择我们，而不是某个员工"。公司品牌越强大，员工个人的作用就越小，公司就越安全。对应地，公司越安全，员工就越不安全。

陈克当然也会考虑自己的职业安全性，要是能够实现“离开我，公司什么也不是”，那当然最好。而要实现这一点，最好的办法是让公司成为自己的品牌。

做好准备，这日陈克来跟王丽珊说：“原来我说过，我们要搞搜索营销，搞搜索营销就要改造我们的网站，这个问题我现在基本想清楚了。”

王丽珊正期待这方面的突破，马上兴奋地问道：“怎么改造？”

陈克答：“那就是告诉客户，我们是名牌！我们一直声称自己是一家专业的公司，这其实就有一定的问题。如果是服务老客户，我们把活儿做专业了，合作就很愉快。可要说开拓新客户，光靠专业是不够的。我记得有回我去提案，从客户那儿听到一句特震撼的话，他说，专业算个屁呀，专业是最最基本的，今天在座的有谁不是专业人士？”

王丽珊问：“那怎么才能让客户相信我们是名牌呢？”

陈克答道：“很简单，名牌来自大师。只要告诉客户，我们是大师，或者我们这里有大师，那客户就会认可我们是名牌。那样他们也就有理由选择我们，而不是他们认识的普通广告公司。”

此处，唯一有可能被称为大师的，只有陈克了。

对于自己的大师身份，陈克毫不掩饰，他呈上一份报告说：“关于如何推动我们公司的名牌战略，我写了一份报告，你可以抽空看看。”

陈克设计的网站首页上，便有他自己的照片，有对《不败的基因——缔造百年品牌的低成本营销》的介绍——若按这方案走，那公司往搜索营销上砸下的钱，传播的就不是“精彩”，而是陈克的品牌！

王丽珊当然不会愿意，除非有很大的利益回报！

陈克解说道：“要是名牌战略成功的话，我们能有很大好处。第一，我们的服务报价，可以提升50%到100%，甚至更多。众所周知，提高20%的报价，就可以增加100%的利润。还不用担心我们提高报价了没人跟我们合作。事实上越是名牌，销量就越大。苹果手机够贵吧，它的销量是最大的。倒是那些山寨机，没几家活得好的。关键是能让客户觉得我们贵得有道理，值这个价！”

王丽珊心里琢磨的不是有多大利益，而是陈克用个人品牌替代公司品牌这招会给她带来多少伤害，默然不语。

陈克继续说道："第二，我们可以收预付款，杜绝那种骗创意的事情发生。以前我们为什么不敢收人家预付款，就因为客户对我们没信心，怕太早收人家钱把人家给吓跑了，所以都是先跟人家谈方案、出创意，等人家初步认可我们以后才敢跟人谈钱。结果呢？骗创意的找上咱们了，我们自己累得半死，钱还没收着。光这一项，我们损失了多少钱！要是搞名牌战略，收钱就不再是问题！"

王丽珊应道："陈克，我必须得批评你，你的个人英雄主义又犯了！我一直跟你们说，做事情一定要依靠团队的力量，要有团队精神，你怎么就不听我的话呢？"

陈克答道："王总，您是不是误会我了？我一直都很有团队精神。我们搞这个名牌战略，靠的不是某一个人，而是整个团队。最近我给创意部培训，就是想缔造一支跟同行相比与众不同的团队。现在的广告公司张口闭口就是USP、定位和品牌，而我们这个创作团队，还多了一个词——不败的基因。既然我们跟普通公司相比有优势之处，那么我们的名牌战略就有了理论基础，这个名牌战略一定能够成功！"

"你说的我会好好考虑的。对了，'新新果汁'最近那个案子做得怎么样了？"陈克更想要通过公司来传播他的个人品牌，把公司置于他个人的品牌之下，这让王丽珊的防范之心更重，故转移了话题。

陈克见王丽珊对名牌战略不感兴趣，情知不能很快说服她，也就不再多费口舌。离去之前，说："王总，明天我想请半天假。"

王丽珊问："可以，能问问你去干什么吗？"

陈克答："有家美国的版权机构说要买我那书的非简体中文版权，让我过去签约。"

王丽珊应道："祝贺你。不过这种事情不都是通过快递完成的吗？还用亲自跑一趟？"

陈克答："对方说希望跟我面谈一下。"

陈克越来越强大了，这让王丽珊感到威胁，待陈克走出办公室，她就把报告扔进垃圾桶。她不能容许陈克用他的个人品牌来代替公司品牌，那对公司来说或许是个灾难！现在公司虽然业绩不怎么样，但好歹还保持着微弱的盈利，可若是任由陈克胡来，她王丽珊的饭碗恐怕不知哪天就碎了。

63.这是我对世界的贡献

美国A.C教育集团不开学校，不办培训班，而是购买、销售图书、音像制品版权。每年从中国的图书出版社、音像出版社等赚到大把白花花的银子。中国的联络处位于东直门的一处写字楼。

次日一早，陈克就来到其办公地点，来前台询问。前台打了电话后，领陈克来到一间办公室，见到一个金发碧眼的年轻男子。

那男子爽朗伸手邀握说："你好，陈先生，我是周尔雅，我们终于见面了！"

在此之前，两人已经通过电子邮件和IM多轮联络，谈好价格。周尔雅三字或许出自周朝有一部叫《尔雅》的书，很有古意，也很有中国特色，陈克一直以为是中国人。见面之下，甚是诧异，连忙握手说道："Nice to meet you."

周尔雅说："在中国的土地上，我们还是说中文吧。"

作为一种礼貌，陈克赞美说："你的中文说得非常好。"

周尔雅答："谢谢，我来中国十年了。我会说相声，还会玩空竹，可以说是个老北京。"

陈克轻轻一笑，作为对他幽默的赞许。

话入正题，周尔雅说："以陈先生目前的影响力，还有中文版图书的发行情况看，一万美元应该是这部稿子的上限了，但是，我愿意出一万五千美元。"

陈克应道："那就多谢周先生的抬爱了，不知道为什么周先生给我如此高的待遇？"

周尔雅答说："我是哈佛商学院毕业的，我曾经也希望能像德鲁克那样成为著名的学者，我希望用那样的方式，对这个世界做贡献，但是我做不到。所以当我读到你的书时，我非常高兴。或许，你可以达成我的梦想。"

陈克点头致谢。

周尔雅继续说道："以前都是我们美国的观念输入中国，就像你所在广告业的 UPS、品牌、定位这些，都是我们美国人发明的。但是，当中国的 GDP 上升到世界第二的时候，我们就相信，下一代观念，很有可能出自中国。这是因为，观念跟社会发展程度相关。所以我相信，中国人发明的一些观念，正逐渐走进先进行列。你的理论可能就是一个开始。"

陈克致谢："非常感谢周先生对我的评价。"

周尔雅点点头，继续说："我非常希望把陈先生'不败的基因'这种观念带入美国，带到全世界，我想，这是我对世界的贡献。"

听得周尔雅的博大情怀，陈克毫不犹豫地回答："我也很乐意和你们合作。"

周尔雅说："刚才我们说到，其实我可以用更低的价格购买授权，但我愿意出更高的价格。不过，我希望陈先生能给我点别的好处。"

陈克刹那里闪过许多想法，问："你要什么好处？"

周尔雅说："我希望陈先生把下一部著作的版权授给我们！"

陈克笑答："很抱歉，周先生，目前我并没有在写作任何书稿。"

周尔雅说："没关系，我已经给你找到了一个选题。"

陈克诧异之中，周尔雅拿出一本陈克的书，翻至某页，上有他划了线的一段话："充分的竞争足以摧毁一切，网景公司的高速陨落可为明证。基于此，我们认为利润来自于局部的垄断。"

周尔雅说："我希望陈先生能够以'局部的垄断'为主题创作一部新的营销图书，以合理的版税率授权给我们。"

陈克心中琢磨。

周尔雅又说："我相信，《局部的垄断》将会是对《不败的基因——缔造百年品牌的低成本营销》最好的阐释。"

陈克答："很感谢周先生对我的信任，我答应你。不过据我所知，你们美国有很严苛的反垄断法，我们这样宣扬垄断好吗？"

周尔雅答："那是美国司法部的事情。我们是为商业服务的，而**商业的目标就是垄断**。我们做好属于自己的事情，就是对这个世界最好的回答，你说对吗？”

陈克点点头。

周尔雅拿出两份文件，分别是两部作品的授权。陈克大约读了一遍，见其中未有陷阱条款，就签下了名字。

64. 角色换了，关系就对了

陈克还不死心，等周五阿伦回到北京，便又跟他说起名牌战略之事。阿伦答应会认真考虑。

谈话末了，阿伦问：“听说最近你那书把全球版权给卖了？”

陈克答：“伦哥你消息真灵通。那美国人说，他把我这书介绍到美国去，可能是对世界的贡献。”

阿伦赞道：“行啊你！”

晚上回到家，王丽珊对丈夫说：“这件事情无论如何不能答应他。我们动用那么大资源来宣传他，改天他成长起来了，把我们的客户和员工卷跑了自己出去做，我们找谁说理去？”

“想把公司卷跑也没那么容易吧？”阿伦回应，“再说了，现在我们北京公司除了‘新新果汁’，也没有什么值钱的客户了。以后他要卷，卷的也是他自己开拓的客户，算起来我们的风险并不大。”

王丽珊说：“那也是风险。”

“人生何处无风险？风险太小的话，那便可以忽略不计。我们不能因为担心他成长起来会威胁到我们，就一味地打压他，而是要加强双方的合作，如果这个名牌战略成功了，他获得了成长，我们公司也获得利润，那不是很好吗？”阿伦说。

王丽珊坚决反对：“他真要是成名家了，就算不把我们公司卷跑，也得自己出去做，那我们岂不是白给他人做嫁衣裳了？”

阿伦答说：“怎么会白做嫁衣裳呢？他要真能成名，在此之前总得给咱们留下不少利润吧？咱们不是奴隶主，人家也不是咱的奴隶，总有一天要离开咱们的，不光是陈克，哪个员工都一样。你不能说以后他不在咱们这儿干，现在咱就对人不好吧？”

“不行，”王丽珊的态度很坚决，“对陈克我们不能太放纵了，得压制着他，不然总有一天他得反了！”

“如果你这也限制他，那也限制他，他觉得在这里受气，不干了怎么办？”阿伦提出疑问，“我觉得很有可能，不是一直传说唐汉广告想挖他吗？人家可是大公司，没准他随时都准备走人了。如果他跑了，霍爱华那边我们怎么交代？人家把这单子给我们，全是冲着陈克。我们为什么要办广州公司，其中一个原因为了能够抓住这个客户。如果霍爱华那项目做大了，一年广告费十几亿，你说能养活多少家我们这样的小公司？”

想到霍爱华的运动品牌对精彩广告可能产生的巨大推动，王丽珊沉默不语。

“真正的强者是压制不了的，对待强者就得跟他加强合作。今天我们给陈克多点帮助，那么以后他不在我们这儿做了，我们也能跟他展开多种形式的合作；如果你对人不好，人家以后也念不着你。把公司放在他的品牌下，同时也是把他的个人品牌放在公司的品牌下。你中有我，我中有你，这就是一种很能促进双方合作的结构，不是挺好吗？”阿伦说。

王丽珊说：“你拿那么大力气来捧他，他做大了未必就会感谢你，只会手越伸越长。到时候公司品牌是他的，人也是他的，他就算不把公司卷跑，还不得要求咱们把公司一大半利润分给他？”

“可以啊！”阿伦回答干脆，“你说现在咱们北京公司有利润吗？没有。如果他真能带着把我们北京公司利润做起来，多分他一点也很合理嘛。”

王丽珊说：“你这人够大方的！干脆直接把公司送给他得了！”

“说气话除了伤感情一点作用都没有，”阿伦说，“我觉得你应该把心放宽点儿。你要搞清楚两件事情：第一，我们的敌人是其他广告公司而不是公司的员工，对待员工我们不能怀有敌意而是要加强合作；第二，做生意的本质是自己挣到钱，而不是不让别人挣到钱，只要我们自己能够挣到钱，就绝不眼红别人拿多少。”

王丽珊还是不舍得花公司的钱去捧一个员工，说：“你也要搞清楚，我们请他过来是给我们服务的；你倒好，拿那么大资源捧他，那我们岂不是变成给他服务了？”

“这有什么关系！”阿伦的回答再度出人意料，“你瞧现在连美国人都要出版他的书了，我看用不了多久，他就会成为我们广告行业里的一个腕了，就跟那大牌明星、歌星似的。大牌嘛，要求点相应的待遇也是合理的，你不能说陈克是来我这儿打工的，给你多少是赏你的，那不行。所以我们得调整自己的角色定位，如果他真是个腕，那我们就给他当经纪人！当经纪人也很赚钱。”

王丽珊说：“你这是与虎谋皮，小心玩火自焚！”

阿伦应道：“与虎谋皮说得不错，可那只老虎是我们！”

王丽珊胸襟远不如阿伦宽广，阿伦费了好大一番口舌，才终于将她说服。

王丽珊召见陈克，先做一轮思想工作，说公司致力于员工个人发展，与员工共同成长，愿意用更多的资源来帮助他成长，为他营造更大的舞台。然后宣布“名牌战略”启动，让陈克将日前呈交的报告认真修改，做一个更高效、更易执行的计划来。

陈克回到工位上，得意之下，修改QQ签名：客户就像女孩子，征服她的思想，就会得到她的人。

65.感恩拉近的是心与心的距离

两周后的周五，阿伦飞回北京，回来的第一件事就是召见陈克。所说并无大事，只是聊聊，表达一下关怀，拉近双方感情。

“名牌战略”的实施，将会让陈克的个人品牌成为“精彩”与客户之间的通道，陈克坐大了就容易自立山头。阿伦希望改日陈克独立出去时尽量减少对“精彩”的伤害，让他除了利益的考量，也多考虑跟自己的人际情感。颇是聊了一阵，阿伦问陈克：“下午有没有特别紧急的活？”

陈克答：“没有，怎么了？”

阿伦说：“我去了广州以后，跟北京的弟兄们就疏远了，想等下大家凑一起开个小会，主要是聊聊。那你去通知大家，下午五点我们开个全体会议。”

下午五点，阿伦召开会议。

“我们这次会议的核心议题，是团队精神建设。对于每一个企业来说，团队精神都是非常重要的，在现在这个社会分工很细的年代，没有人可以单打独斗就能够做成事业。我们虽然只是十几个人的小公司，但是工种、岗位职能却很分散，有媒介、策划、文案、设计、制作、客服、销售、财务、行政这些，岗位多了衔接就多，协调起来就有难度了，这就更需要我们要有良好的团队意识……”阿伦说。

阿伦与王丽珊手法如出一辙，宣讲团队建设。陈克边听边想道：“对公司员工，他们自该还有私下里的拉拢。瞧他们这如临大敌的样子，我有那么可怕吗？或许我得表达忠心，让他们放心。”

阿伦严肃地讲了五分钟，在听众的兴趣即将消散之时，换上随和、亲切的语气说：“刚才说的是不是太正式了？那接下来我们官腔就不打了，来点有趣的，我给你们讲个故事吧。”

然后阿伦拿出一本职场培训用书来，翻至某页念道：“说，成吉思汗临死前把他的几个孩子叫过来，拿出一支箭让他们去折，孩子们一下就折断了。然后成吉思汗拿出十只箭，结果几个孩子使尽全身力气也没有把箭折断。成吉思汗意味深长地对他的孩子们说——”

过于严肃的训话会给员工造成心理上压迫感，关键之处阿伦改用学来的四川方言说：“团结就是力量！”

众人为报答他的表演，都“心有灵犀”地笑了。

阿伦翻过数页，又开念一个关于团队精神、团队合作的小故事。这种哲理故事，是众多团队培训的主要内容之一。

会议末处，阿伦问陈克：“陈总，你看看有什么要补充的？”

既然老板如此有诚意，想来那就是愿意有所付出了，陈克应道：“以前我们也代理过客户团队精神培训的案子，那都不光是理念上的培训，因为光是理念显得太空洞、难以吸收。所以在纯理念之外，还要有情境，尤其是游戏，在游戏中能够更好地理解团队的重要性，比如真人 CS。”

董阳这时候说：“总，我觉得总监说的不错，不如您就带我们去打真人 CS 吧，我还没玩过呢。”

"犯规了啊！"阿伦笑道，"我们这儿说团队精神呢，你在那儿惦记着玩。各位，JACK 这种行为是不是应该扣发当月奖金，以儆效尤？"

董阳说："怎么张嘴就要扣人奖金，这不是您的风格。您可是我心目中的好老板，您这话一说，那真是破坏了长期以来您在我心里的美好形象。"

众人七嘴八舌，最后决定，聚餐一顿，过欢快的组织生活。

订了一家中档菜馆的房间。饭桌之上，吃喝说笑，划拳猜酒，一片欢乐。

陈克知道老板有许多不安感，自己也有责任安抚他们，牵头说："各位，我常常在想，**一个人在弱小的时候，最重要的不是能力和奋斗，而是运气**。对刚进入社会的年轻人来说，跟对一个好的老板，比什么都重要。有些老板，他心里想的就是怎么剥削你、压榨你，你跟着他混除了一身伤痛没有别的收获。而有些老板，他会给你带来最大程度的成长。我刚进公司的时候什么都不会，是赵总手把手地教我怎么做广告的，如果这辈子我能有什么成就，那我想，第一我要感谢我的父母，第二就要感谢赵总。赵总是我生命中的贵人。我相信，在座每个人都有跟我一样的感想。各位，让我们怀着一颗感恩的心敬伦哥一杯！"

众人举杯，一饮而尽。

感恩，成为这回聚餐最重要的话题。有时候，感恩不要藏在心里，说出来能拉近彼此的距离，对谁都好！包间里可以唱卡拉 OK，陈克自告奋勇献唱了一曲《感恩的心》。

阿伦是个好老板，众人对他的感恩、赞美都不是阿谀奉承，而是真实的情感。一顿饭吃下来，许多酒后掏心窝子的话说来，阿伦在众人心目中形象更高大了。

这轮团队精神的培训可谓起到了良好的效果。

66.是包装，不是伪装

一周后，"名牌战略"开始付于实施。

第一步便是陈克的形象设计，他的照片要挂在公司网站的首页，还会出现在其他宣传材料中。

陈克西装革履，端坐在阿伦的办公桌前，手拿钢笔做个写字的样子，面前立放着一本《不败的基因——缔造百年品牌的低成本营销》，这是必不可少的道具。

公司业务量不足，闲杂人多，遇着好玩之事便都来凑热闹。摄影师刘力刚征求意见："你们说总监这造型怎么样？"

杨禹仔细审视了说："不错，衣冠——整齐。"

董阳说："非常不错，人模人样。"

陈克笑骂："什么乱七八糟的，你们这帮家伙，平时我白对你们这么好了！"

陈克挤微笑挤得脸酸，拍得七八张照片。刘力刚亲自修图，PS 出一张完美形象照，王丽珊表示满意。

王丽珊把陈克的照片发给阿伦，阿伦说："不行！"

王丽珊问："为什么？"

阿伦答："一是黑西装太普通了，区分度不够，要刺激眼球才行；二是正装太严肃，对应的是那句话：礼下于人，必有所求。我们要塑造的是一个大师，要别人求着我们的大师帮他解决问题。穿得太严肃了，大师的味道就淡了。总而言之，你们得想办法让我们的大师显得更加特立独行，放荡不羁。"

王丽珊说："可现在我们不就是得求着人家给业务吗？态度显得诚恳点没什么不对吧？"

阿伦答道："广告的精髓就一个字——装！"

王丽珊召开全体会议，讨论陈克的形象照问题。董阳说："穿西装确实太俗了，要不咱们给总监来一长袍马褂，你们说怎么样？"

陈克说："董阳认真点啊，下了班你要拿我寻开心怎么都成，可这咱还上着班呢。"

董阳说："我说的可是认真的。"他拿出一书，封面是一国学大师，穿着长袍马褂，仙风道骨，说："这够大师范儿吧？"

杨禹说："是挺不错的。"

琳达也说："我看可以试试。"

"你们就别这儿捣乱了，我要是穿上这衣裳，人家也不找我做广告了，直接让我说相声了。"陈克打趣道。

“我觉得这个方案可以考虑。”王丽珊也发表意见，“刚才赵总说了，**广告的精髓就是装，客户不会在乎你是不是在表演，只在乎你表演得好不好**，你说呢？”

陈克吸收消化了王丽珊话语，回应说：“王总，我是这么看的，装也得有装的原则，我是这个时代的人，就得用这个时代的元素，否则我装出的就不是广告大师，而是演员了。再说了，人家宣传页上看我一个样子，见面看到我是另一个样子，是不是得有心理落差，是不是得多多少少有点上当受骗的感觉？”

王丽珊点点头。

陈克又说：“为了确保客户的感觉一致，今天我用什么造型拍照，以后恐怕就得这个造型去见客户了。那些奇形怪状的衣服，各位就不用考虑了吧。”

其实，黑西服相反的着装未必是长袍大褂，也可以是白西服。一群人七嘴八舌，最后终于定下方案：国际顶级广告节颁奖典礼上，陈克登台领奖之时，穿着白色西服，春光灿烂地笑着挥手向观众致意。

方案报告给阿伦，得到许可。

王丽珊花大价钱在婚纱店买了套高档新郎礼服，陈克白西服、黑衬衫、白皮鞋，一副与正装相反的颜色拍了照片。经刘力刚的巧手，很快修出设想中的效果。

打开公司网站首先出现的图片也设计了出来，在这图片里有一句广告词：“艺高才能人胆大，胆大才有大规划！”

一是要宣传陈克的艺高，二是说明他能给客户带来充满想象力的广告。

王丽珊对陈克的形象照很满意，对陈克说：“以后这就是你的工作服了，如果没有特殊原因，你就穿白西服上班，怎么样？”

陈克答：“没问题，记得给我报销服装费、洗衣费就成。”

王丽珊说：“这是公司应该承担的，只要我们的陈大师能给公司带来客户，这些费用公司绝对支付。”

“小生我尽力而为。”陈克又开始打趣。

不日做好了宣传册，其中一个页面隆重介绍了陈克和他的著作，以及“不败的基因”营销思想。清样经王丽珊审定后付于印刷，印数两千册。公司网站也修改完成了，首页便有一幅陈克的形象照，以及非常显眼的五个字——不败的基因。

王丽珊打开网页，搜索“营销策划”，第一页便有公司网站的链接，虽然是靠付费排名得来的，但是很显眼。链接下面的页面简介说：“《不败的基因——缔造百年品牌的低成本营销》——营销大师陈克——让你的企业营销飞起来！”

印制企业宣传册、修改公司网站花钱不多，而且是一次性投入，这没什么。但这搜索营销费用，却是个大数目，每个月可能得花好几万。要是不能让业务量大增，那可太便宜陈克这小子了。王丽珊心里惴惴不安的。当然，她更担心的，是陈克坐大之后，把公司卷跑了。

可眼下公司业务不足，再大的风险也只能冒了，王丽珊叹了口气。

她马上布置，让文秘 Susan 去当当网和亚马逊各订购了五百本陈克的书，以后凡见客户，必赠书一本；又通知财务，往搜索营销帐号上充值了十万元。

67. 员工与公司本为一体

搜索营销重新上线，但是在接下来的一周时间里并无建树。陈克从最初的期盼、充满想象，转为怀疑，怀疑自己的操作是否有问题；继而又开始忧虑，怕公司停止搜索营销上的投入，而他热切地需要公司付钱给他打广告。

便是在这时候，先前与傅军吃饭时提到的那家食品公司有了进展。这公司有新产品要上市，寄予厚望，要请出色的营销策划人。陈克在网上跟对方负责营销的副总裁长聊了一次，就营销之道提出若干构想，对方表示认同，欲近日来京与陈克进行面谈。

依依来陈克处与他幽会，陈克说起此事。

“恭喜你，终于有客户找你了。以后一定会越来越多的！”依依开心地说。

陈克答：“那是必须的。”

依依问：“这算是你的私活儿吗？”

陈克知道，接到单子，总让人有诸多创业幻想。他想了想应道：“放心，我会让它利益最大化的！”

陈克不是没想过，这是他个人魅力接的活，他可以拉上董阳与琳达做，用好处培养自己的人马；或者找一直跟他保持联络的张志做。**关系得常走动，合作起来才最好**。但是他也明白，现在还处在资源积累期，最需要的是动用公司的力量给自己打广告。所以他必须在搜索营销上做出阶段性的成绩，让王丽珊认为搜索营销有大用处。

送走依依，陈克躺在床上辗转反侧，后来突然就想明白了：品牌是公司与客户之间的通道，客户冲我个人品牌而来，客户就始终是我的！把这客户让给公司有何不可？而且，这样也可以缓解我跟公司之间的矛盾。

明白了应把个人命运和公司命运捆绑在一起的道理，陈克欣然入睡。

数日后，一袭白色西服的陈克在一家咖啡馆里见到客户韩从龙。韩从龙说：“陈老师的著作写得真是好，我翻来覆去地看了好多遍。我就想，要是能请到陈老师来指导我们，那我们的推广工作一定会更加顺利。”

“能为客户解忧，那是我的荣幸。前几天我们在网上谈了一下基本的构想，现在我想跟韩总一起再来分析一下这个案子。”陈克也犯不着谦虚来为自己减分。

接着韩从龙被陈克用他发明的“品牌半衰期”等众多新词汇迷晕，表示随时可签代理合同。

陈克说：“那如果韩总方便的话，明天我带你去见我们王总。”

韩从龙说：“好，没问题。”

陈克又说：“还想请韩总帮我一个忙，要是我们王总问起，就说是从搜索引擎上发现我们公司的。不瞒您说，我现在也负责搜索营销上的事情，需要点业绩支撑。”

韩从龙要的是陈克出手，说：“放心吧，这小事了。”

次日上班，陈克来见王丽珊：“我们的搜索营销开始出成绩了。”

王丽珊高兴：“说说看。”

陈克说了自己跟韩从龙接触的情况，而后说：“这个客户很相信我，跑不掉的。所以在报价上你可以适当高点，还可以多收点预付款。咱们不能跟以前那样，咱们现在要把自己当名牌公司，您说对吧？”

下午两点，韩从龙准时来访。

“我们新品上市，准备找一家有实力的广告公司。搜索引擎上一搜，找到你们公司，接着买了书来读，发现陈老师的理论很了不起。所以我们决定，如果价格合适的话，我们优先选择贵公司合作。”韩从龙对王丽珊说。

王丽珊对搜索营销带来的收益相当满意，然后与韩从龙就若干合作条款进行探讨，签下合同。

人做出成绩的时候，最易生出乐观的念想，也容易奠定其他的想法。

次日，陈克来跟王丽珊说：“事实证明，我们的名牌战略加搜索营销还是很有效果的。只要有需求的客户出现，我们就很有机会跟他们取得联系。要是目前这个单子我们服务好了，没准以后就多了一个长期客户。咱也不贪心，要是每两三个月能抓到一个可以长期合作的客户，过个两三年，我们‘精彩’就能有十几家有实力的长期客户了，那就非常了不得了。是不是可以申请上市了？”

陈克画个“上市”的大饼，逗得王丽珊很是高兴，说：“那就得多依仗陈总您多努力了。”

陈克说：“当然了，这大鱼出现的概率也是不稳定的，可能一下子几条一块儿来，也可能几个月不来。所以，我建议‘搜索营销’至少得做一年以上，在此之前，即使遇到什么样的挫折，我们也不要放弃。最近流行一句话说，只有耐得住寂寞，才能守得住繁华！”

第八章

创业

择业不如创业，求老板不如求自己

68.是大师才有资格

没过几天，“搜索营销”又带来了一笔生意。

一日，一家大型企业易利超市的总裁办公室马主任登门造访，说公司欲引入CIS（Corporate Identity System，即企业形象识别系统），他正寻找有创作实力的广告公司，于是前来考察。

“我上网搜索知道贵公司，然后读了陈克的著作，觉得颇有一定道理，故过来看看。”马主任开门见山。

王丽珊大喜，叫陈克过来一同陪客。

“我将亲自考察三十家广告公司，挑选十家发出‘比稿邀请函’，在初赛中挑选五家与我们的决策层面谈。”马主任说出了自己的想法。

做CIS的机构不多，王丽珊没有实际操作经验，不知道该报价多少合适，送走马主任后，马上召集众人开会：“你们说说看，给人做这样一个CIS项目，报价多少合适？”

销售部瑟琳娜答：“三十万吧，上回我们给那家做的VI，我们就收人十万块钱。”

客服瑞贝卡答：“至少要五十万吧，没五十万都对不起‘系统’那两个字。”

董阳答：“管它，先报个一百万，最后侃成多少是多少，但开价总不能太低了。”

王丽珊问：“陈总，你觉得收费多少合适？”

陈克视线从笔记本电脑上收回，答道：“五百万。”

公司长期从事低端业务，员工的眼界就低了，众人均觉陈克也太狮子大开口了，都写在了神情上。

王丽珊问：“理由呢？”

“因为他们愿意给这么多！”陈克解释道，“CIS对企业来说，就是一个脱胎换骨的大动作，那得是他们决策层拍板的。这样的项目，费用不取决于我们要投入多少人工，而取决于他们愿意花多少钱来做。画个logo就几分钟的事情吧，这么看不值钱。可是世界顶尖企业愿意花多少钱来设计呢？2000年的时候，英国石油公司请人设计了一个新的 logo，费用大约是五百万元。我刚查了一下这家超市的资料，从他们的规模来看，如果运营没出太大问题，每年的利润应该在一个亿以上。那么，他们花五百万来做这个项目是应该的。”

董阳评论：“别说五百万，有一百万我们就可以做了，CIS 也就比 VI 多了那么点东西，一百万我们也可以赚不少了。”

“这不行，”陈克否定，“能做 CIS 的都是不缺钱的主，客户看的不是你报的费用，而是你做的水平。咱们把价报得低了，人家反而看不上我们。人家找的是名牌，咱们要告诉人家咱们是名牌，那咱们就得有个名牌的姿态！”

散会后，王丽珊把陈克叫去办公室，说：“CIS 你会做吗？”

陈克答：“虽然没做过，但我大致知道怎么做。”

王丽珊问：“那咱们要是参与这个项目，赢的机会有多大？不要跟我夸海口，我要听真实的。”

刚才陈克听马主任说到过决策层很重视该项目，要找最顶尖的广告公司来做，答说：“恐怕不大。不是我们不行，是对手太强大了。”

大型的广告公司几百人，“精彩”只有十几人，不用比结果已经出来了。

王丽珊心凉半截，问：“你说他们愿花五百万来做，把握有多大？”

陈克答：“非常大。我猜他们的心理价位，低不会少于三百万，高可以达到一千万。”

见王丽珊在迟疑，陈克说：“不用管那么多，行不行试过才知道。”

王丽珊回应：“想试就试，不用花钱吗？”

虽然胜出的把握不大，但五百万实在是个诱惑，王丽珊上网来把这事跟远在广州的阿伦说了。

“很明显，马主任找上咱们就是想多搞点钱。他要是想省事，搜一下中国最顶尖的广告公司名录，发份传真就完了，为什么找咱们？就因为咱们实力不够愿意多花钱，有陈克这个大师在，他也能对上面有个交代。”阿伦一针见血。

王丽珊问：“那你准备怎么办？”

阿伦答：“你把马主任的联系方式给我，我过去找他谈，让他帮咱们进决赛。”

王丽珊说：“可我问陈克了，他说对手太强，我们赢的可能性不大。”

阿伦答："咱们的大师得拿出去亮亮相，跟他们的高层搞好关系，就算这单拿不下来，也看看能不能弄到其他项目来做。"

决议做下，王丽珊召见陈克："人家客户肯定要看案例，可是我们公司从来没有做过 CIS，你说应该怎么办？"

陈克脑子转得飞快，只思考了几秒钟便解决了困扰王丽珊许久的问题："没有案例，那我们自己造一个不就行了？"

伪造？王丽珊对他创想钦佩不已，追问："怎么造？"

陈克答说："对方不会那么认真地调查我们具体做过什么项目，他们就是看 CIS 手册，所以我们要做的，就是拿出一套完整的 CIS 手册给他们看。我们以前给一家地产中介做过一套 VI，可以在此基础上拓展一个。"

王丽珊点点头。

陈克又说："这个项目底子非常好，地产中介跟超市都是劳动密集型企业，员工的文化素质也比较接近，各方面都相似。这两年北京二手房成交活跃，各个地产中介都在大肆扩张，门店数量都翻了好几倍。到时候您就跟他们说，那个地产中介经过我们的 CIS 一包装，业绩翻了好几倍。这多打动人，您说是吧？"

王丽珊问："说实在的，一个完整的 CIS 手册我连见都没见过，BI 手册、MI 手册里面的内容、格式是什么样的都不知道，你准备怎么造？"

陈克答："那就简单了，我保准网上有。回头咱们从网上下个范本，再根据那家地产中介的特点写些口号，搞些行为规范啥的。放心吧，都包在我身上。"

王丽珊问："造这么个 CIS 手册，得花不少时间吧？"

陈克答："花不了多少时间，最多三天就能完成。"

两日后阿伦去易利超市总部找到了马主任，交好一番，当天下午"精彩"便收到了"比稿邀请函"。

阿伦回到公司时，陈克正带领创意部诸人伪造 CIS 手册，他鼓励陈克说："陈总，把你的看家本领给我使出来，这单成不成，就全看你的了。"

阿伦是很好说话的，陈克可以跟他嘻嘻哈哈地开玩笑："伦哥，我盼星星盼月亮终于把您给盼回来了，这个单子，还得您带着弟兄们来做啊。"

阿伦说："怎么能是我，你是我们公司的创意经理，你不做谁敢做？"

陈克笑答："那当然是您啊。这么大个单子，还得您老人家亲自出手，老将出马一个顶俩。领导，您想想看，您是国际4A广告公司出身的，什么世界500强之类的客户见得多了。再看看我，二十五六岁，刚从业两年，要经验没经验，要能力没能力，嘴上也没毛，办事也不牢，人家看了怎么想？哟，这谁家小孩啊，咋跑这儿来了？赶紧弄走。"

阿伦虽是国际4A广告公司出来的老策划，可他深知自己在大客户面前的影响力远远不及陈克，就算见着大单心痒也不敢亲自上阵。他没跟陈克太多纠缠，只是说："你就放手干吧。这项目设计费要真有五百万那么多，拿下来的话，我给你发十万奖金。"

十万！这个承诺让周围众人的眼光全集中过来了，阿伦趁机对众人说："大家听好了，这单子要是做好了，所有参与人员每人奖金不低于两万！伦哥我就俩字，大方！"

众人倍受鼓舞，顿时不约而同地鼓起了掌。

69.让优势带来洼地效应

数日后，王丽珊带着陈克和董阳去参加初选面谈，见到了马主任和另外四个高级经理。

王丽珊展示了伪造的全套CIS手册，讲解那家地产中介因做CIS后取得的辉煌成绩；介绍陈克是当今大师，著有《不败的基因——缔造百年品牌的低成本营销》，可以为企业注入不败的基因，用最少的营销费用取得了最好的效果。之后又赠书若干本，希望对方高层都能阅读。这其实是最厉害的一招，**让对方接受了你的思想，就相当于接受了你的价值**。

陈克则跟几位甲方人员阐述CIS怎么做，怎样做好等。过程虽无出彩之处，却也说得过去。马主任是得了好处的，就跟几位主管说不错，几位主管级别在他之下，自也跟着说好。

很快消息传来，"精彩"广告顺利通过，将在一周后与易利超市的决策层面谈，与另外四家规模过百员工的大公司争夺这个项目。

会谈日到来，王丽珊带着陈克和董阳再度来到易利超市总部，见到了对方的五位决策层。“不败”是每个人都希望得到的，几位决策层都看了陈克的书，见面伊始便对陈克示以友好。

“陈经理，你们精彩广告给出的报价是五百万，请问有支撑的依据吗？”话入正题，高副总开门见山地问。

“当然有，”这样的问题陈克早有准备，“要做好这个项目，我们要配备一个超过二十人的创作团队，连同相应的后勤管理人员得有三十人，三个月的调查、两个月的设计、一个月的导入，需要至少半年时间。每个人员的工资、福利还有相应的办公支出至少每月一万五，光这一项支出就不低于两百万元。再算上税费和其他开支，报价五百万我们能得到的也只是合理利润而已，绝对不存在暴利。”

陈克的语速很快，这样可以显得自己对操作过程中每个环节相当熟悉，以赢得好感。

黄副总问：“光一个调查就三个月？那你们这个效率，啊……”

“对一个公司的调查期限取决于它所处的发展阶段和行业特征。”陈克解释道，“我们需要做至少四方面的调查：一、公司情况调查，以确保我们最后的成果符合公司需要；二、竞争对手调查，我们要确保跟竞争对手有足够的差异性，并且显示出优势；三、客户调查；四、未来五到十年消费特征调查，以确保CIS的导入能够经得起考验，并为易利超市的下一步扩张做好铺垫。这四大方面的调查工作，细分起来有几千个项目。所以我说，三个月的调查时间是最少的。”

……

这些天来陈克做足了功课，对方无论问什么问题，他都用最快的语速与最肯定的语气回答，尽显大师风范。

几位副总问过一轮，老大严诺说：“陈老师，我想问问，你觉得CIS项目的关键点是什么？”

“当然是统一！”对于这样的常规问题，陈克不假思索，“CIS的中文意思是企业识别系统，你只有整体统一了，才能被识别。什么样的企业需要做CIS？复杂的企业才需要，员工人数多、职能部门多、办公地点分散，而且素质参差不齐。所以我们就要建立一种良好的机制，使我们企业的各个组成部分统一起来，成为一个真正的整体。业内都说操作这样的项目，至少得在几千人的大企业里担任中层以上干部十年，当然了，最好是担任过公务员，而且有着比较成功的经历。这样的人才能真正懂得如何调集所有的资源，向同一个目标前进！”

黄副总问：“陈经理你是在大企业里做了十年中高层还是怎么样？”

陈克答：“我当过两年公务员，可以说是成功的。也许有人会问我，好好的公务员为什么不当？那是因为我不需要铁饭碗，我懂得发展之道，知道怎么样使自己立于不败之地。因为在发展和不败的问题上想得非常多，所以写了这本探讨可持续发展和促成企业不败的书。下面我阐述一下，在这次的CIS项目中，我们如何给易利超市注入‘不败的基因’。”

不败，每一家企业的终极追求。常规的问题讨论过一轮，陈克迅速把话题引入他拿手的地方，发扬自己的优势所在。

严诺说：“陈老师请讲，我们洗耳恭听。”

与上次在深圳游说霍爱华等人一样，陈克提出“品牌半衰期”等许多新名词、新观念来阐述名牌竞争过程，列举诸多不败的模式，最后证明易利超市通过他的CIS引导，最终将进入垄断——那个对商人来说比爹娘还亲的词。

陈克的演说在众人热闹的掌声中结束。

这是王丽珊第一次见识陈克在高端客户面前演说，被他深深折服，会后对陈克说：“我看我们赢的把握很大，回去以后要做好下一步的准备工作！”

“好的，王总您放心。”陈克回答是轻松的，心里却乐观不起来。

参与竞争的对手无一弱者，自己未来或许是广告行业的一代宗师，但对手今天已经是一代宗师了。

70.你发展了，他就输了

数日后，易利超市总裁严诺约王丽珊见面。看来是准备考察“精彩”广告了。

王丽珊接电话后兴奋异常，让Susan联系清洁公司明日一早来做专业清洁，迎接客户考察。

是日，公司全体员工穿戴整齐、精神抖擞，等待严诺到来。严诺轻车简从，一人前来。做超市这行，讲求的是低利润、实在，从上到下都要展示出朴素形象。

王丽珊与陈克来迎接，严诺进了公司，环视一周，说："你们的员工队伍很年轻啊。"

王丽珊答道："是的。年轻人能够更好地把握时尚潮流和消费观念，所以这就成了广告业的普遍特征。"

严诺点点头，感叹说："一个很年轻很有活力的团队，富有青春和朝气，我特别喜欢在这样的氛围里工作。"

严诺走出几步，又问："咱们公司有多少员工？"

王丽珊答："我们在广州另有一家分公司，加起来有八十多人吧。"

这是一句大瞎话。阿伦的广州公司也是十多人，两处加起来三十人左右。王丽珊只是把数字报大点，好显示实力。

严诺说："哦，是这样。我来北京出差，就顺便过来拜访一下，跟陈老师聊聊天，陈老师的一些观点我们觉得还是很好的。"

"别这么说，我怎么能当得起老师这个称号，叫我陈克就行，还亲切。"陈克谦虚道。

严诺说："上回我们开会，你说CIS最重要的是统一，以便企业能够轻松驾驭各种资源。还说韩信点兵，多多益善。你挺喜欢兵法吗？"

陈克答："曾经喜欢过，男人嘛，对军事这些有种天然的好感。小女孩喜欢玩洋娃娃，小男孩他就是玩手枪的。"

严诺说："那你是说，现在不喜欢了？"

陈克答："小时候总想把所有人都打败，只有自己是赢家，那样很风光，所以就琢磨过些兵法军事什么的。可现在想想，我何必跟人斗争？**斗争这种事，往往就是杀敌一千，自损八百**。所以我现在只注重自己的发展，研究发展论、强大论，只要我自己发展起来了，别人自然就输了，我也不用与别人斗了。"

严诺说："你的心态有点老啊。"

"没关系，我可以在心里阿Q一下，说这是成熟。"陈克打趣道。

严诺点点头，似是对陈克表示赞许，又说：“可是我的心理很难做到轻松，竞争对手就在边上，我怎么轻松得起来？你说我们易利跟欧美巨头的这场仗应该怎么打？”

陈克回答：“我还是认为你们不要有太多的竞争思想，只要发展自己就可以了。就像这个企业识别系统，可能有些广告公司会把重点落到识别上，就是要跟对手做差异化竞争，紧紧地抓住属于你们的那一部分客户；我的观点是落在统一上，让你们的资源发挥出最大的威力，只要你们自己强大了，自然不会在竞争中落败。”

严诺点点头。是在打败对手中获得发展，还是发展自己后获得发展？这和“先有鸡还是先有蛋”一样，是个无解的问题。

陈克为加强观点，又说道：“刚才严总提到兵法。历史上最能打的两个将军，韩信和孙武，不知严总更喜欢哪位？”

严诺应道：“我个人是很喜欢韩信的，就凭一句‘韩信点兵，多多益善’，我就有一百个理由喜欢他。”

陈克说：“从历史记载来看，韩信打了两场以弱胜强的战役，孙武打了一场以弱胜强的战争。但要说他们谁强谁弱，那就见仁见智了。我个人观点，倒是孙武强一些，毕竟他是谋划整个战争的。他有一句名言‘不战而屈人之兵’，韩信跟孙武比，就输在这句话上。我认为能不打就不打，如果一定要打，打的也是战争而不是战役，努力发展自己，尽量做到不战而屈人之兵。做企业的 CIS 项目，关键还在于怎么让资源发挥出更大的威力。”

两人聊了一阵军事兵法，严诺对王丽珊说：“关于这个 CIS 项目，我们还需要开会讨论。不过，我们对陈老师的能力都是相当认可的。最近我们公司还有另外一个项目，我也想交给你们来做，只要你们愿意的话，回头我让他们联系你。”

“是吗？那太感谢你，严总！”王丽珊激动地说。

严诺答：“不必客气，有陈老师这样的人才，我相信贵公司有足够的实力帮我们把这个项目做好！”

送走严诺，王丽珊对陈克说：“看来严总挺喜欢你的。”

“我觉得大事不妙，他这像是在补偿我们。”陈克意味深长地说。

71.不要找订单，让订单来找你

严诺离去后数日，消息传来，“精彩”广告落选。原来严诺考察了“精彩”广告后，觉得创作团队过小，且年龄结构过于年轻，不足以承担如此庞大的设计项目。

周五阿伦回来，约陈克下班后去喝酒。

“对这次易利超市CIS的案子，你有什么感想？”阿伦开始问陈克。

此时此刻可不能认怂，陈克回应道：“这也是我们初次接触这么大企业的CIS业务，拿不下来也在情理之中。不过再有下次的话，我们一定能成功！而且这次我们也不能算完全徒劳无功吧，他们严总不是说要给我们另外一个单子吗？”

阿伦说：“今天下午已经联络了，特别小的一个单子，聊胜于无吧。”

“哈哈，这就是传说中的安慰奖了。”陈克哈哈一笑。

“人生不如意者十之八九啊！”阿伦边感叹边与陈克碰杯。

“是啊，真不容易。”陈克配合着展现弱者情怀。

阿伦说：“知道这次我们搞这个CIS项目损失了多少钱吗？”

陈克问：“多少？”

阿伦答：“各种费用加起来怎么也得算五万块钱吧。这年头做生意难啊，每一步都是钱。”

陈克说：“不至于吧，这就花五万块钱了？”

阿伦答：“怎么不至于？你们一帮人吃喝拉撒睡，再加上各种办公成本、来往路费、人情消耗，哪样不花钱呀？”

陈克清楚地知道，阿伦对自己充满了防范，他给自己说这番话，不过是想让自己在公司多干一段时间。阿伦知道，陈克不会久居人下。他也知道，人与人之间的矛盾永远不可消除，但可以不演化为表面化的冲突。

“王总说你的演讲非常棒，说特别希望还能听你的演讲。我当然相信，你的水平非常高，而且还有一套很深刻的理论。可惜绝大多数广告对水平的要求并不苛刻，所以你水平再高也不一定就能赢。广告是一个服务行业，而且基本是无差别劳动的服务行业，技术要求低，正因为这样，中国才有几万家广告公司。要是技术要求高的就完全不一样了，比如做电脑芯片的，全世界就英特尔和 AMD 两家。”

陈克附和着说：“是啊！”

阿伦又说：“其实广告**公司的核心竞争力并不在于创作水平，而在于接单子的能力**，这是我做广告行业这么多年最大的感想。既然创作水平不成为选择标准，那单子接起来门门道道就多了。除了台面上的东西，台底下那套还是挺重要的。”

陈克对阿伦的话是持质疑态度的，他觉得创作水平是第一位的，桌子底下的那些并非主流。这世界在飞速地进步着，决定胜负的绝不是那些乱七八糟的东西。这次没能拿下易利超市 CIS 的案子，一是因为竞争对手足够强；二也是因为公司太小，输在团队上。

这晚上两人喝了许多酒，喝得醉醺醺之时，感情就出来了，阿伦吐字不清地说：“来，继续喝。”

陈克说：“赵总您真是海量啊，我是不行了。”

阿伦说：“不给面子是不是？”

陈克说：“再喝我就得趴这儿了。”

阿伦说：“我跟你说，在单位我是你老板，可出了单位咱们就是兄弟。兄弟给你敬酒，你不能不够意思，喝。”

陈克只得端起酒杯：“既然你把我当兄弟，那我就不能不仗义，来，干了！”

72.劳动是钱，品牌是银行

陈克再次来到深圳，为几位老板讲解“怒马”的品牌设计。如前面相似，他受到热情接待，并收获许多掌声。

会后陈克与阿伦回了酒店，霍爱华主持会议，讨论是否上马该项目：“听了陈克的四次演讲，我想这个项目能不能做，大家都有比较成熟的想法了，志强，你先说说看？”

林志强说：“我的观点是倾向于做，这跟我最近一个叫‘储蓄劳动’的想法有关。”

霍爱华评论：“这个提法很新鲜啊。”

林志强说：“做‘怒马’我们要花很多钱，但无论是购买人力资源、物资材料，还是购买广告服务，最终都是购买劳动。从长期来看，人类文明程度是不断提高的，也就是说，劳动的价格会上升得比其他资产快。囤积劳动，比囤积其他资产更划得来。如果我们能把劳动储蓄起来，一方面可以对抗通货膨胀，另一方面它的价值也会随着经济的发展水涨船高。”

林志强说得太深奥，霍爱华颇想了一会儿，才说：“是这么个意思。这也是不劳而获的一个途径，很好！”

王建继而说：“你还是没有解释清楚，为什么‘怒马’这个项目可以储蓄劳动。”

林志强解释：“首先，服装鞋帽行业是劳动密集行业，无论是生产制造环节，还是广告传播环节都是。接着我们只要考虑一个问题，也就是陈克提出的——品牌半衰期。如果‘怒马’的这个指标比较好的话，就可以做到储蓄劳动，那么我们做这个项目的理由就成立了。”

众人查看陈克第一次提案的录像材料，讨论一番，而后一致认可。

接着王建也发表了他的看法：“我觉得只要我们能做得比对手好，那就可以做了。而且，我也相信陈克所说的，一旦遇上经济不景气，那就是我们超越对手的时机。总有一天，我们会成为中国最大的运动品牌！”

最后霍爱华也阐述了他的观点：“我也认为应该做！因为‘怒’是人类共有的情感，励志是全球青年共同的情感需要。假如‘怒马’能够风行中国，那么它就能征服全世界，也许十年之后就能成为国际大品牌！或许在实际操作过程中，还会有很多问题要解决，不过这都是小问题，不足为虑，我们可以拿钱推平它！”

林志强从理论上证明“怒马”可做，霍爱华更是描绘出该项目的美好蓝图，会议一致通过：第一期投资十个亿，启动“怒马”项目！

会议还决定，由霍爱华邀请陈克加盟，他是整个项目的灵魂人物。

当晚霍爱华约见了陈克，告知决议，并邀请陈克加盟，职位是品牌总监。

陈克收到霍爱华的约请，便猜度霍爱华见他的种种可能，其中一种便是项目启动、邀请加盟。陈克觉得自己首先应该拒绝对方，一方面可以探知对方开出的最大条件，另一方面也是让自己保留选择。

于是陈克答道：“霍总，首先我非常感谢您的厚爱。‘怒马’的品牌总监是一个非常重要的职位，霍总能够考虑到我，我真的感到非常荣幸，也非常感谢。但是我已经习惯了在广告公司的这种生活，而且我也已经在北京成家了，所以，恐怕我要让霍总失望了。”

霍爱华说：“不必急着拒绝我，也许这是你人生中非常重要的一个机会。这么重要的职位，酬劳当然也不会低，具体的薪酬方案我们还没做，不过我可以向你承诺，你进来的第一年就可拿到百万以上。而且，鉴于行业的特点，我们会将收入的20%拿出来做广告。我们也在考虑，品牌总监这个职位往上提半级，变成品牌副总裁，直接向总裁汇报。如果项目进展顺利的话，你的年收入达到五百万甚至过千万都很正常。我想，以这个条件你不应该拒绝吧？”

“其实，即使我加入这个项目，做的事情跟我现在所做的也差不多。我更愿意用广告公司的身份，来为‘怒马’提供服务。”陈克铁了心，先不答应。

霍爱华应道：“不是这样的。乙方广告公司的职员跟甲方的品牌运营人员，虽然做的都是同一类型的事情，但是还是有很大的不同。**立场不同，视野也就不同，结果也肯定不相同**。你加盟进来后，看到的、听到的以及接触到的人都是你所不能想象的。即使不考虑收入的因素，从一个广告从业人员的成长来说，甲方、乙方都做过，你才能真正成熟！”

“我倒不这么看……”无论霍爱华说什么，陈克必抛出一个相反的观点。

一场约谈没有产生任何结果，最后陈克再度表达谢意：“这是我人生中遇到的第一个重大选择，我需要一些时间来思考。也许要过半个月甚至更长的时间。”

73.全新的世界就在第二天

陈克回到酒店，翻来覆去地想，得出一个计划：既然霍爱华等三位老板看得起我，那我就让他们把“怒马”广告全部给我，并给我投资办广告公司，我占两三成的股份，这样将非常安全地实现创业。我若因此项目成名，将能迅速缔造一家强盛的广告公司，带给几位老板丰厚的回报。这是一个双赢的合作，他们极有可能答应。

但这毕竟是几亿元的计划，他们最终会不会启动“怒马”也不好说，若最终他们取消计划，陈克的努力便泡汤了。不如将“怒马可能启动”这点拿出来售卖！

陈克没有直接回北京，而是去了一趟上海，陈进军亲自到机场迎接。

上了车陈进军问：“现在上哪去？给你找个酒店住还是怎么？”

陈克答：“我第一次来上海，你总该带我四处转转吧？让我这个乡下佬也看看你们大都市的繁华。”

陈进军说：“可惜我没时间陪你了，下午还有个会要开呢。”

陈进军开车，陈克见中控台上放着一部廉价手机，拿过来看了看说：“你都是土豪了，咋也好这口？”

那手机有着庞大的拥趸，粉丝百万计。陈进军答说：“很多人跟我说它用户体验非常棒，我就买个来研究一下。至于客户组织那部分，我想请你帮我研究，题目就叫‘粉丝经济学’。学问该怎么做你知道的，我就不废话了。报酬给你五万，可以吗？”

“当然可以，不过你既然有兴趣怎么不自己研究？”替人研究问题，自己智慧增长，这是一箭双雕之事，陈克没有拒绝的理由。

陈进军答：“我现在很忙，很多问题没空想，就直接购买智慧吧。”

陈进军赶时间，就没直接找酒店，而是带陈克来到他公司。陈克来到时，见办公室里灯火通明，上百人在鏖战着。陈克打趣道：“你们这儿加班加点，在制造精神鸦片吗？”

陈进军答：“别这么说，我们干的可是推动社会进步的活儿。”

“还推动社会进步呢？不知道你们是发明了蒸汽机，还是发明了交流电？”陈克不屑地说。

陈进军答：“**推动社会进步只有一个标准，就是看它能不能让人活得更好**。国家从六天工作制改为五天工作制，让大家有更的多时间去休闲娱乐，这就是推动社会进步。我们搞网游，丰富大家的娱乐方式，当然也是推动社会进步的。”

陈克说：“照这么说，你们还挺伟大？”

陈进军答：“那当然。从小处看，你可以骂我们是光知道从人口袋里掏钱的奸商；可从大处看，我们之所以能赚钱是因为我们推动了社会进步！谁能推动社会进步，谁就能赚到钱，这么简单的道理，以你的智商应该想得明白吧？”

陈克感叹：“够能说的你。”

陈进军让女朋友林梦来与陈克相见，然后嘱咐她去定晚饭的馆子，还有酒店，今夜他不回家，要与陈克喝酒到半夜。

三人晚饭后，陈进军送女友回家，然后提一箱罐装啤酒来到酒店房间。陈克给陈进军讲了“怒马”项目的前因后果。描述了若能成功代理“怒马”广告可能产生的巨大收益。

陈进军问：“那你准备做吗？”

陈克答：“我想问问你的意见。”

陈进军没说话。

陈克又说：“依依对我要求挺简单的，她从来没有敦促我出去挣大钱，只要能跟我过好小日子就行。所以我跟她相处的原则就是，可以不给她带来惊喜，但绝不能给她带来失望，无论如何不能破坏对美好生活的期待。我要是能发大财那是锦上添花，没有也无所谓。所以现在该不该创业，我还是有些犹豫。”

陈进军说：“跨出这一步，你看到的就是一个全新的世界，对你的成长非常有好处。所以，这一步能早跨出去就早跨出去。既然机会来了，怎么能不把握？”

陈克说：“如果做了，我又面临很多现实问题，我根本就没有准备好。人家创业都是做了好几年准备的，就这样还绝大多数失败。我入行刚两年，坐上创意经理还不到半年，人脉、资金、品牌这些方方面面都没有准备好。”

陈进军说：“刚才你不是也说了吗，大的客户一个就够了。我看你也就缺点资金吧。说吧，你需要多少？”

陈克说：“五十万。”

陈进军说：“这什么年代了，五十万少点吧，人家随便拖欠你点制作费，你的资金链就断了。”

陈克说：“省着点花也够了，要是借得太多，我心里也会有压力。”

陈进军说：“记得我爸经常对我说，做事情要厚积薄发，就是不要用最精确的计划去做事情，因为制订精确的计划，会耗费你太多的精力，得不偿失。虽说广告公司没什么资产，租间房子买部电脑就开张的事情，可手里有钱心里就不慌。”

陈克应道：“道理我也知道，可这生意做起来也不是稳赚的，要是亏了呢，我拿什么还你。”

陈进军连喝了数口啤酒，谋定而后说：“既然你害怕风险，那这样吧，也别说借了，我投四百万给你，股份算咱俩一人一半。你看怎么样？”

陈克应道：“这对我真是天大的好事啊，我肯定得答应。想不到我还这么值钱呢，你这一点头，我就算白得两百万了。”

陈进军说：“投资就是投人。像你这样的，基本上也算稀缺资源了。”

两人举罐相碰，长喝一口，合作就此达成。

陈克说：“我写了份创业计划书，要不你帮我看看？”

陈进军轻轻笑了一声，说：“不用了，没必要。世界上几乎所有的创业都不会按照创业计划书一步步来的，写计划书只不过是你学习的一个过程，思考过写过就行了。记住，在实际行动中，千万不能硬按计划走，因为事情的发展是不可以预料的。”

“这句话我会好好思考的，你是过来人，关于创业肯定有很多宝贵的经验和教训，我很想聆听一下。”陈克点点头说。

陈进军凝神想了一阵，说：“还没总结过呢，这一时半会的也说不上来。”

陈克说：“你就随便说说吧。”

陈进军说："这可不能乱说，**不准确的经验不仅不能给你帮助，而且还会带来误导**。比如坚持就是胜利，这种话就没有严密的逻辑推理，随便侃侃还可以，但真正用作创业经验的话，就坚决不能跟你这么说。"

陈克问："这怎么就不能说了？"

陈进军答："要是想坚持就能坚持，那蓝色小药丸卖给谁去？"

陈克哈哈一笑。

陈进军答说："这样吧，我推荐你去优米网看看，那是个教人创业的网站，全是大师的发言，非常适合你现在的情况。"

"回头我上去学习学习。"陈克答道。

两人且说且喝。

陈进军又说："当初我搞这事的时候，我爸给了我很多好的建议。他道行比我高多了，要不你回去一趟，跟我爸好好聊聊这事吧。"

74.学习自行车，最好用三轮车

次日一早，陈克坐火车回了家，见过父母后就去了叔叔家。

陈克给陈局长讲了自己这两年多的奋斗，讲了"怒马"项目的情况，以及自己的打算。

陈局长说："说真的我给不了什么意见，隔行如隔山，我一个小地方的公务员哪懂得大都市广告行业的运作。"

陈克说："我觉得每次跟二叔谈话，总能学到很多东西。"

陈局长说："少拍马屁。"

陈克答："不是马屁，是肺腑之言。"

陈局长说："如果真要给什么意见的话，那也是劝你要勤奋、勇敢、坚持不懈，老生常谈了。"

陈克继续拍马屁："即使是老生常谈，二叔你谈的境界也跟别人不一样。"

陈局长哈哈大笑，然后闭上眼睛，坐在椅子上养神。陈克耐心等待，他向来信赖陈局长，相信他能够给自己指点迷津。

“我给你讲个故事吧。”陈局长打了个哈欠，睁开眼睛说。

“好啊！”陈克说，“我洗耳恭听。”

陈局长笑笑，开始讲述：“1980 年，我们家有了第一辆自行车，我和你爸就是那年学会骑车的。那可是 1980 年，自行车比现在的轿车还稀缺，骑上自行车，女孩子看你眼神都不一样。所以，我很想学会骑车。”

陈克笑了，他喜欢听陈局长的讲述，总是能让人在欢乐中学会东西，并且记忆深刻。

陈局长继续讲述：“我很想学会骑车，特别特别想，这个叫坚定的信念！可惜啊，我这个人手脚又笨，平衡感又差，一上车就摔。不过偏偏我有一股韧劲，学不会决不罢休。最终花了半个月，我终于学会了骑自行车。这就叫有志者，事竟成！”

陈克点了点头。

陈局长说：“说起学骑自行车，我真吃了不少苦。有一次不走运，一下摔到一块挺尖的石头上，我大腿上刺了一道口子，流了很多血。”

陈克在脑海里想象着叔叔一回回从自行车上摔下，一回回爬起重新练习，一回回咬牙坚持的场景，很钦佩叔叔那不屈不挠的精神。

陈局长继续说：“我们那一辈人学自行车不容易，到了你们这一代就简单了。五六岁的时候家里就给买个三轮车，怎么骑都不会摔。骑自行车为什么不会倒，用物理学来解释，就是对身体重心的调节和对惯性的利用。你们学会了骑三轮车，就顺带学会了调节重心和利用惯性，自然就学会骑自行车了。回头看看，你说二叔当年那一遍遍的摔，是不是摔得很没有价值？”

陈克警醒。

陈局长总结道：“所以，你想要学会骑自行车的话，最好的办法不是一次次地坚持，不是一遍遍地摔，而是找一辆三轮车，不但安全，学起来还快。记住，**无论你做什么事情，首先要想到的不是苛求自己，而是使用工具**，这样不但安全，做起来还快。”

陈克疑问：“二叔您说得太有道理了，成功学那一套确实有很多不恰当的地方。”

“不是这样，我是说用成功学来指导你，成本比较大，效率也比较低，划不来。有条件的话，你要学会使用更多的工具，改进你的方法，这样才能做起一番大事业。可是，注意！在你还没有能力的时候，还找不到方法的时候，不靠勇敢、不靠勤奋、不靠坚持、不靠努力、不靠节省，你还能靠什么？”陈局长语重心长地说。

陈克重重地点点头。

75.一年的青春能做什么

“想学会自行车，最好用三轮车”，这句话一遍遍地冲击着陈克。

一回到北京，陈克就上网来将这故事跟陈进军说了。

很快，陈进军就说：“我觉得我爸说得挺有道理的，要学自行车，就得拿个三轮车来练手，先确保不会摔着，你才能学得更快。现在你从零起步开广告公司的话，不可预见的因素太多，风险也大，不如我们买个运作良好、上了轨道的广告公司来经营。当然了，我现在拿不出那么多钱，建议你跟老板商量一下，看他愿不愿意出售一部分股份。”

陈克问：“你那四百万恐怕买不了太多股份吧？”

陈进军答：“你看能买到百分之四五十吗？”

陈克答：“差不多。”

“那就可以了！”陈进军分析说，“如果你从零起步，那么在接下来的一两年里，你的精力可能都耗费在怎样让公司活下去，以及怎样磨合团队上，解决低端问题的意义不大。现在选择买股份，马上就可以面对高端问题，搞大项目、搞大利润工程，比较起来还是后者划算。就当是用一半的股份换一年的时间，还有更大的安全性，我们的青春很贵的！”

“有道理。”陈克说道。

陈进军又说：“如果现在我们全资办一家公司，等这家公司做大了，为保证团队稳定、避免人才流失，免不了拿出一些股份给员工。与其现在我们咬着牙关自己创业，不如今天就跟人分享股份，就当是先把股份送给高管。"

钱是陈进军的，他不心疼，陈克自然不会反对。

陈进军正跟陈克聊着，林梦走过来从后面抱着他，说："这么高兴，又跟哪个美眉聊呢？"

陈进军回答："我准备拿四百万出来，投资陈克让他办一广告公司。"

林梦变了脸色："这么大个事你怎么也不跟我商量一下？你这四百万下去，那我们结婚还买不买房了？"

对待女朋友的不同意见，绝大多数男人选择的是宽宏大量、软语哀求与委曲求全，陈进军选择的是讲道理："老婆，有位哲人说过，**世界上绝大多数的争论，都是因为定义的不同**。不如我们来定义一下商量这个词，我觉得，只要这钱咱们没掏出去，我跟你说了都叫商量，对不对？"

林梦被他一句话拿下，点了点头。

"我们林大小姐真是冰雪聪明，一点就透，值得嘉奖。"陈进军笑着说。

林梦说："那我们的房子怎么办？"

虽然是年营业额数千万的游戏公司CEO，但是对陈进军来说，他的主要收入还是每月的几万块死工资，加上林梦的收入，也就积攒了三四百万，正准备买房。

陈进军说："林大小姐，您这话说的太掉身价了，您结婚怎么能要求房子呢？"

"我们买个房子结婚，这怎么就掉价了？"林梦不解地问。

陈进军答："有的人嫁人找有车、有房、有存款、还带户口的，想一次性解决所有问题，那是因为她缺少奋斗的精神。你与她们不同，您勤劳、刻苦、温柔、善良，你要追求的是与任何财富都无关的真爱，是纯粹的爱，是彻底的爱，这是一种脱离了物质利益的爱。说真的，你要是真想结婚的话，明天我就可以带着户口本以九块钱的低价卖给你。"

"合着我是房子、车子要不到，连登记的那九块钱还得自己掏，这样我就高尚了，就伟大了？"

"子曰，孺子可教也。"

夫妻打情骂俏过一轮后，陈进军正经地说："陈克的书你也看过，我觉得挺好的，对广告策划行业来说，这就相当于一个尖端技术了，投资就要看人，投资他肯定不会有错。”

林梦答："书是写得不错。可是他这书能有多大的影响力咱也说不好，隔行如隔山。”

陈进军说："你想过没有，这个网游公司今年没能实现原来的目标，要是咱们公司钱烧完了又没赢利，融不了资又卖不出去，咱们手上这点股份那跟废纸有什么区别？所以这四百多万不能拿来买房，得投资，一定要做到东方不亮西方亮。”

林梦还有疑问："可是房价还一直在涨，现在不买，就怕以后不好买了。”

陈进军回应道："只要我们创业成功了，可能买不起房子吗？”

林梦想想，同意了陈进军的投资之举，说："欧巴，我都听你的。”“欧巴”是韩语里“哥哥”的发音，是众多爱得死去活来的经典言情韩剧里常用的台词。

“哎哟，好冷！”陈进军说。

76.为强者配置资源

阿伦的习惯是每周五早上回北京，周日下午走。

陈克让陈进军周五过来，陈进军说："别，等他到了广州再给他电话约他见面。”

陈克问："这是为什么？”

“有利于成交啊！”陈进军答，“你想，我让他先飞去广州，再用一个大单子诱惑他飞回来跟我们谈，如果我们之间没有达成任何协议的话，他就会白白浪费两张飞机票的钱。那么他心里就会始终有一个念头，就是催促自己跟我们达成合作，否则就是徒劳无功。嘿嘿，在谈判中，想要占对方一个大便宜，就得让他先蒙受一点损失。”

陈克说："太损了吧，那可是我伦哥，不能这样折腾他。”

为促进合作，小小刺痛一下对方是必要的。周五阿伦回来，临下班的时候陈克来找他，递上辞职报告。

阿伦问："接下来你有什么打算？”

陈克答："我找到了一个投资人，准备创办自己的广告公司。赵总，以后我们还是同行，当然我不希望彼此间成为竞争对手。'精彩'服务过的企业我绝对不会碰，不过有两个除外。一家是甄氏食品，他们本来就是冲着我才跟'精彩'合作的；还有一个是'怒马'那个项目，周总监去提案没通过，杨总监去提案也没通过，看来那项目跟'精彩'气场不合，我接那个客户也不算跟你过不去。"

陈克终于还是要出去独立创业了，阿伦心灵遭受重创。

阿伦和妻子商量："我真不希望陈克走，你看能不能分一部分股份给他，让他别走了。"

夫妻两人商量许久，王丽珊做出最大让步："最多10%！"

然后夫妻两人研究合作条款——陈克若要拿这10%的股份，需得两年之内带来多少多少新业务，带来多少利润，等等。

平白无故地分人10%的股份让阿伦很心疼，很快陈进军给了他一点点安慰。

就在阿伦周日准备去机场时，一个电话从上海打来。若非陈克的坚持，陈进军就真的等阿伦飞回广州再让秘书打电话了。

周六陈进军来了北京，先跟陈克商量合作条款，周一一早就来拜会阿伦。

"我有计划收购一家广告公司的部分股权，不知赵总有没有意向。"陈进军开门见山。

阿伦意兴阑珊地答："只要价钱合适，当然可以谈。"

陈进军说："我想出四百万，买下贵公司的一半股份，您看合适吗？"

"陈总，您给的价好像低了点儿吧。实话告诉您，我们今年预期利润就近四百万，按一般五六倍的市场盈率算，我们公司值两千万。现在是你非常主动地提出收购，按照通行的20%溢价算，估值两千五百万。你要买一半的股份，四百万好像不太够吧。"

陈进军说："我相信你们今年的利润能做到四百万，可我也听说，做到这个利润的前提是拥有一个能带来新客户的创意经理。如果陈克不在这儿干了的话，接替他的人市场号召力就不一定有那么强，而且新人总要一段磨合的时间，也不是马上就能上手的。"

阿伦意识到来人也姓陈，说："你是陈克的……"

陈进军答："我是陈克的堂兄。如果你觉得这个收购价不合理，那我们换一种思路。现在我投资四百万，也开一家广告公司。这家公司有一家长期、稳定的客户，还有一个能给公司带来新单子的负责人，现在我们来谈谈两家公司合并的事情。"

阿伦心中盘算着。

陈进军说："就目前来看，我们这家尚未成立的公司跟你们比，实力上还有很大的差距，不过我们有着很好的前景。我认为陈克现在已经处在爆发的前夜，很快他就会让我们刮目相看。这也是我投资他的道理所在。"

阿伦应道："我对陈克也是很看好的，就是价格我们还得商量商量。"

陈进军说："你知道我是搞网游的，应该猜得到我是风险投资的受益者。当年我们做休闲小游戏走红以后，收到了一家天使基金的一百万投资，他们的要求非常简单，只要两成股权。不过我们也没有让投资方失望，他们收到了很丰厚的回报。商业规律就是这样，**谁为强者配置资源，谁就能够获利**。如果你也认为陈克值得投资的话，可以考虑跟我们合并，相信你现在的一点点付出，很快就会收到非常丰厚的回报。"

阿伦说："我想问一下，你的网游公司能够给我们多大的业务量？"

陈进军答："业务量有多少，我现在也说不好，这家公司也不是我一个人的。但只要你们做得好，以后肯定会有更多的业务。"

阿伦心中盘算。

"请赵总考虑一下，我希望一周之内能够达成合作，如果到时还没有达成合作的话，那我们就只好自己干了。"说完陈进军递上一份协议。

77.船大了才不容易翻

"真不舍得卖。"看到丈夫拿回的协议，王丽珊伤感地说。

阿伦说："我也不舍得，可跟他们合作才是理智的做法。我们为什么非要独自控制公司呢？跟人合作挺好，团结力量才大嘛。"

王丽珊说："可就四百万，那也太少了，你跟他们说没有六百万免谈！"

阿伦应道："人家给这个数字也是算过的，基本合理，恐怕没有什么商量的余地。我们手上的'新新果汁'和其他小单子，跟陈总给的网游业务差不多，剩下就看'怒马'项目的价值怎么界定了。"

王丽珊问："陶宏志那边有什么消息？"

阿伦答："他们已经决定做'怒马'项目了，短期之内就会启动。还有就是，大老板好像跟陈克有比较深的接触，我想如果陈克没有跟几位老板达成某些默契的话，他是不会跳出来自己干的。这个人稳重，没有足够的诱惑和把握不会轻举妄动。算起来这个项目还是得靠陈克，陶宏志跟我也就是同学关系，就算是我亲兄弟，他不也得看大老板的脸色吗？这么算起来的话，我们不仅不吃亏，还是占了便宜的。"

王丽珊说："你怎么胳膊肘往外拐啊！"

阿伦说："如果跟他们合作，我们马上就可以做网游业务了；什么时候'怒马'项目启动了，我们就又多一家大客户。有了这俩大客户，我们想要倒也没那么容易了！这就是有百利而无一害的事情！"

像阿伦这种小老板，一方面心存人生成就的幻想，另一方面却也时时担忧自己的事业走到尽头。也难怪，每年破产倒闭的广告公司还少吗？

船越大越不容易翻，只要把股份往外分一分，铁饭碗便有了着落。更何况几百万的真金白银可是现放进腰包的，多少公司想变现还卖不出去呢！

虽然不情愿，王丽珊还是默认了。

"其实，跟他们合作，不光让我们的事业更稳固，还有其他好处。你说，难道我们夫妻俩就这么长期分居着？"阿伦安慰妻子道。

"你还好意思说，现在广州分公司没干好，倒把这边的一半股权给丢了。"王丽珊埋怨道。

"等过几年陈克完全做起来了，咱们再把一部分股份卖掉，保留25%的股份，做个小股东，什么事都不理了，就等着年底分红就行。咱们都回广州，再好好地把广州公司做起来，那不是挺好吗？难道你就不想孩子？"阿伦赔笑道。

虽然当上老板，比手下员工在花钱上随意点儿，但阿伦的家庭生活并不算美满。他们没有北京户口，孩子没法在北京上学，于是从小就被送回广州，由爷爷奶奶带着。阿伦的话触及王丽珊心底的柔软处，她拿起桌上相框凝视孩子照片许久。

陈进军回了上海，他的出现只为证明陈克有依靠。

次日一早，阿伦跟陈克进行谈判，对许多细节条款都没异议，除了价钱。阿伦列举公司的种种条件，要陈克加两百万。陈克当然不答应，他若没有堂兄的投资，自己拿着几十万就单干了，现在更是有恃无恐，在价钱上决不让步。阿伦无奈，加价之事作罢。

下午，阿伦、王丽珊与陈克签订合作协议。条款主要有三条：

（1）陈克以四百万购买北京精彩广告公司 50% 的股份。（陈进军的股份寄在陈克名下，是为了方便以后他把网游公司的广告业务注入，避免“关联交易”的嫌疑。）

（2）公司更名为“陈克阿伦广告公司”。

（3）若“怒马”启动并授予业务，业务归属北京精彩广告公司而不是广州精彩广告公司。

合伙人之间与其明争暗斗，不如一致对外。阿伦索性给陈克交底：日后只保留不超过 25% 的股份，安心做个小股东，坐等分红。

“那怎么行，赵总、王总你们都是广告行业的资深人士，公司必须由你们掌舵啊。”陈克不好意思地说。

阿伦笑答：“长江后浪推前浪，我们总是要退出这个舞台的。你现在确实还缺乏一点经验，不过用不了多长时间，你就会成为一个无可挑剔的老板。以前是我们带你玩广告，假以时日，就是你带我们玩了。”

78.有心，梦想就会变成现实

陈克带着协议回了家，躺在床上，浑身上下说不出的放松。

这两年多来，他几乎就没好好休息过，每日像紧绷着的弦，在端稳饭碗之外，争分夺秒地读书、思考、策划、与人战斗，只为能够早日出人头地，只为证明那个女孩儿的选择是对的。

他想起张镐哲的《好男人》：

好男人不会让心爱的女人受一点点伤，
绝不会像阵风东飘西荡在温柔里流浪。
好男人不会让等待的情人心越来越慌，
孤单单看不见幸福会来的方向……

他又想起中国移动的广告：我能！

突然之间，陈克眼泪竟夺眶而出。做一个伟大的选择容易，要面对随之而来的麻烦却要付出无数的汗水与代价。但是，只要有心，艰难就不再是艰难，梦想就总会成为现实。

在这一刻，他臣服于梦想的力量。

现在他出了书成了一点小名，即将拥有一家盈利稳定的广告公司 25% 的股份，还有可以预期的将来，心着了地，放松了。他精力充沛，一点困意也没有，却睡着了。心无所系，要睡着觉又何必困了、累了？

陈克醒来的时候，闻到一股烤鸭的香味。烤鸭是依依从附近菜市场里买的，依依说：“我看你睡那么香就没叫你，你应该还没吃晚饭吧？”

陈克用筷子夹烤鸭，依依给他开一听啤酒递过来。

酒足饭饱之后，陈克把协议给依依看了，依依惊叹：“你成了你们公司第一大股东了？怎么做到的？”陈克本想解释是陈进军的帮助，可转念想，思想复杂并不是女人幸福的必要因素，反过来思虑单纯更可能是。他不想让心爱的人去思考复杂的问题，于是说：“怎么做到的，很简单，是因为我有一个好老婆，俗话都说了，每一个成功男人的背后，都有一个值得表扬的好太太。”

依依说：“油嘴滑舌。”

陈克把依依的手攥在自己手心里，说：“我的奋斗算是进入一个新纪元了。接下来，我们买个房子吧，也不用大，塞得下我们两个就成，我知道有个盘三室一厅的总价最低才四百多万，我们现在首付足够了，单是靠公司的分红在一年之内还清银行贷款，也完全不成问题。买了房子，咱们两个就可以跟你爸妈说了，光明正大理直气壮地住到一起，这偷偷摸摸地做夫妻那也不光彩，是吧？”

依依问：“一次性付清也可以，就不用欠银行的了，不如看看跟谁先借一些？”

陈克答：“说得也是，就凭我的个人信誉，多了不敢说，要找人拿个三四百万的现金还是不成什么问题的。”

依依笑说：“瞧瞧，瞧瞧，现在多能耐啊你！”

依依感动过，清醒了，说：“我记得你以前说过，**不要为了向别人证明自己的成功和幸福，就付出太多的金钱和精力去维持面子**。只要我们还年轻，就谁也没有资格把失败两个字加到我们头上。你事业刚刚开始，要花钱的地方还多着呢，你不用为了我做这些事情的，你知道我不会在乎这些的。”

依依思想早已与陈克同化。她的观念里人生要争取、要进取，但不是跟自己家里人争，不是驱使家人去奋斗成就自己的幸福，不是把家人的利益挪到自己名下——更何况，你跟别人算计，别人也会跟你算计。不跟比自己智商更高、经历更多、想法更复杂的人算计，才是大智。她只是深爱陈克，而从不惦记他会给自己带来什么，就凭当初陈克砸掉“铁饭碗”的举动，已经够她感动一辈子了。

陈克笑笑，说：“不买怎么行。你爸妈我爸妈也都快退休了，过几年就等着带孩子了，咱们的人生规划也得把他们考虑进去吧？为了过几年生个孩子给他们享天伦之乐，你说咱们是不是得抓紧好好过二人世界？要不就得留下遗憾了。”

依依调皮地问："现在买房得在北京纳税五年，你是光荣的五年纳税人吗？"

陈克答："这个问题还用考虑吗？写你的名字不就得了。"

依依感动地说："这么好？"

"这不是天经地义的吗？男人就得有责任照顾女人！"说完，陈克紧紧抱住了依依，深情地吻了下去。

窗外的北京华灯初上，车如流水。

我的写作理念

感谢你读了本书。作为本书的作者，我难以掩饰对陈克的喜爱。陈克聪明、幽默、自信、有责任心、敢于拼搏，似乎这样的“完美男人”，在现实生活中也不少。他们为自己的青春奋斗着，影响着身边的人们，以一已之力影响着社会的进步。

我希望世界上更多的人生活幸福，所以我尽量多地选择正面人物来描写。写奋斗的人，写社会正能量。希望我的文字对读者和社会能产生好的影响。我展现的都是现实生活，刻画的多是乐观向上的人物，让读者在阅读之后，对现实社会能有所了解。我尽量写得紧凑些，在描述陈克奋斗的过程中，我尽可能多描述一些具体的事例，以便开阔读者的视野，让读者增加生活的智慧，增长奋斗的勇气。

在这本书里，我没有刻意贫嘴赚笑声，没有刻意煽情赚眼泪；不写喜剧，不写悲剧；不写神话，不写童话。我希望多展示真实的人物与故事，帮读者客观地看待生活与人生，更加理性地看待身边的人与社会。

最后，我希望本书对你能有所帮助和启发，在此真心为所有人祝福！生活是温暖的，奋斗的人生才是美好的。让我们一同努力，拥抱美好的明天！

创事者说

新时代的创事者们有了热血，更需要新时代的“方法论”

《陈克的创事记》好看实用，看完我很受震撼。我特别喜欢书中的主人公陈克，他坚强、幽默的性格与我很像。我也要奋斗，也要取得成功。我要把《陈克的创事记》推荐给我的每一位朋友。

——天涯网友

读了《陈克的创事记》，浑身都充满了正能量，我要拼搏，我要奋斗。先懂得这个世界，然后才能取得成功，这是我读《陈克的创事记》的最大感触。

——腾讯网友

朋友向我推荐了《陈克的创事记》这本书，说写得很好，我在网上看后深受感触。的确，人的性格、学识、家庭条件各不相同，那么每个人所走的路也不尽相同。走适合自己的路，走正确的路，这才是成功的关键。

——天涯网友

无聊在网上闲逛，看到了《陈克的创事记》这个帖子，作者的语言很幽默，读起来不费劲儿。

——新浪网友

《陈克的创事记》给我的最大感触就是：高速路上的夏利，永远跑得过泥巴路上的奔驰。新时代的创事者们有了热血，还需要新时代的“方法论”。

——新浪网友

亲爱的读者朋友，你喜欢《陈克的创事记》吗？如果喜欢，那就立即动起手来，在QQ签名、QQ空间、微信朋友圈等写一些推荐语；也可以把您想说的话，通过新浪微博写出来，并@秦誓style，与作者秦誓互动。作者的微博为http://weibo.com/qinshi3721，他诚心希望，有更多的读者与他进行交流与互动。